pere-
landra

LIBRO 2

de la trilogía cósmica

pere-landra

C. S. Lewis

GRUPO NELSON

Desde 1798

© 2022 por Grupo Nelson
Publicado en Nashville, Tennessee, Estados Unidos de América.
Grupo Nelson es una marca registrada de Thomas Nelson.
www.gruponelson.com
Thomas Nelson es una marca registrada de HarperCollins Christian Publishing, Inc.

Este título también está disponible en formato electrónico.

Título en inglés: *Perelandra*
Publicado por HarperCollins Publishers 2005
77 – 85 Fulham Palace Road,
Hammersmith, Londres W6 8JB

Primera edición publicada en Gran Bretaña en 1943
por John Lane (The Bodley Head) Ltd.

© 1943 C. S. Lewis Pte Ltd.

Editora en Jefe: *Graciela Lelli*
Traducción: *Elvio E. Gandolfo*
Adaptación del diseño al español: *Setelee*

ISBN: 978-1-40023-218-5
eBook: 978-1-40023-224-6

Impreso en Estados Unidos de América
HB 05.16.2022

A UNAS DAMAS
DE WANTAGE

Prefacio

Este relato puede leerse aislado, pero es también una continuación de *Más allá del planeta silencioso*, donde se narran algunas de las aventuras de Ransom en Marte o, como lo llaman sus habitantes, Malacandra. Todos los personajes humanos del libro son puramente ficticios y ninguno de ellos es alegórico.

C. S. L.

1

Cuando abandoné la estación ferroviaria de Worcester y emprendí la caminata de cinco kilómetros hacia la casa de campo de Ransom, pensé que posiblemente nadie en aquel andén podría adivinar la verdad sobre el hombre al que iba a visitar. El aplastado brezal que se desplegaba ante mí (porque el pueblo se extiende detrás y hacia el norte de la estación) parecía un brezal común. El cielo sombrío de las cinco de la tarde era semejante al que puede verse en cualquier tarde de otoño. Las pocas casas y grupos de árboles rojizos o amarillentos no se destacaban en ningún aspecto. ¿Quién podría imaginarse que un poco más allá, en aquel tranquilo paisaje yo me encontraría y le estrecharía la mano a un hombre que había vivido, comido y bebido en un mundo situado a sesenta millones de kilómetros de Londres, que había visto la Tierra desde donde parece un simple punto de fuego verde y que había hablado cara a cara con una criatura cuya vida comenzó antes de que nuestro planeta fuera habitable?

Porque, en Marte, Ransom había conocido a otros seres además de los marcianos. Había conocido a las criaturas llamadas eldila y, sobre todo, a ese gran eldil que es el soberano de Marte o, en su lengua, el Oyarsa de Malacandra. Los eldila son muy distintos a cualquier criatura planetaria. Su organismo, si es que puede llamársele organismo, es muy distinto tanto al de un marciano como al de un ser humano. No comen, ni procrean, ni respiran, ni sufren muerte natural, y en ese sentido se asemejan más a minerales pensantes que a cualquier cosa reconocible como animal.

Aunque aparecen en los planetas, y, según nuestros sentidos, puede parecer que viven en ellos, la situación espacial concreta de un eldil en un momento preciso presenta grandes problemas. Consideran al espacio, o «Cielo profundo», como su verdadera morada y, para ellos, los planetas no son mundos cerrados, sino meros puntos en movimiento —quizás hasta interrupciones— en lo que nosotros conocemos como Sistema Solar y ellos como el Campo del Árbol. En ese momento iba a ver a Ransom obedeciendo a un telegrama que decía: «Ven jueves si puedes. Negocios».

Adivinaba a qué tipo de negocios se refería y por eso seguía repitiéndome que sería delicioso pasar una noche con Ransom y que seguía sintiendo a la vez que no disfrutaba de esa perspectiva tanto como debería. Mi problema eran los eldila. Podía aceptar que Ransom hubiera estado en Marte... pero haber estado con un eldil, haber hablado con algo cuya vida parecía prácticamente infinita... Ya el viaje a Marte era de por sí bastante desagradable. Un hombre que ha estado en otro mundo no regresa igual. Es imposible expresar la diferencia en palabras. Cuando el hombre es un amigo puede llegar a ser doloroso: no es fácil recuperar la rutina de siempre. Pero mucho peor era mi convicción creciente de que, desde su regreso, los eldila no lo dejaban solo. Pequeños detalles en la conversación, pequeños modismos, alusiones accidentales que luego Ransom retiraba con una torpe disculpa, todo sugería que vivía con una extraña compañía, que había... bueno, visitantes, en esa casa de campo.

Mientras caminaba trabajosamente por el sendero vacío y sin cercas que atraviesa las tierras comunales de Worcester traté de disipar mi creciente sensación de *malaise*, analizándola. Después de todo, ¿de qué tenía miedo? Lamenté haber planteado la pregunta nada más hacerla. Me chocó descubrir que había utilizado mentalmente la palabra *miedo*. Hasta entonces había intentado simular que solo sentía disgusto o vergüenza o incluso aburrimiento. Pero la simple palabra *miedo* había revelado el secreto. Ahora advertía que mi emoción era, ni más ni menos, miedo. Y caí en la cuenta de que temía dos cosas: que tarde o temprano yo mismo me encontrara con un eldil y que llegara a ser «absorbido». Supongo que todos conocen ese miedo a ser absorbido —el momento en que un hombre advierte que lo que habían parecido meras especulaciones están a punto de hacerlo aterrizar en el Partido Comunista o en la Iglesia católica—, la sensación de que una puerta acaba de cerrarse de golpe, dejándolo dentro. El asunto era simple y llanamente mala suerte. A Ransom lo habían llevado a Marte (o Malacandra) contra su voluntad y casi por accidente, y yo me había visto relacionado con la cuestión por otro accidente. Sin embargo, allí estábamos los dos, cada vez más comprometidos en lo que solo puedo describir como política interplanetaria. En cuanto a mi intenso deseo de no entrar en contacto jamás con los eldila, no estoy seguro de conseguir que ustedes lo comprendan.

Era algo más que un prudente anhelo de evitar criaturas de otra especie, muy poderosas y muy inteligentes. La verdad era que todo lo que había oído sobre ellos servía para conectar dos cosas que nuestra mente tiende a mantener separadas, y conectarlas le producía a uno una especie de conmoción. Tendemos a considerar las inteligencias no humanas en dos categorías distintas, que etiquetamos como «científica» y «sobrenatural». Con cierto estado de ánimo, pensamos en los marcianos del señor Wells (tan poco parecidos a los verdaderos marcianos, dicho sea de paso) o en selenitas. Con un estado de ánimo completamente distinto dejamos que nuestra mente divague sobre la posibilidad de ángeles, fantasmas, hadas y cosas por el estilo. Pero, en cuanto nos vemos obligados a reconocer a una criatura de cualquiera de las dos clases como real, la distinción empieza a hacerse borrosa, y, cuando es una criatura como un eldil, la distinción desaparece por completo. Esos seres no son animales; en ese sentido, uno debería clasificarlos en el segundo grupo, pero tenían cierto tipo de vehículo material cuya presencia podría, en principio, ser verificada científicamente. En ese sentido pertenecían al primer grupo. De hecho, la distinción entre lo natural y lo sobrenatural se hacía pedazos, y, al hacerlo, uno advertía qué consolador era. Cómo había aliviado la carga de extrañeza intolerable que nos impone el universo al dividirlo en dos mitades e incitar a la mente a que nunca piense en las dos en un mismo contexto. Cuál es el precio que hemos pagado por ese consuelo en términos de falsa seguridad y admitida confusión mental es otro asunto.

«Este es un camino largo, triste —pensé—. Gracias a Dios no tengo que cargar con nada». Y entonces, con un respingo de comprensión, recordé que debería estar llevando una mochila, con las cosas para pasar la noche. Maldije para mis adentros. Debía de haberla dejado en el tren. ¿Querrán creerme si les digo que tuve el impulso inmediato de volver a la estación y «hacer algo al respecto»? Como es lógico, no había nada que no pudiera hacerse igual de bien llamando desde la casa de mi amigo. El tren, junto con la mochila, debía de encontrarse por entonces a unos cuantos kilómetros. Ahora lo comprendo con la misma claridad que ustedes. Pero, en ese momento, me parecía obvio que tenía que volver sobre mis pasos e incluso había empezado a hacerlo antes de que la razón o la conciencia despertara y me hiciera avanzar otra vez trabajosamente. Al hacerlo, descubrí con mayor claridad que antes los pocos deseos de seguir que tenía. Era una tarea tan difícil que sentí como si caminara contra el viento, pero en realidad se trataba de una de esas tardes inmóviles, muertas, en las que no se mueve ni una hoja, y empezaba a alzarse un poco de niebla.

Cuanto más avanzaba, más imposible me resultaba pensar en otra cosa que no fueran los eldila. Después de todo, ¿qué era lo que Ransom sabía realmente sobre ellos? Según sus propias palabras, los que había conocido no solían visitar nuestro planeta... Habían comenzado a hacerlo después de su regreso de Marte. Teníamos eldila propios, había dicho, eldila telúricos, pero eran de un tipo distinto y casi siempre hostiles al hombre. En realidad, por eso nuestro mundo estaba incomunicado con los otros planetas. Ransom nos describía como si estuviéramos asediados, como si fuéramos, en realidad, un territorio ocupado por el enemigo, dominado por los eldila que estaban en guerra tanto con nosotros como con los eldila del «Cielo Profundo» o «espacio». Del mismo modo que las bacterias a nivel microscópico, estos nocivos cohabitantes del nivel macroscópico saturan nuestra vida de forma invisible y son la verdadera explicación de esa curva fatal que constituye la lección básica de la historia. Si todo eso fuera cierto, entonces, naturalmente, deberíamos regocijarnos del hecho de que eldila de mejor especie hubieran roto al fin la frontera (que, según afirman, está en la órbita de la Luna) y empezaran a visitarnos. Siempre suponiendo que lo que Ransom decía fuese correcto.

Se me ocurrió una idea detestable. ¿Acaso Ransom no podía ser un incauto? Si algo del espacio exterior estuviera tratando de invadir nuestro planeta, ¿qué mejor pantalla de humo podría levantar, justamente, que la historia de Ransom? ¿Había la menor evidencia, después de todo, de que existieran los supuestos eldila maléficos sobre la tierra? ¿Y si mi amigo fuera el puente involuntario, el caballo de Troya mediante el cual un posible invasor estuviera entrando en Tellus, la Tierra? Y, una vez más, como cuando había descubierto que no llevaba la mochila, me asaltó el impulso de no seguir adelante. «Regresa, regresa», me susurraba a mí mismo. «Envíale un telegrama, dile que estás enfermo, que vendrás en otra ocasión... Cualquier cosa». La fuerza de este sentimiento me asombró. Me quedé inmóvil durante unos instantes, diciéndome que no tenía que ser tan tonto y, cuando al fin reanudé la marcha, iba preguntándome si eso no podría ser el principio de una crisis nerviosa. Nada más aparecer en mi mente, la idea se convirtió en un nuevo motivo para no visitar a Ransom.

Obviamente no estaba en condiciones de «negocios» tan arriesgados como a los que se refería casi con seguridad el telegrama. No estaba en condiciones ni siquiera de pasar un fin de semana normal lejos de casa. El único acto sensato era volver de inmediato y quedarme seguro en casa, antes de perder la memoria o volverme histérico y acabar en manos de un médico. Seguir era una completa locura.

Ahora estaba llegando al final del brezal y bajaba una pequeña colina con un matorral a la izquierda y varios edificios industriales aparentemente abandonados a la derecha. En la zona más baja, la niebla vespertina era un poco más densa. «Al principio lo llaman crisis», pensé. ¿No había una enfermedad mental en la que los objetos comunes le parecían al paciente increíblemente ominosos?... ¿Le parecían, en realidad, lo que me parecía la fábrica abandonada en ese momento? Grandes formas bulbosas de cemento, extraños espectros de ladrillo me miraban, ceñudos, por encima de la hierba seca y corta, sembrada de charcos grises como marcas de viruela y cortada por los restos de un ferrocarril de vía estrecha. Recordé cosas que Ransom había visto en ese otro mundo, solo que allí eran personas.

Gigantes largos como agujas que él llamaba sorns. Lo que empeoraba las cosas era que Ransom los consideraba buena gente; en realidad, mucho mejores que nuestra propia raza.

¡Estaba aliado con ellos! ¿Cómo sabía yo si Ransom era un incauto? Podía ser algo peor... y, una vez más, me detuve. Como no conoce a Ransom, el lector no entenderá lo contraria que era la idea a toda razón. La parte racional de mi mente, incluso en ese momento, sabía muy bien que aunque el universo entero fuera loco y hostil, Ransom era cuerdo, saludable y honesto. Y fue esa parte la que finalmente me hizo seguir adelante... pero con una resistencia y una dificultad que apenas puedo expresar en palabras. Lo que me permitía continuar era el conocimiento (oculto muy dentro de mí) de que a cada paso me acercaba al único amigo, pero sentía que me acercaba al único enemigo, el traidor, el brujo, el hombre aliado con «ellos»..., meciéndome en la trampa con los ojos abiertos, como un tonto. «Al principio lo llaman crisis —decía mi mente—, y te envían a un sanatorio particular. Más tarde te mandan a un manicomio».

Ahora que había pasado la fábrica muerta, estaba inmerso en la niebla, donde hacía mucho frío. Entonces hubo un momento, el primero de absoluto terror, y tuve que morderme los labios para no gritar. Era solo un gato que había cruzado el camino corriendo, pero me encontré completamente acobardado. «Pronto estarás gritando realmente —decía mi atormentador interior—, corriendo en círculos, gritando, y no podrás parar».

Había una casita vacía junto al camino. Tenía casi todas las ventanas tapiadas con tablas menos una, que miraba como el ojo de un pescado. Por favor, quiero que entiendan que en épocas normales la idea de una casa embrujada no significa para mí más de lo que significa para ustedes. Nada más, pero tampoco nada menos. En ese momento no se me ocurrió algo tan definido como la idea de un fantasma. Era solo la palabra *embrujada*. Embrujada... embrujar... ¡Qué poder tiene esa palabra! Aunque nunca hubiera oído la palabra ni conociera su significado, ¿no temblaría un niño ante el simple sonido si, al caer el día, oyera que un mayor le dice a otro «Esta casa está embrujada»?*

Después llegué al cruce de caminos junto a la capillita metodista donde debía girar a la izquierda, bajo las hayas. A esas alturas tendría que estar viendo las luces de las ventanas de Ransom... ¿o ya había llegado la hora de la oscuridad antiaérea? Se me había parado el reloj y no lo sabía. Estaba bastante oscuro, pero podía deberse a la niebla y los árboles. No sé si entienden que no era de la oscuridad de lo que tenía miedo. Todos hemos conocido momentos en que los objetos inanimados parecen tener una expresión casi facial, y era la expresión de ese tramo de camino lo que no me gustaba. «No es cierto que la gente que se está volviendo loca nunca piense que se está volviendo loca», decía mi mente. ¿Y si la verdadera demencia hubiera elegido ese paraje para manifestarse? En tal caso, desde luego, la negra aversión de los árboles goteantes —su horrible expectativa— sería una alucinación. Pero eso no mejoraba las cosas. Pensar que el espectro que

---

* El autor juega con la sonoridad sugestiva de la frase en inglés: *This house is haunted*. *(N. del t.).*

vemos es una ilusión no nos libra del terror; sencillamente añade el terror más profundo de la locura propiamente dicha... y, para culminar, la horrible sospecha de que los que los demás llaman locos han sido siempre las únicas personas que ven el mundo como es realmente.

En aquel momento eso me invadió. Seguí a los tumbos en el frío y la oscuridad, ya convencido a medias de que debía de estar entrando en lo que llaman demencia. Pero mi opinión sobre la cordura cambiaba a cada instante. ¿Había sido alguna vez algo más que una convención... un cómodo par de anteojeras, un modo acordado de tomar los deseos por la realidad, que excluía de nuestra visión la completa extrañeza y malevolencia del universo que nos vemos obligados a habitar? Las cosas que había empezado a conocer durante los últimos meses de mi relación con Ransom superaban ya lo que la «cordura» puede admitir; pero yo había ido demasiado lejos para desecharlas como irreales. Dudaba de la interpretación que Ransom les daba, o de su buena fe. No dudaba de la existencia de lo que él había encontrado en Marte —los pfifltriggi, los jrossa y los sorns— ni de los eldila interplanetarios. Ni siquiera dudaba de la realidad del ser misterioso a quien los eldila llaman Maleldil y a quien parecen rendir una obediencia total, superior a la que puede obtener cualquier dictador terrestre. Sabía con qué relacionaba Ransom a Maleldil.

Con seguridad esa era la casa de campo. Estaba muy bien oscurecida. Un pensamiento infantil, lastimero, asaltó mi mente: ¿Por qué Ransom no había salido al portón a recibirme? Un pensamiento aún más infantil lo siguió. Quizás estaba en el jardín esperándome escondido. Quizás saltara sobre mí por detrás. Quizás yo viera una silueta que parecería Ransom dándome la espalda y, cuando le hablara, se daría vuelta y mostraría un rostro en absoluto humano... Como es natural, no tengo el menor deseo de alargar esta parte del relato. Recuerdo con humillación el estado mental en que me encontraba. Lo hubiera pasado por alto si no creyera necesario relatarlo hasta cierto punto, para una completa comprensión de lo que sigue... y, tal vez, también de otras cosas. Sea como fuere, no puedo describir realmente cómo llegué a la puerta de entrada de la casa. De un modo u otro, a pesar de la aversión y del desaliento que me tiraba hacia atrás y de una especie de pared invisible de resistencia que me daba en la cara, luchando a cada paso y casi chillando cuando una rama inocente me tocó el rostro, me las arreglé para pasar el portón y subir por el pequeño sendero. Y allí estaba, golpeando la puerta con los puños y sacudiendo el picaporte, gritándole a Ransom que me dejara entrar, como si de eso dependiera mi vida. No hubo respuesta: ningún sonido salvo el eco de los ruidos que yo mismo había hecho. Solo había algo blanco revoloteando sobre el llamador. Supuse, desde luego, que era una nota. Al encender una cerilla para leerla, descubrí hasta qué punto me temblaban las manos, y cuando el fósforo se apagó advertí cuánto había oscurecido. Después de varios intentos logré leerla. «Disculpa. He tenido que ir a Cambridge. Volveré en el último tren. Hay comida en la despensa y la cama está lista en el cuarto de siempre. No me esperes a comer a menos que quieras hacerlo. E. R.». Inmediatamente, el impulso de volverme, que ya me había asaltado varias veces, me invadió con una especie de violencia demoníaca. Ahí estaba el camino abierto para la retirada, invitándome. Era mi oportunidad. ¡Si alguien esperaba que entrara a la casa y me quedara sentado a solas durante varias horas, estaba muy equivocado! Pero, entonces, cuando la imagen del viaje de regreso empezó a formarse en mi mente, dudé. La idea de emprender el camino de la avenida de hayas otra vez (ahora estaba realmente oscuro) con la casa detrás de mí (tenía la absurda sensación de que podía seguirme) no era atractiva. Y fue entonces, supongo, cuando algo mejor me vino a la mente: cierto resto de cordura y cierta resistencia a dejar a Ransom. Al menos podía comprobar si la puerta estaba realmente abierta. Lo hice. Y lo estaba. Un momento después, no sé bien cómo, me encontré en el interior y dejé que la puerta se cerrara con un golpe a mis espaldas.

Dentro estaba muy oscuro y hacía calor. Avancé unos pasos a tientas, me golpeé con violencia la espinilla contra algo y me caí. Me quedé sentado, inmóvil durante unos segundos, masajeándome la pierna. Creía conocer bastante bien la disposición de la sala de estar de Ransom y no podía imaginar contra qué había tropezado. Un momento después busqué en el bolsillo, saqué las cerillas e intenté hacer luz. La cabeza del fósforo se desprendió. La pisé y olfateé para asegurarme de que no ardía sobre la alfombra. En cuanto olí advertí un extraño aroma en la habitación. Juro que no pude distinguir qué era. Se diferenciaba de los olores domésticos comunes tanto como algunos productos químicos, pero no era un olor de tipo químico en ningún sentido. Entonces encendí otra cerilla. Llameó y se apagó casi de inmediato, algo bastante lógico, dado que estaba sentado sobre el felpudo y hay pocas puertas de entrada, incluso en viviendas mejor construidas que la casa de campo de Ransom, que no admitan corrientes de aire. El fósforo no me había permitido ver más que mi propia mano ahuecada para proteger la llama. Obviamente debía alejarme de la puerta. Me puse en pie con cautela y tanteé el camino hacia adelante. Llegué en seguida a un obstáculo: algo liso y muy frío que se alzaba un poco más arriba de las rodillas. Cuando lo toqué advertí que era el origen del olor. Avancé a tientas tocando el objeto a la izquierda y finalmente llegué al final del mismo. Parecía tener varias superficies y no podía hacerme una idea de la forma. No era una mesa, porque no tenía parte superior. La mano palpaba a lo largo del borde de una especie de pared baja: el pulgar por afuera y los dedos metidos en el espacio interno. Si hubiera tenido la textura de la madera habría supuesto que se trataba de una gran caja de embalaje. Pero no era madera. Por un momento pensé que estaba mojado, pero pronto decidí que estaba confundiendo el frío con la humedad. Cuando alcancé el extremo encendí la tercera cerilla.

Vi algo blanco y semitransparente, bastante parecido al hielo. Era un objeto grande, muy largo, una especie de caja, una caja abierta, de una forma inquietante que no reconocí en seguida. Tenía el espacio suficiente para meter un hombre dentro. Entonces retrocedí un paso, alzando el fósforo encendido para tener una visión de conjunto y, en el mismo instante, tropecé con algo detrás de mí. Me encontré cayendo a lo largo en la oscuridad, no sobre la alfombra, sino sobre otra sustancia fría de olor extraño.

¿Cuántos objetos infernales había allí?

Estaba a punto de ponerme de pie otra vez y buscar una vela en el cuarto cuando oí que pronunciaban el nombre de Ransom y, casi, aunque no del todo simultáneamente, vi lo que había temido ver durante tanto tiempo. Oí que pronunciaban el nombre de Ransom, pero no me atrevería a decir que oí una voz pronunciarlo. El sonido era asombrosamente distinto al de una voz. Estaba articulado de manera perfecta; hasta supongo que era bastante hermoso. Pero se trataba de algo inorgánico, si es que pueden entenderme. Me figuro que sentimos la diferencia entre las voces animales (incluyendo la del animal humano) y todos los demás ruidos con bastante precisión, aunque es difícil definirlo. La sangre, los pulmones y la cavidad cálida, húmeda, de la boca están indicados de algún modo en cualquier voz. Aquí no estaban. Las dos sílabas sonaron más como si fueran ejecutadas sobre un instrumento que como si fueran habladas y, sin embargo, tampoco sonaron mecánicas. Una máquina es algo que construimos con materias naturales; esto era más bien como si la roca o el cristal o la luz hubiesen hablado por sí mismos. Y me recorrió desde el pecho a la ingle un estremecimiento como el que nos atraviesa cuando creemos haber perdido pie mientras escalamos un precipicio.

Eso es lo que oí. Lo que vi fue sencillamente una vara o pilar muy tenue de luz. No creo que proyectara un círculo de luz sobre el piso o el techo, pero no estoy seguro. Ciertamente tenía poco poder para iluminar lo que lo rodeaba. Hasta aquí, todo estaba claro. Pero tenía otras dos características menos fáciles de aprehender. Una era el color. Como vi el objeto, es obvio que debo de haberlo visto blanco o de color, pero ningún esfuerzo de la memoria puede conjurar la más leve imagen al respecto. Pruebo con el azul, el dorado, el violeta y el rojo, pero ninguno se adecua. No pretendo explicar cómo es posible tener una experiencia visual que de inmediato y para siempre se vuelva imposible de recordar. La otra característica era el ángulo de posición. No estaba situado en ángulo recto respecto al suelo. Pero, una vez dicho esto, me apresuro a agregar que expresarlo así es una reconstrucción posterior. Lo que sentía realmente en aquel momento era que la columna de luz era vertical, pero el suelo no era horizontal; todo el cuarto parecía haberse inclinado como si estuviera a bordo de una nave. La impresión, cualquiera que fuese el modo en que se produjera, era de que la criatura se relacionaba con cierta horizontal, con cierto sistema completo de direcciones ajeno a la Tierra, y que su simple presencia me imponía ese sistema extraño y abolía la horizontalidad terrestre.

No tenía la menor duda de que estaba viendo un eldil y pocas de que veía al arconte de Marte, el Oyarsa de Malacandra. Y ahora que el acontecimiento había tenido lugar, ya no me encontraba en una condición de pánico abyecto. Es cierto que mis sensaciones eran, en algunos aspectos, muy desagradables. El hecho muy obvio de que fuera algo no orgánico, el conocimiento de que la inteligencia estuviera localizada de algún modo en aquel cilindro homogéneo de luz, pero no relacionada con él como se relaciona nuestra conciencia con el cerebro y los nervios era algo profundamente perturbador.* No se adecuaba a nuestras categorías. La respuesta que por lo común tenemos ante una criatura viviente y la que tenemos ante un objeto inanimado eran aquí igualmente inapropiadas. Por otro lado, todas las dudas que había sentido antes de entrar en la casa acerca de si tales criaturas eran amigas o enemigas, y de si Ransom era un visionario o un incauto, habían desaparecido por el momento. Ahora mi miedo era de otro tipo. Estaba seguro de que la criatura era lo que llamamos «buena», pero no estaba seguro de que esa «bondad» me gustara tanto como había supuesto. Se trata de una experiencia terrible. Mientras lo que uno tema sea algo maligno, puede esperarse que el bien aún venga en nuestra ayuda. Pero supongamos que uno se esfuerza por alcanzar el bien y descubre que también él es temible. ¿Qué ocurre si la comida resulta ser justamente lo que no se puede comer, el hogar el único sitio donde no se puede vivir y quien nos

---

* Como es natural, en el texto me atengo a lo que pensé y sentí en el momento, ya que solo eso es una evidencia de primera mano, pero obviamente queda espacio para especulaciones mucho más profundas sobre la forma en que los eldila se aparecen a nuestros sentidos. Hasta ahora, las únicas consideraciones serias sobre el problema deben buscarse a principios del siglo XVII. Como punto de partida para la investigación futura, recomiendo el siguiente fragmento de Natvilcius (*De Aethereo et aerio Corpore*, Basilea, 1687, II. XII): *Liquet simplicen flamman semibus nostris subjectam non esse corpus proprie dictum angeli vel daemonis, sed potius cut illius corporis sensorium aut superficiem corporis in coelesti dispositione locorum supra cogitationes humanas existentis.* («Parece que la llama homogénea percibida por nuestros sentidos no es el cuerpo, así llamado propiamente, de un ángel o numen, sino más bien el sistema sensorial de ese cuerpo o la superficie de un cuerpo que existe de una manera más allá de nuestra concepción en el marco celestial de referencias espaciales»). Por «marco celestial de referencias» entiendo que quiere significar lo que ahora llamaríamos «espacio multidimensional». Desde luego, no es que Natvilcius supiera de geometría multidimensional, sino que había alcanzado empíricamente lo mismo que los matemáticos han alcanzado desde entonces en el terreno teórico.

consuela la persona que nos hace sentir incómodos? Entonces, realmente, no hay ayuda posible: la última carta ha sido jugada. Durante uno o dos segundos estuve en ese estado. Allí estaba al fin un fragmento de ese mundo más allá del mundo, que siempre había supuesto que amaba y deseaba, irrumpiendo y apareciendo ante mis sentidos. Y no me gustaba, quería que se fuera. Quería que toda distancia, abismo, telón, capa y barrera posible se interpusiera entre eso y yo. Pero no caí totalmente en el abismo. Curiosamente, la sensación misma de desamparo me salvó y tranquilizó. Porque ahora era muy evidente que me habían «absorbido». La lucha terminó. La próxima decisión no me correspondía a mí tomarla.

Entonces, como un sonido de otro mundo, se oyó una puerta al abrirse y el ruido de botas sobre el felpudo y vi, recortada contra la noche gris en el vano de la puerta abierta, una silueta en la que reconocí a Ransom. El habla que no era una voz volvió a brotar del pilar de luz, y Ransom, en vez de moverse, se mantuvo inmóvil y le contestó. Ambos discursos fueron en un extraño idioma polisilábico que yo no había oído antes. No trato de excusar los sentimientos que se despertaron en mí al oír el sonido inhumano dirigiéndose a mi amigo y a mi amigo contestándole en el idioma inhumano. En realidad, son inexcusables, pero si ustedes los creen improbables en semejante coyuntura, debo decirles lisa y llanamente que no han leído ni la historia ni el propio corazón con algún provecho. Eran sentimientos de rencor, horror y celos. Pensé en gritar: «Deja a tu demonio familiar en paz, maldito brujo, y préstame atención a mí».

Lo que dije en realidad fue:

—Oh, Ransom, gracias a Dios que has llegado.

2

La puerta se cerró de golpe (por segunda vez en la noche) y, después de un momento de búsqueda, Ransom encontró y encendió una vela. Miré con rapidez a mi alrededor y no pude ver a nadie aparte de nosotros. Lo más notable del cuarto era el gran objeto blanco. Esta vez reconocí la forma. Era un amplio cofre en forma de ataúd, abierto. En el suelo, junto a él, estaba la tapa y sin duda era con ella con lo que había tropezado. Eran de un material blanco, parecido al hielo, pero más vaporoso y menos brillante.

—Por Júpiter, me alegro de verte —dijo Ransom, adelantándose y estrechándome la mano—. Esperaba encontrarme contigo en la estación, pero he tenido que arreglar todo con mucha prisa y en el último momento descubrí que tenía que ir a Cambridge. Nunca quise dejarte hacer ese viaje solo. —Después, supongo que al ver que yo lo seguía mirando con una expresión bastante estúpida, agregó—: Quiero decir... estás bien, ¿verdad? ¿Pudiste pasar la barrera sin ningún daño?

—¿La barrera? No entiendo.

—Pensé que habrías tenido dificultades para llegar aquí.

—¡Oh, eso! —dije—. ¿Quieres decir que no eran solo mis nervios? ¿Había realmente algo en el camino?

—Sí. Ellos no querían que llegaras aquí. Temía que ocurriera algo por el estilo, pero no tuve tiempo de hacer nada al respecto. Estaba prácticamente seguro de que de algún modo podrías pasar.

—¿Por ellos te refieres a los otros... nuestros propios eldila?

—Sí. Se han enterado de lo que va a pasar...

Lo interrumpí.

—A decir verdad, Ransom, todo este asunto me preocupa cada vez más —dije—. Mientras venía se me ocurrió...

—Oh, si los dejas, te meterán cualquier cosa en la cabeza —dijo Ransom despreocupadamente—. Lo mejor es no prestarles atención y seguir adelante. No trates de contestarles. Les encanta llevarte a una discusión interminable.

—Pero escucha —dije—. Esto no es un juego. ¿Estás seguro de que el Señor Oscuro, el depravado Oyarsa de Tellus, la Tierra, existe realmente? ¿Sabes realmente si hay dos bandos o cuál de ellos es el nuestro?

De pronto Ransom fijó en mí una de esas miradas apacibles pero extrañamente apabullantes.

—¿Tienes alguna duda real sobre cualquiera de los dos puntos? —preguntó.

—No —dije después de una pausa, y me sentí bastante avergonzado.

—Entonces todo va bien —dijo Ransom con tono jovial—. Ahora vamos a comer y te daré las explicaciones necesarias.

—¿Qué es ese asunto del ataúd? —pregunté mientras entrábamos en la cocina.

—Allí es donde voy a viajar.

—¡Ransom! —exclamé—. Él... eso... el eldil... ¿va a llevarte otra vez a Malacandra?

—¡No! —dijo—. Oh, Lewis, no comprendes. ¿Llevarme otra vez a Malacandra? ¡Si él pudiera! ¡Daría todo lo que tengo... solo por contemplar de nuevo uno de esos desfiladeros y ver el agua azul, entrando y saliendo de los bosques, remolineante. O estar en la parte superior y ver a un sorn deslizándose por las laderas. ¡O estar otra vez en una de las noches en que Júpiter se levantaba, demasiado brillante para mirarlo de frente, con todos los asteroides como una Vía Láctea, cada estrella tan brillante como se ve Venus desde la Tierra! ¡Y los olores! Es difícil sacármelo de la cabeza. Uno podría pensar que es peor por la noche, cuando Malacandra asciende y puedo verlo realmente. Pero no es entonces cuando me invade el dolor. Es en los cálidos días de verano: al alzar la vista hacia el profundo azul del cielo y pensar que allí dentro, a millones de kilómetros, adonde nunca jamás podré volver, hay un lugar que conozco, y flores que en ese mismo instante crecen sobre Meldilorn, y amigos míos, yendo a cumplir con sus tareas, que me darían la bienvenida si regresara. No. No tengo tanta suerte. No es a Malacandra adonde me envían. Es a Perelandra.

—Lo que nosotros llamamos Venus, ¿verdad?

—Sí.

—Y dices que te envían.

—Sí. Recordarás que antes de abandonar Malacandra el Oyarsa me insinuó que mi viaje al planeta podía ser el comienzo de una fase completamente nueva en la vida del sistema solar... el Campo del Árbol. Podía significar, dijo, que el aislamiento de nuestro mundo, el sitio, estaba empezando a terminar.

—Sí. Lo recuerdo.

—Bueno, realmente parece que algo de eso ocurría. En primer lugar, los dos bandos, como los llamaste, han comenzado a aparecer mucho más nítidos, mucho menos mezclados aquí en la Tierra, en nuestros propios asuntos humanos; a mostrarse más con sus verdaderos colores.

—Estoy de acuerdo.

—Lo otro es lo siguiente. El arconte negro, nuestro propio Oyarsa torcido, está tramando algún tipo de ataque sobre Perelandra.

—Pero ¿tiene libertad para moverse de ese modo en el sistema solar? ¿Puede llegar allí?

—Ese es el punto crucial. No puede llegar en persona, en su propio fotosoma o comoquiera que lo llamemos. Como bien sabes, lo confinaron dentro de esos límites siglos antes de que hubiera vida humana sobre nuestro planeta. Si se atreviera a mostrarse fuera de la órbita de la Luna volverían a confinarlo, por la fuerza. Ese sería un tipo de guerra distinta. Tú y yo no podríamos colaborar más de lo que podría contribuir una mosca en la defensa de Moscú. No. Debe de estar tratando de llegar a Perelandra de otro modo.

—¿Y cuál es tu papel?

—Bueno... sencillamente me han ordenado estar allí.

—¿Quieres decir que lo ha hecho el... el Oyarsa?

—No. La orden viene de mucho más arriba. A la larga, siempre es así, ¿sabes?

—¿Y qué tendrás que hacer cuando llegues?

—No me lo han dicho.

—¿Solo formas parte del séquito del Oyarsa?

—Oh no. Él no va a estar. Va a transportarme a Venus... a descargarme allí. Después, según lo que sé, me veré enfrentado a mis propios medios.

—Pero escucha, Ransom... quiero decir... —Mi voz se apagó.

—¡Ya sé! —dijo con una de sus particulares sonrisas desarmantes—. Te parece absurdo. El doctor Elwin Ransom sale a luchar completamente solo contra reyes y reinos. Te debes de estar preguntando incluso si no he caído en la megalomanía.

—No quise decir eso en absoluto —dije.

—Oh, pero creo que lo has pensado. En todo caso, es lo que yo mismo he estado sintiendo desde que este asunto se me vino encima. Pero si lo piensas mejor, ¿acaso es más extraño que lo que todos debemos hacer diariamente? Cuando la Biblia hablaba de luchar contra reyes y reinos y seres hipersomáticos de gran altura (dicho sea de paso, nuestra traducción es bastante equívoca en ese punto) quería decir que gente completamente común iba a tener que hacerse cargo de la lucha.

—Oh, no tengo la menor duda —repuse—. Pero esto es muy distinto. Esas palabras se referían a un conflicto moral.

Ransom echó la cabeza hacia atrás y se rio.

—Oh, Lewis, Lewis —dijo—. ¡Eres único, sencillamente único!

—Digas lo que digas, Ransom, hay una diferencia.

—Sí. La hay. Pero no una diferencia que convierta en megalomanía pensar que cualquiera de nosotros puede verse obligado a luchar de un modo u otro. Te diré cómo lo veo. ¿No has notado que en nuestra pequeña guerra, aquí en la Tierra, hay distintos períodos, y que, mientras se está en uno de ellos, la gente cambia la costumbre de pensar y comportarse como si este momento fuera a ser permanente? Pero, en realidad, las cosas cambian bajo nuestros ojos sin cesar y ni nuestras ventajas ni nuestros riesgos de este año son iguales a los del anterior. Ahora bien, tu idea de que la gente común nunca tendrá que enfrentarse con los eldila oscuros de ninguna forma, salvo la psicológica o la moral (tentaciones o cosas por el estilo), es simplemente una idea que se aplica durante cierto período de la guerra cósmica: el momento del gran sitio, la época que le ha dado a nuestro planeta el nombre de Thulcandra, el planeta silencioso. Pero ¿si ese momento está pasando? En el próximo, puede ser tarea de todos enfrentarse con ellos... bueno, de un modo completamente distinto.

—Ya veo.

—No vayas a imaginar que me han elegido para ir a Perelandra porque sea alguien especial. Uno nunca puede comprender, o al menos no hasta mucho más tarde, por qué cualquier persona fue elegida para cualquier misión. Y, cuando lo hace, por lo común se trata de un motivo que no da lugar a la vanidad. Ciertamente, nunca es por lo que el hombre mismo hubiera considerado sus principales habilidades. Supongo que me envían porque los dos canallas que me secuestraron y me llevaron a Malacandra hicieron algo que nunca pretendieron hacer; es decir, le dieron a un ser humano la oportunidad de aprender ese idioma.

—¿A qué idioma te refieres?

—Al *jressa-jlab*, desde luego. El idioma que aprendí en Malacandra.

—Pero ¡seguramente no piensas que hablarán en el mismo idioma en Venus!

—¿No te conté nada al respecto? —dijo Ransom, inclinándose hacia adelante. Estábamos ante la mesa y casi habíamos terminado con la cena fría, la cerveza y el té—. Me asombra que no lo haya hecho, porque lo supe hace dos o tres meses, y científicamente es una de las cosas más interesantes de todo el asunto. Parece que estábamos muy equivocados al pensar que el *jressa-jlab* era el habla peculiar de Marte. En realidad es lo que podría llamarse el solar antiguo, *jlab-eribol-efcordi*.

—¿Qué demonios quieres decir?

—Quiero decir que originalmente había un lenguaje común para todas las criaturas que habitaban los planetas de nuestro sistema, los que estuvieron habitados alguna vez, quiero decir: lo que los eldila llaman Mundos Inferiores. La mayoría, desde luego, nunca estuvo ni estará habitada. Al menos no en el sentido que le damos a la palabra *habitada*. Ese lenguaje original se perdió en Thulcandra, nuestro mundo, cuando ocurrió nuestra tragedia. Ningún idioma humano conocido del mundo actual viene de él.

—Pero ¿y los otros idiomas de Marte?

—Admito que no entiendo bien ese punto. Algo sé, y creo poder probarlo sobre bases puramente filológicas. Son incomparablemente menos antiguos que el *jressa-jlab*, sobre todo el *surnibur*, el lenguaje de los sorns. Creo que podría demostrarse que el *surnibur* es, de acuerdo con los esquemas malacándricos, un desarrollo bastante moderno. Dudo que su nacimiento pueda fecharse mucho más atrás de nuestra época cámbrica.

—¿Y crees que en Venus hablarán el *jressa-jlab* o solar antiguo?

—Sí. Llegaré conociendo el idioma. Eso resuelve muchos problemas... aunque, como filólogo, lo encuentro un poco decepcionante.

—Pero ¿no tienes idea de lo que vas a hacer o con qué condiciones te encontrarás?

—Ni la menor idea sobre lo que haré. Hay misiones donde es esencial no saber mucho anticipadamente... cosas que uno podría verse obligado a decir que uno no diría con la misma efectividad si las hubiera preparado. En cuanto a las condiciones, bueno, no sé mucho. Hará calor; iré desnudo. Nuestros astrónomos no saben nada sobre la superficie de Perelandra. La capa superior de la atmosfera es demasiado densa. Según parece, el problema principal es si gira o no sobre su eje y a qué velocidad lo hace. Hay dos tendencias. Un hombre llamado Schiaparelli cree que gira una vez sobre sí mismo en el mismo tiempo que emplea para girar alrededor del Árbol... quiero decir, del Sol. Los otros piensan que gira sobre el eje una vez cada veinticuatro horas. Esa es una de las cosas que averiguaré.

—Si Schiaparelli tiene razón, ¿habría un día perpetuo sobre un lado y una noche perpetua sobre el otro?

Ransom asintió pensativamente.

—Sería una extraña frontera —dijo un momento después—. Imagínate. Llegarías a una zona de crepúsculo eterno, cada vez más fría y oscura a cada kilómetro que avanzas. Y, en un momento concreto, no podrías seguir adelante porque ya no habría aire. Me pregunto, ¿puede uno permanecer en el día, del lado indicado de la frontera y mirar dentro de la noche inalcanzable? Y ver quizás una o dos estrellas... el único sitio donde uno podría verlas, porque desde luego en las Tierras Diurnas serían invisibles... Como es lógico, si cuentan con cultura científica deben de tener trajes especiales y aparatos como submarinos sobre ruedas para penetrar en la Noche.

Le brillaban los ojos, y hasta yo, que pensaba sobre todo en cómo lo extrañaría y hasta me preguntaba sobre las posibilidades de volver a verlo alguna vez, sentí un estremecimiento empático de maravilla y curiosidad por saber. Un momento después, Ransom volvió a hablar.

—Aún no me has preguntado cuál es tu papel —dijo.

—¿Quieres decir que yo también voy a ir? —pregunté con un temblor de una especie exactamente opuesta.

—De ningún modo. Quiero decir que deberás encerrarme en la caja y estar por aquí para sacarme cuando regrese... si todo marcha bien.

—¿Encerrarte? Oh, había olvidado el asunto del ataúd. Ransom, ¿cómo diablos vas a viajar en ese objeto? ¿Cuál es la fuerza motriz? ¿Dónde está el aire... y la comida... y el agua? Solo hay sitio para ti.

—El propio Oyarsa de Malacandra será la fuerza motriz. Sencillamente lo moverá hasta Venus. No me preguntes cómo. No tengo idea de los órganos o instrumentos que utilizan. Pero ¡una criatura que ha mantenido un planeta en órbita durante billones de años tiene que poder hacerse cargo de una caja de embalaje!

—Pero ¿qué comerás? ¿Cómo respirarás?

—Me dijo que no necesitaré hacerlo. Estaré en una especie de estado de animación suspendida, según lo que pude descifrar. No pude entenderlo cuando intentó explicármelo. Pero ese es asunto suyo.

—¿Y estás contento ante la perspectiva? —le dije, porque algo semejante al horror empezaba a invadirme una vez más.

—Si me preguntas si mi razón acepta la posibilidad (sin contar accidentes) de que él me haga llegar sano y salvo a Perelandra... la respuesta es sí —contestó Ransom—. Si preguntas si responden el temple y la imaginación a esa posibilidad... me temo que la respuesta es no. Uno puede creer en la anestesia y aun así sentir pánico cuando nos colocan realmente la máscara en la cara. Creo que me siento como se siente un hombre que cree en la vida futura cuando lo llevan ante el pelotón de fusilamiento. Quizás sea un buen ejercicio.

—¿Y yo voy a encerrarte en ese maldito objeto? —pregunté.

—Sí —dijo Ransom—. Ese es el primer paso. Debemos salir al jardín en cuanto asome el sol y apuntarlo de tal modo que no haya edificios ni árboles en su camino. El huerto de coles servirá. Después entraré en él (con una venda en los ojos, porque las paredes no impedirán el paso de la luz del sol cuando salga de la atmósfera) y tú atornillarás la tapa. Después, supongo que lo verás deslizarse y partir.

—¿Y luego?

—Bueno, luego viene lo difícil. Debes estar preparado para venir aquí en el momento en que seas citado, para sacar la tapa y dejarme salir cuando regrese.

—¿Cuándo esperas volver?

—Nadie puede decirlo. Seis meses... un año... veinte años. Ese es el problema. Me temo que te estoy colocando sobre los hombros una carga bastante pesada.

—Yo podría estar muerto.

—Lo sé. Me temo que parte de la carga será elegir un sucesor; en seguida, por otra parte. Hay cuatro o cinco personas en las que podemos confiar.

—¿Cómo me avisarán?

—Oyarsa se encargará. Será un aviso inconfundible. No necesitas preocuparte de eso. Otra cosa. No tengo ningún motivo para suponer que volveré herido. Pero por las dudas... si puedes encontrar un médico a quien podamos hacer partícipe del secreto, no vendría mal que él te acompañe cuando vengas a sacarme.

—¿Qué te parece Humprey?

—Perfecto. Y ahora vamos a cuestiones más personales. He tenido que dejarte fuera del testamento y me gustaría que supieras el motivo.

—Mi querido Ransom, nunca he pensado en tu testamento.

—Desde luego que no. Pero me hubiera gustado dejarte algo. La razón por la que no lo he hecho es la siguiente. Voy a desaparecer. Es posible que no pueda volver. Es concebible que haya un proceso por asesinato y, si es así, toda precaución es poca. Quiero decir, para ti. Y ahora pasemos a dos o tres disposiciones de orden privado.

Acercamos las cabezas y durante largo rato hablamos sobre cuestiones que por lo común se discuten con parientes y no con amigos. Llegué a saber sobre Ransom mucho más de lo que había sabido hasta entonces, y por la cantidad de personas extrañas que me encomendó, «si es que por casualidad podía hacer algo por ellas», llegué a comprender el alcance y la intimidad de su solidaridad. A cada frase, la sombra de la cercana separación y una especie de tristeza fúnebre se asentaba con mayor énfasis en nosotros. Me descubrí tomando nota y apreciando en él todo tipo de pequeños modismos y expresiones, como los que notamos siempre en la mujer amada, pero que advertimos en un hombre solo cuando transcurren las últimas horas de su vida o se acerca la fecha de una operación tal vez fatal. Sentí la incurable incredulidad de nuestra naturaleza y apenas podía creer que quien en ese momento estaba tan cerca, tan tangible y, en cierto sentido, tan a mi disposición, fuera a ser completamente inaccesible en pocas horas, una imagen (pronto incluso una imagen elusiva) en el recuerdo. Y finalmente una especie de timidez cayó entre los dos, porque cada uno sabía lo que sentía el otro. Hacía mucho frío.

—Pronto tendremos que salir —dijo Ransom.

—No hasta que el Oyarsa vuelva —repuse. Aunque, en realidad, ahora que el momento estaba tan cerca quería terminar cuanto antes.

—Nunca nos ha abandonado —dijo Ransom—. Ha estado en la casa todo el tiempo.

—¿Quieres decir que ha estado esperando en el cuarto de al lado todas estas horas?

—Esperando, no. No vive esa experiencia. Tú y yo somos conscientes de la espera, porque tenemos un cuerpo que llega a sentir cansancio e inquietud y, en consecuencia, un sentimiento de duración acumulada. Además, podemos distinguir obligaciones y emplear el tiempo y, como resultado, tener una concepción del ocio. No pasa lo mismo con él. Ha estado aquí todo el tiempo, pero no puedes llamar a eso espera más de lo que puedes llamar espera a toda su existencia. Sería como decir que un árbol en un bosque o la luz del sol en la ladera de una colina están esperando.

Ransom bostezó.

—Estoy cansado —dijo—, y tú también. Dormiré bien en mi ataúd. Ven. Saquémoslo afuera.

Fuimos al otro cuarto y me hizo parar ante la llama sin rasgos que, en vez de esperar, era. Y allí, con Ransom de intérprete, fui en cierto modo presentado y juré con mi propia lengua respecto a esa gran empresa. Después retiramos las cortinas de protección antiaérea y dejamos entrar la mañana gris y desconsolada. Llevamos entre los dos el ataúd y la tapa, tan fríos que parecían quemarnos los dedos. Había un abundante rocío sobre la hierba y pronto se me empaparon los pies. El eldil estaba con nosotros, allí fuera en el pequeño prado, apenas visible para mis ojos a la luz del día. Ransom me enseñó los cierres de la tapa y el modo en que tenía que ser asegurada, luego hubo un poco de penosa vacilación y después el momento definitivo en que Ransom entró en la casa y reapareció desnudo: un espantapájaros blanco, alto, trémulo y cansado en esa hora cruda y pálida del día. Una vez que entró en la horrible caja hizo que le atara una gruesa faja negra alrededor de los ojos y la cabeza. Después se acostó. En ese momento no pensé en el planeta Venus ni creí realmente que pudiera volver a ver a Ransom. Si me hubiera atrevido habría dado marcha atrás con todo el plan, pero el otro ser, la criatura que no esperaba, estaba allí y el temor hacia él me dominaba. Con sensaciones que desde entonces se repiten con frecuencia en mis pesadillas, aseguré la fría tapa sobre el hombre vivo y retrocedí. Un momento después estaba solo. No miré cómo partía. Regresé a la casa y me sentí enfermo. Pocas horas más tarde, cerraba las puertas y regresaba a Oxford.

Después pasaron los meses y sumaron un año y algo más de un año, y tuvimos ataques aéreos, malas noticias y esperanzas postergadas, y toda la tierra se llenó de oscuridad y crueles moradas, hasta la noche en que Oyarsa vino otra vez a mí. Más tarde hubo para Humprey y para mí un viaje apresurado, plantones en corredores atestados y esperas al amanecer en andenes ventosos y, por último, el momento en que estuvimos de pie ante la clara y temprana luz del sol, en el pequeño rincón salvaje de hierbas altas en que se había convertido el jardín de Ransom, y vimos una partícula negra contra el sol que se alzaba y, luego, casi en silencio, el ataúd se deslizó ante nosotros. Nos echamos sobre él y le sacamos la tapa en menos de dos minutos.

—¡Por Dios! ¡Está hecho pedazos! —grité cuando di el primer vistazo al interior.

—Un momento —dijo Humprey.

Y mientras lo decía, la figura del ataúd empezó a moverse y luego se sentó, sacudiéndose al hacerlo una masa de objetos rojos que le había cubierto la cabeza y los hombros y que yo había tomado durante un momento por restos y sangre. Mientras se deslizaban y el viento se los llevaba advertí que eran flores. Ransom parpadeó durante uno o dos segundos, después nos llamó por nuestro nombre, nos dio una mano a cada uno, salió y dio unos pasos sobre la hierba.

—¿Cómo están? —preguntó—. Se los ve cansados.

Me quedé un momento en silencio, asombrado ante el cuerpo que se había levantado de esa estrecha morada: un Ransom casi nuevo, resplandeciente de salud, musculoso y diez años más joven.

Tiempo atrás había empezado a tener canas, pero la barba que ahora le cubría el pecho era de un armonioso color dorado.

—Caramba, se ha cortado el pie —advirtió Humprey, y en ese momento vi que el tobillo de Ransom sangraba.

—Uf, qué frío hace aquí —dijo Ransom—. Espero que la caldera esté encendida y haya agua caliente... y ropa.

—Sí —dije mientras lo seguíamos hacia la casa—. Humprey se encargó de todo eso. Me temo que yo no lo habría hecho.

Ahora Ransom estaba en el cuarto de baño, con la puerta abierta, oculto en nubes de vapor, y Humprey y yo le hablábamos desde el rellano de la escalera. Las preguntas eran más de las que él podía contestar.

—La idea de Schiaparelli era totalmente incorrecta —gritaba—. Tienen una noche y un día normales. —Y—: No, el tobillo no me duele... o, al menos, acaba de empezar a dolerme. —Y—: Gracias, cualquier ropa vieja me vale. Déjenla sobre la silla. —Y—: No, gracias. No tengo ganas de comer beicon o huevos, ni nada por el estilo. ¿Dicen que no hay fruta? Oh, está bien, no importa. Puede ser pan o verdura o algo así. —Y—: Bajaré en cinco minutos.

Nos seguía preguntando si estábamos realmente bien y parecía pensar que se nos veía enfermos. Bajé a preparar el desayuno y Humprey dijo que se quedaría a examinar y vendar el corte del tobillo de Ransom. Cuando llegó yo estaba contemplando uno de los pétalos rojos que había venido en el ataúd.

—Es una flor muy hermosa —le dije tendiéndosela.

—Sí —dijo Humprey, estudiándola con las manos y los ojos de un científico—. ¡Qué delicadeza tan extraordinaria! A su lado, una violeta inglesa es una mala hierba.

—Pongámoslas en agua.

—No vale la pena. Mira, ya está marchita.

—¿Cómo encuentras a Ransom?

—En perfectas condiciones. Aunque no me gusta ese tobillo. Dice que la hemorragia empezó hace tiempo.

Ransom se unió a nosotros, ya completamente vestido, y serví el té. Y durante todo ese día y hasta muy entrada la noche nos contó la historia que sigue.

3

Ransom nunca describió cómo era viajar en un ataúd astral. Dijo que no podía. Pero alusiones accidentales sobre el viaje aparecían de vez en cuando mientras hablaba de temas completamente distintos.

Según su propio relato, no estaba lo que nosotros llamamos consciente y, sin embargo, al mismo tiempo, la experiencia era muy concreta y de una cualidad particular. En una ocasión, alguien había estado hablando sobre «ver la vida» en el sentido popular de vagar por el mundo y conocer gente, y B., que estaba presente (y es antropósofo), dijo algo que no puedo recordar con exactitud sobre «ver la vida» en un sentido muy distinto. Creo que se refería a cierto sistema de meditación que pretendía hacer visible «la forma de la vida misma» al ojo interno. En todo caso, Ransom se dejó atrapar en un extenso interrogatorio al no poder ocultar que asociaba cierta idea muy definida a ese significado. Hasta llegó a decir (bajo extrema presión) que, en esa circunstancia, la vida se presentaba como una «forma coloreada». Cuando le preguntamos «qué color», adoptó una expresión extraña y solo pudo decir: «¡Qué colores! ¡Sí, qué colores!». Pero entonces lo arruinó todo al agregar: «Desde luego, no era realmente un color en ningún sentido. Quiero decir, no lo que nosotros llamamos color», y no dijo una palabra más durante el resto de la noche. Otra alusión se manifestó cuando un amigo escéptico de ambos llamado McPhee argumentaba contra la doctrina cristiana de la resurrección de la carne. En ese momento, yo era su víctima y él arremetía en su estilo escocés con preguntas como «¿Así que crees que vas a tener tripas y paladar para siempre en un mundo donde no habrá qué comer, y órganos genitales en un mundo sin cópula? ¡Hombre, te van a ser muy útiles!». Entonces Ransom irrumpió de pronto con mucha excitación: «Oh, ¿no comprendes, pedazo de burro, que hay una gran diferencia entre una vida metasensual y una vida no sensual?». Como es lógico, eso desvió las baterías de McPhee hacia él. Lo que surgió fue que, según Ransom, las funciones y apetitos actuales del cuerpo desaparecerían, no por atrofiamiento, sino porque se verían, según dijo, «absorbidas».

Recuerdo que empleó la palabra *metasexual* y empezó a buscar palabras similares para aplicar a la actividad de comer (después de rechazar metagastronómico) y, como no era el único filólogo presente, eso desvió la conversación hacia otros rumbos. Pero estoy casi seguro de que pensaba en algo que había experimentado durante el viaje a Venus. Aunque tal vez lo más misterioso que dijo sobre el mismo fue lo siguiente. Lo estaba interrogando sobre el tema (cosa que no permitía con mucha frecuencia) y yo había dicho incautamente: «Por supuesto, me doy cuenta de que para ti es algo demasiado vago para expresarlo en palabras», cuando me reprendió en un tono bastante duro para hombre tan paciente, diciendo: «Por el contrario, lo vago son las palabras. El motivo por el que no puede ser expresado es que se trata de algo demasiado definido para el lenguaje». Y eso es prácticamente todo lo que puedo contarles sobre el viaje. Algo es seguro, sin embargo, que volvió de Venus aún más cambiado que cuando había regresado de Marte. Pero, desde luego, eso puede haberse debido a lo que le ocurrió después del descenso.

Procederé ahora a contar ese descenso, tal como Ransom me lo narró. Parece que se despertó (si esa es la palabra correcta) de su indescriptible estado celestial por la sensación de caer. En otras palabras, cuando estuvo lo suficientemente cerca de Venus para sentirlo como algo situado hacia abajo. Lo siguiente que notó fue que tenía muy caliente un costado y muy frío el otro, aunque ninguna de las dos sensaciones era tan intensa para ser realmente dolorosa. De todos modos, sus percepciones pronto se vieron sumergidas en la prodigiosa luz blanca de abajo que empezaba a entrar a través de las paredes semiopacas del cofre. Aumentaba de forma constante y se volvió muy molesta a pesar de que Ransom tenía los ojos protegidos. Sin duda era el albedo, el velo externo de atmósfera muy densa que rodea Venus y que refleja los rayos del sol con energía intensa. Por algún oscuro motivo, Ransom no era consciente, como lo había sido al acercarse a Marte, del veloz aumento del peso del cuerpo. Cuando la luz blanca estaba a punto de hacerse insoportable, desapareció por completo y, muy pronto, el frío del lado izquierdo y el calor del derecho empezaron a disminuir y a ser reemplazados por una calidez equilibrada. Supongo que en ese momento se encontraba en la capa superior de la atmósfera perelándrica, en una luz crepuscular al principio pálida y luego coloreada. El color predominante, según lo que le permitían ver los lados de la caja, era el dorado o cobrizo. Para entonces debía de encontrarse muy cerca de la superficie del planeta, con el largo del ataúd perpendicular a dicha superficie, cayendo de pie como un hombre en un ascensor. La sensación de caída, impotente como estaba e incapaz de mover los brazos, se volvió atemorizante. Entonces llegó de pronto una gran oscuridad verdosa, un ruido inidentificable —el primer mensaje del nuevo mundo— y un marcado descenso de la temperatura. Ahora parecía haber asumido una posición horizontal y, además, para su gran sorpresa, semejaba estar moviéndose no hacia abajo sino hacia arriba, aunque, en aquel momento, lo juzgó una ilusión. Durante todo ese tiempo debía de haber estado haciendo esfuerzos débiles, inconscientes, para mover los miembros, porque de pronto descubrió que los costados de su casa-cárcel cedían a la presión. Estaba moviendo los miembros, entorpecido por alguna sustancia viscosa.

¿Dónde estaba la caja? Las sensaciones eran muy confusas. A veces parecía estar cayendo, a veces remontándose hacia arriba, y después volviendo a moverse en el plano horizontal. La sustancia viscosa era blanca. Parecía haber cada vez menos... Era una sustancia blanca, vaporosa como la del cofre, aunque no sólida. Con una horrible impresión advirtió que era el cofre, el cofre que se fundía, se disolvía, dando paso a una confusión indescriptible de colores: un mundo opulento, variado en el que nada, por el momento, parecía palpable. Ahora no había caja. Había sido expulsado, depositado, solo. Estaba en Perelandra.

La primera impresión, indefinida, fue la de algo inclinado, como si estuviera viendo una fotografía tomada con la cámara desnivelada. E incluso eso duró un instante. La inclinación fue reemplazada por otra, después dos inclinaciones se abalanzaron y formaron un pico, y el pico se acható de pronto en una línea horizontal, y la línea horizontal se inclinó y se convirtió en el borde de una vasta ladera centelleante que se precipitaba furiosamente hacia él. En el mismo instante sintió que se alzaba. Se remontó más y más hasta que pareció que iba a tocar la cúpula dorada que colgaba sobre él en vez de un cielo. Entonces estuvo sobre una cima, pero casi antes de que los ojos hubieran captado un enorme valle que bostezaba ante él, brillando verde como el vidrio y jaspeado con vetas de blanco espumoso, bajaba

precipitándose en él a unos cincuenta kilómetros por hora. Y
entonces advirtió que sentía una frescura deliciosa en todo el
cuerpo, salvo en la cabeza, que los pies no se apoyaban en nada
y que durante cierto tiempo había estado ejecutando de manera
inconsciente los movimientos de un nadador. Cabalgaba sobre el
oleaje sin espuma de un océano, vigorizante y fresco después de
las temperaturas feroces del cielo, pero cálido según las pautas
terrestres, tan cálido como una bahía poco profunda de fondo
arenoso en un clima subtropical. Tomó un sorbo de agua mientras
subía deslizándose con suavidad la gran colina convexa de la
siguiente ola. No tenía casi gusto a sal, era potable como el agua
fresca y solo menos insípida en un grado infinitesimal. Aunque
hasta entonces no había sido consciente de tener sed, el sorbo le
produjo un placer asombroso. Era casi como encontrarse con el
placer propiamente dicho por vez primera. Hundió el rostro enro-
jecido en la transparencia verde y, cuando lo levantó, descubrió
que estaba una vez más sobre la cresta de una ola.

No había tierra a la vista. El cielo era de un color oro puro, y
plano como el fondo de un cuadro medieval. Parecía muy distante,
tan lejano como un cirro visto desde tierra. El océano también
era dorado a lo lejos, manchado con sombras incontables. Las
olas más cercanas, aunque doradas donde las cúspides atrapaban
la luz, eran verdes en los declives, al principio color esmeralda y
más abajo de un lustroso verde botella, profundizándose hacia el
azul donde pasaba bajo las sombras de otras olas.

Vio todo eso en un instante, luego se encontró acelerando una
vez más hacia abajo en el seno entre dos olas. De algún modo
había quedado boca arriba. Vio el techo dorado de aquel mundo
temblar con una rauda variación de luces más pálidas, como
tiembla un cielorraso con la luz del sol reflejada por el agua de
la bañera cuando uno entra en ella en una mañana de verano.
Supuso que era el reflejo de las olas sobre las que nadaba. Es un
fenómeno observable tres de cada cinco días en el planeta del
amor. La reina de esos mares se contempla sin cesar en un espejo
celestial.

Arriba otra vez, hasta la cresta, y sin tierra a la vista todavía.
Algo que parecían nubes (¿o serían embarcaciones?) muy lejos,
a la izquierda. Después abajo, abajo, abajo... creyó que nunca
llegaría al fondo. Y esta vez notó lo difusa que era la luz. Semejante

diversión en el agua tibia, semejante baño glorioso, como uno lo llamaría en la Tierra, sugerían como acompañamiento natural un sol destellante. Pero no había tal cosa. El agua resplandecía, el cielo ardía dorado, pero todo era rico y difuso y los ojos se llenaban sin sentirse encandilados ni doloridos. Hasta las palabras verde y dorado, que Ransom se vio obligado a utilizar cuando describió la escena, son demasiado ásperas para la ternura, la muda iridiscencia de ese mundo cálido, maternal, delicadamente suntuoso. Era suave para mirar como un crepúsculo, cálido como un mediodía estival, pacífico y dulce como un amanecer. Era totalmente placentero.

Ransom suspiró.

Ante él había ahora una ola tan alta que resultaba temible. En nuestro mundo hablamos vanamente de mares altos como montañas cuando no lo son mucho más que un mástil. Pero allí era auténtico. Si la forma enorme hubiese sido una colina de tierra y no de agua, Ransom habría empleado una mañana entera o más caminando por su ladera para llegar a la cúspide. La ola lo atrapó y lo llevó hasta arriba en pocos segundos. Pero antes de llegar a la parte superior casi gritó de terror. Porque la ola no tenía una cima lisa como las demás. Apareció una cresta horrible: formas dentadas y ondulantes y fantásticas, anormales, incluso no líquidas, brotaban desde el borde. ¿Rocas? ¿Espuma? ¿Animales? La pregunta apenas tuvo tiempo de pasarle por la mente como un relámpago antes de que aquello estuviera sobre él. Cerró los ojos sin querer. Después se encontró una vez más precipitándose hacia abajo. Fuera lo que fuese, había pasado junto a él. Pero había sido algo. Lo había golpeado en la cara. Tocándose con las manos descubrió que no sangraba. Había sido golpeado por algo blando, que no le había hecho daño; simplemente le había pegado como un látigo por la velocidad que llevaba. Volvió a girar para quedar boca arriba, remontándose, mientras lo hacía, a centenares de metros sobre el agua de la cresta siguiente. Lejos, bajo él, en un valle vasto y momentáneo, vio lo que le había tocado. Era un objeto de forma irregular con muchas curvas y entradas. De colores variados, como una colcha de retales, ígneo, ultramarino, carmesí, anaranjado, amarillo intenso y violeta. No pudo distinguir más porque el vistazo duró muy poco tiempo. Sea lo que fuere, flotaba, porque se lanzó subiendo la pendiente de la ola opuesta, pasó entre la cúspide y se perdió de vista. Se asentaba sobre el agua como una piel, curvándose cuando el agua lo hacía. Tomó la forma de la ola en la parte superior, de modo que durante un instante estuvo con la mitad fuera de la vista más allá del borde y la otra mitad visible. Se comportaba como una estera de hierbas sobre un río (una estera de hierbas que reprodujera cada pequeña onda hecha al remar a su lado), pero en una escala muy distinta. Aquello debía de tener unas ciento veinte hectáreas.

Las palabras son lentas. No deben perder de vista el hecho de que toda la vida de Ransom en Venus hasta ese momento había durado menos de cinco minutos. No estaba cansado lo más mínimo y aún no se inquietaba seriamente respecto a su capacidad para sobrevivir en ese mundo. Tenía confianza en quienes lo habían enviado y, entretanto, la frescura del agua y la soltura de sus miembros seguían siendo una novedad y una delicia. Pero, por encima de todo, había algo más que ya he insinuado y que apenas puede expresarse en palabras: la extraña sensación de placer excesivo que de algún modo parecía llegarle a través de todos los sentidos a la vez. Empleo la palabra *excesivo* porque el mismo Ransom solo podía describirlo diciendo que durante los primeros días en Perelandra se vio invadido no por una sensación de culpa, sino por la sorpresa de no tener esa sensación. Había una exuberancia o derroche de dulzura en el simple acto de vivir que a nuestra raza le resulta difícil no asociar con actos extravagantes y prohibidos. Aunque también es un mundo violento. No acababa de perder de vista el objeto flotante cuando sus ojos se vieron heridos por una luz insoportable. Una iluminación gradual, del azul al violeta, hizo que el cielo dorado pareciera oscuro en comparación y, en un momento, reveló del nuevo planeta más de lo que Ransom había visto hasta entonces. Vio la extensión del oleaje desplegándose ilimitada ante él y, lejos, muy lejos, en el extremo mismo del mundo, contra el cielo, una sola columna irguiéndose lisa y verde, lívida, la única cosa fija y vertical en ese universo de declives cambiantes. Después, la suntuosa luz crepuscular retrocedió con rapidez (pareciendo entonces casi oscuridad) y oyó un trueno. Pero el de Perelandra tiene un timbre distinto al trueno terrestre, más resonante y, desde lejos, con una especie de tintineo incluso. Es más bien la risa que el rugir del cielo.

Siguió otro relámpago y otro, y luego la tormenta lo rodeó. Enormes nubes purpúreas llegaron para interponerse entre él y el cielo dorado, y, sin gotas preliminares, comenzó a caer una lluvia como nunca había visto. No había gotas en ella; sobre él, el agua parecía apenas menos compacta que el mar y le resultaba difícil respirar. Los relámpagos eran incesantes. En medio de ellos, cuando miraba en cualquier dirección salvo la de las nubes, veía un mundo cambiado por completo. Era como estar en el centro de un arco iris o en una nube de vapor multicolor. El agua que ahora ocupaba el aire estaba transformando el cielo y el mar en un manicomio de transparencias llameantes y contorsionadas. Se sentía deslumbrado y, por primera vez, un poco asustado. En los relámpagos veía, como antes, solo el mar infinito y la verde columna inmóvil al final del mundo. Ninguna tierra, ni el menor indicio de costa de un horizonte a otro.

El trueno era ensordecedor y se hacía difícil respirar aire suficiente. Con la lluvia parecían bajar todo tipo de cosas, aparentemente cosas vivas. Eran como ranas sobrenaturalmente gráciles y aéreas (ranas sublimadas) y tenían el color de las libélulas, pero Ransom no estaba en condiciones de observarlas cuidadosamente. Empezaba a sentir los primeros síntomas de agotamiento, y el desorden de colores de la atmósfera lo confundía por completo. No pudo precisar cuánto duró esa situación, pero lo siguiente que recuerda haber notado con alguna certeza era que el oleaje decrecía. Tuvo la impresión de estar en el límite de una cadena de montañas acuáticas y mirar hacia un terreno más bajo. Durante mucho tiempo no pudo alcanzar esa zona: lo que habían parecido aguas serenas en comparación con el mar que había encontrado al llegar siempre resultaban solo olas apenas menores cuando se precipitaba en ellas. Parecía haber una buena cantidad de grandes objetos flotantes. Y estos, a su vez, se veían a cierta distancia como un archipiélago, pero siempre, cuando Ransom se acercaba y entraba en el agua encrespada sobre la que viajaban, se convertían en algo más parecido a una flota. Finalmente, sin embargo, no hubo dudas de que el oleaje se calmaba. La lluvia paró. Las olas eran de un tamaño atlántico. Los colores del arcoíris se hicieron más tenues y transparentes, y el cielo dorado se asomó al principio con timidez tras ellos y luego volvió a llenar todo el horizonte. Las olas se hicieron aún más pequeñas. Ransom empezó a respirar con libertad. Pero ahora estaba realmente cansado y empezó a tener el tiempo de ocio necesario para sentir miedo.

Uno de los grandes parches de materia flotante bajaba oblicuamente en una ola a poco más de cien metros. Clavó los ojos en él con ansiedad, preguntándose si podría trepar para descansar. Tenía la fuerte sospecha de que resultarían simples esteras de hierba flotante o las ramas superiores de bosques submarinos, incapaces de sostenerlo. Pero mientras lo pensaba, el parche en que había fijado los ojos se levantó en una ola y se interpuso entre él y el cielo. No era plano. Desde la superficie marrón se alzaba toda una serie de formas plumosas y ondulantes, de altura muy despareja y que parecían oscuras contra el difuso resplandor del techo dorado. Después se inclinaron todas en una misma dirección cuando lo que las transportaba se enroscó sobre la cresta del agua y se zambulló perdiéndose de vista. Pero ahí llegaba otro, a menos de treinta metros y cayendo sobre él. Se lanzó en esa dirección, notando al hacerlo que tenía los brazos débiles y doloridos y sintiendo el primer estremecimiento de verdadero miedo. Al acercarse vio que el objeto flotante terminaba en una orla de sustancia inequívocamente vegetal; remolcaba, en realidad, una falda roja de tubos, fibras y ampollas. Trató de agarrarse a ellas y descubrió que no se había acercado bastante. Empezó a nadar desesperadamente, porque el objeto se deslizaba junto a él a unos quince kilómetros por hora. Volvió a intentarlo y agarró un puñado de fibras rojas parecidas a látigos, pero se le deslizaron de la mano, cortándolo casi. Entonces se arrojó en medio de ellas, aferrándose como un loco en línea recta hacia adelante. Durante un segundo se encontró en una especie de caldo de tubos gorgoteantes y ampollas que estallaban. Un momento después, las manos agarraron algo más firme, algo como madera muy blanda. Después, casi sin aliento y con una rodilla lastimada, se encontró boca abajo sobre una superficie resistente. Se arrastró unos centímetros más. Sí, ahora no había dudas, no se hundía, era algo sobre lo que se podía descansar.

Al parecer, Ransom debió de haberse quedado boca abajo, sin hacer ni pensar nada, durante mucho tiempo. En todo caso, cuando empezó a observar otra vez el entorno estaba bien descansado. Lo primero que descubrió fue que estaba tendido sobre una superficie seca, que, al examinarla, resultó ser muy parecida al brezo, salvo por el color cobrizo. Al escarbar ociosamente con los dedos encontró algo desmenuzable como la tierra seca, pero muy escaso, ya que casi de inmediato llegó a una base de firmes fibras entretejidas. Después rodó sobre la espalda y, al hacerlo, descubrió la extrema elasticidad de la superficie sobre la que yacía. Era mucho más flexible que plantas como el brezo y transmitía la sensación de que bajo esa vegetación toda la isla flotante era una especie de colchón. Se volvió y miró «tierra adentro», si esa es la palabra correcta, y durante un instante vio algo muy parecido al campo. Contemplaba un largo valle solitario de suelo cobrizo, flanqueado por suaves pendientes cubiertas por una especie de bosque multicolor. Pero cuando aún estaba captando ese paisaje, este se convirtió en un cerro color cobre con el bosque «bajando» a cada lado. Naturalmente, Ransom tendría que haber estado preparado para algo así, pero dice que le produjo un choque casi mórbido. Lo que había visto en la primera mirada se había parecido tanto a una auténtica campiña que había olvidado que estaba flotando. Se trataba de una isla, si así lo prefieren, con valles y colinas, pero valles y colinas que cambiaban de lugar a cada minuto, de modo que solo una película cinematográfica habría podido levantar su mapa físico. Y esa es la naturaleza de las islas flotantes de Perelandra. Una fotografía, al omitir los colores y la variación perpetua de la forma, las haría parecer engañosamente semejantes a los paisajes de nuestro mundo, pero la realidad es muy distinta, porque son secas y cargadas de frutos como la tierra, pero su única forma es la forma inconstante del agua bajo ellas. Sin embargo, resultaba difícil resistir la apariencia de terreno firme. Aunque el cerebro de Ransom ya había captado lo que ocurría, los músculos y nervios aún no lo habían hecho. Se incorporó para dar unos pasos tierra adentro (y colina abajo, según eran las cosas cuando se puso en pie) y se encontró de inmediato lanzado de bruces, ileso gracias a la blandura de la hierba. Gateó para ponerse de pie (vio que ahora tenía que subir una empinada cuesta) y cayó por segunda vez. Un feliz aflojamiento de la tensión en la que había vivido desde su llegada lo relajó con una débil risa. Rodó de aquí para allá sobre la blanda superficie fragante en un verdadero ataque infantil de risa.

El acceso pasó. Y durante las dos o tres horas siguientes trató de aprender a caminar. Era mucho más difícil que mantener las piernas firmes sobre un barco porque, haga lo que haga el mar, la cubierta del barco sigue siendo un plano. Pero eso era como aprender a caminar sobre el agua misma. Le llevó varias horas alejarse cien metros del borde (o la costa) de la isla flotante, y se sintió orgulloso cuando pudo dar cinco pasos sin caerse, con los brazos extendidos, las rodillas dobladas listas para un cambio repentino del equilibrio y todo el cuerpo ladeado y tenso como el de quien está aprendiendo a caminar sobre un alambre. Tal vez habría aprendido con más rapidez si las caídas no hubiesen sido tan suaves, si no hubiese sido tan agradable, una vez caído, quedarse inmóvil y contemplar el techo dorado, oír el infinito ruido sedante del agua y aspirar el aroma singularmente delicioso del pasto. Y además era tan extraño, después de rodar dando tumbos en una pequeña cañada, abrir los ojos y encontrarse sentado sobre el pico montañoso central de toda la isla, contemplando como Robinson Crusoe el campo y el bosque hasta las orillas en todas direcciones, que a un hombre le resultaba difícil no demorarse unos minutos... y verse luego retrasado una vez más, porque, en el momento mismo en que intentaba ponerse de pie, tanto el valle como la montaña habían sido borrados y la isla entera se había transformado en una planicie.

Mucho después alcanzó la región de los bosques. Había un monte bajo de vegetación plumosa, de la altura de un grosellero y coloreado como las anémonas de mar. Encima se alzaban los ejemplares más altos: árboles extraños con troncos como tubos de color gris y púrpura que desplegaban sobre la cabeza de Ransom suntuosos ramajes en los que predominaban el naranja, el plata y el azul. Allí, con la ayuda de los troncos, podía afirmar los pies fácilmente. Los aromas del bosque superaban todo lo que él hubiese podido imaginar. Decir que le hicieron sentir hambre y sed sería equívoco; casi crearon un nuevo tipo de hambre y de sed, un anhelo que parecía fluir del cuerpo al alma y que constituía una sensación paradisíaca. Una y otra vez se quedó inmóvil, agarrado de una rama para afirmarse y aspirándolo todo, como si respirar se hubiese transformado en una especie de ritual. Y, al mismo tiempo, el paisaje de la floresta aportaba lo que habría sido una docena de paisajes en la Tierra: un bosque llano con árboles verticales como torres, una depresión profunda donde era sorprendente no descubrir un río, un bosque creciendo sobre una ladera y, una vez más, la cima de una colina desde donde uno contemplaba el mar distante entre los troncos inclinados. Salvo el sonido inorgánico de las olas, lo rodeaba un silencio total. La sensación de soledad se hizo intensa sin volverse dolorosa; solo añadía, por así decirlo, un toque final de rusticidad a los placeres ultraterrenos que lo rodeaban. Si sentía algún temor, era una leve aprensión de que pudiera peligrar su razón. En Perelandra había algo que podía sobrecargar el cerebro humano.

Ahora había llegado a una zona del bosque donde grandes esferas de fruta amarilla colgaban de los árboles, arracimadas como los globos sobre la espalda de un globero y casi del mismo tamaño. Tomó una y la hizo girar una y otra vez. La corteza era lisa y firme y parecía imposible desgarrarla. Entonces uno de los dedos la punzó por accidente y penetró en la frescura. Después de un momento de vacilación, Ransom acercó la pequeña hendidura a los labios. Se había propuesto tomar un sorbo muy pequeño, experimental, pero apenas probó el sabor dejó toda cautela de lado. Era un sabor, desde luego, así como el hambre y la sed que había sentido habían sido hambre y sed. Por otro lado, era tan distinto a cualquier otro sabor que llamarlo sabor parecía simple pedantería. Era como descubrir un principio totalmente nuevo de placeres, algo desconocido entre los hombres, inconmensurable, que superaba toda promesa. Por un trago de eso en la Tierra se emprenderían guerras y se traicionarían naciones. No podía ser clasificado. Ransom nunca pudo contarnos, cuando regresó al mundo de los hombres, si era áspero o suave, delicado o voluptuoso, cremoso o seco. «No exactamente» era todo lo que podía contestar a esas cuestiones. Cuando dejó caer la calabaza vacía de la mano y estaba a punto de arrancar otra, se le ocurrió que ya no tenía hambre ni sed. Y, sin embargo, repetir un placer tan intenso y casi tan espiritual parecía algo obvio. La razón, o lo que comúnmente llamamos razón en nuestro mundo, estaba a favor de probar otra vez aquel milagro. La inocencia infantil del fruto, las penurias que Ransom había pasado, la incertidumbre acerca del futuro, todo parecía apoyar la acción. Sin embargo, algo parecía oponerse a esa «razón». Resulta difícil suponer que la oposición viniera del deseo, porque ¿qué deseo se apartaría de tanta delicia? Pero, cualquiera que fuese la causa, decidió que era mejor no volver a saborear el fruto. Quizás la experiencia había sido tan completa que repetirla sería una vulgaridad, como querer oír la misma sinfonía dos veces el mismo día.

Mientras estaba pensando en eso y preguntándose cuántas veces en su vida sobre la Tierra había repetido placeres no por el deseo, sino a despecho del deseo y obedeciendo a un racionalismo espurio, notó que la luz cambiaba. Detrás de él estaba más oscuro que hacía un momento. Hacia adelante, el cielo y el mar brillaban a través del bosque con una intensidad modificada. Sobre la tierra, salir del bosque habría sido cosa de un minuto; en esa isla ondulante le llevó más tiempo, y, cuando por fin surgió a terreno abierto, sus ojos se encontraron con un espectáculo extraordinario. Durante todo el día no había habido variación en ningún punto del techo dorado que indicara la posición del sol, pero ahora toda una mitad del cielo la revelaba. La órbita propiamente dicha seguía invisible, pero sobre el borde del mar descansaba un arco de un verde tan luminoso que Ransom no pudo mirarlo de frente y, más allá, desplegándose casi hasta el cénit, un gran abanico de color como una cola de pavo real. Echando un vistazo por encima del hombro, vio toda la isla incendiada de azul y, a través y más allá de ella, hasta los confines mismos del mundo, su propia sombra enorme. El mar, mucho más calmo ahora de lo que lo había visto hasta entonces, se alzaba hacia el cielo en enormes monolitos y elefantes de vapor azul y púrpura, y una leve brisa, saturada de dulzura, le levantó el pelo sobre la frente. El día agonizaba ardientemente. Las aguas se iban aquietando progresivamente y se empezó a sentir algo parecido al silencio. Ransom se sentó con las piernas cruzadas sobre el borde de la isla, solitario señor, al parecer, de aquella solemnidad. Por primera vez se le ocurrió que podrían haberlo enviado a un mundo deshabitado, y el terror añadió, por así decirlo, un filo de navaja a toda esa profusión de placer.

Una vez más, un fenómeno que la razón podría haber previsto lo tomó por sorpresa. Estar desnudo y no tener frío, vagar entre frutos estivales y tenderse sobre el brezo suave, todo lo había llevado a contar con una noche luminosa, una suave noche gris de mediados de verano. Pero, antes de que los magníficos colores apocalípticos se hubiesen apagado en el oeste, el cielo oriental estaba negro. Poco después la negrura había alcanzado el horizonte occidental. Una pequeña luz rojiza se demoró en el cénit un

momento, que Ransom aprovechó para gatear de regreso al bosque.
Como suele decirse, ya estaba «tan oscuro que no se podía ver ni
dónde pisaba». Pero, antes de tenderse entre los árboles, ya había
llegado la verdadera noche: una oscuridad unánime, no como la
noche, sino como estar en un sótano lleno de carbón, una oscuridad en la que la propia mano de Ransom mantenida ante la
cara era totalmente invisible. La oscuridad absoluta, sin dimensiones, impenetrable, se le apretó contra los globos oculares. No
hay luna en esa región, ni estrellas que traspasen el techo dorado.
Pero la oscuridad era cálida. Nuevos y dulces aromas llegaron
filtrándose desde ella. Ahora el mundo no tenía tamaño. Los límites
del mundo eran el ancho y la altura del propio cuerpo de Ransom
y el pequeño parche de blanda fragancia que conformaba su
hamaca, oscilando cada vez más suavemente. La noche lo cubrió
como una manta y apartó de él toda soledad. La oscuridad podría
haber sido la de su propio cuarto. El sueño llegó como un fruto
que cae en la mano casi antes de que uno haya tocado la rama.

4

Al despertar, le ocurrió algo que tal vez nunca le sucede a un hombre hasta que está fuera de su mundo: vio la realidad y creyó que era un sueño. Abrió los ojos y vio un árbol extraño de colores heráldicos cargado de frutos amarillos y hojas plateadas. Alrededor de la base del tronco color índigo estaba enroscado un pequeño dragón cubierto de escamas de color oro rojizo. Reconoció de inmediato el jardín de las Hespérides.* «Es el sueño más vívido que he tenido», pensó. De algún modo advirtió entonces que estaba despierto, pero la extrema comodidad y cierta cualidad como de trance, tanto en el sueño que acababa de abandonar como en la experiencia ante la que había despertado, hicieron que siguiera tendido e inmóvil. Recordó cómo en aquel mundo muy distinto llamado Malacandra (un mundo frío, arcaico, según le parecía ahora) se había encontrado con el original de los cíclopes: un pastor gigante en una caverna. ¿Estarían todas las cosas que aparecían como mitología en la Tierra diseminadas en otros mundos, como realidades? Después lo invadió la comprensión. «Estás desnudo y solo en un planeta desconocido, y ese podría ser un animal peligroso». Pero no estaba muy asustado. Sabía que la ferocidad de los animales terrestres era, de acuerdo con las normas cósmicas, una excepción, y había encontrado bondad en criaturas más extrañas que esa. Aun así, se quedó tendido un momento más y lo miró. Era una criatura del orden de los saurios, del tamaño de un perro San Bernardo, con el lomo dentado. Tenía los ojos abiertos.

Un momento después se animó a apoyarse en un codo. La criatura lo siguió mirando. Notó que la isla estaba completamente llana. Se sentó y vio, entre los troncos de los árboles, que estaban en aguas calmas. El mar parecía un cristal dorado. Siguió estudiando al dragón. ¿Podía tratarse de un animal racional (un *jnau*, como decían en Malacandra) y justamente fuese con el que debía encontrarse? No lo parecía, pero valía la pena probar. Hablando

---

* Tres hermanas, hijas de Atlas, que tenían un jardín con manzanas de oro, cuidado por un dragón de cien cabezas. *(N. del t.).*

en solar antiguo construyó su primera frase... y su propia voz le sonó desconocida.

—Extranjero —dijo—. Los siervos de Maleldil me han enviado a tu mundo a través del cielo. ¿Me das la bienvenida?

El animal lo miró con mucha atención y tal vez con mucha sabiduría. Después, por vez primera, cerró los ojos. Parecía un inicio poco prometedor. Ransom decidió ponerse en pie. El dragón volvió a abrir los ojos. Ransom se quedó parado mirándolo durante unos veinte segundos, sin saber qué hacer. Después vio que el dragón empezaba a desenroscarse. Se mantuvo firme mediante un gran esfuerzo de la voluntad; sin importar si la bestia era racional o irracional; huir no le serviría de mucho. El animal se apartó del árbol, se sacudió y abrió dos brillantes alas como de reptil, de color oro azulado y como de murciélago. Cuando las sacudió y volvió a cerrarlas le brindó a Ransom otra larga mirada y, finalmente, medio oscilando y medio arrastrándose, se dirigió a la orilla de la isla y hundió el largo hocico de aspecto metálico en el agua. Cuando terminó de beber alzó la cabeza y emitió una especie de balido graznante que no dejaba de ser musical. Después se volvió, miró una vez más a Ransom y por último se acercó a él. «Esperarlo es una locura», le dijo la falsa razón, pero Ransom apretó los dientes y no se movió. El animal llegó a su lado y empezó a tocarle suavemente las rodillas con el hocico frío. Ransom estaba perplejo. ¿Era racional y así era como hablaba? ¿Era irracional pero amistoso, y, en ese caso, cómo debía responderle? ¡Es difícil acariciar a una criatura con escamas! ¿O sencillamente se estaba rascando contra él? En ese momento, con una brusquedad que lo convenció de que era solo un animal, pareció olvidarse por completo de Ransom, se dio vuelta y empezó a arrancar hierba con mucha avidez. Sintiendo que ya había cumplido con su honra, también él se dio vuelta y caminó hacia el bosque.

Cerca de él había árboles cargados con el fruto que ya había probado, pero su atención se vio atraída por una extraña apariencia, un poco más lejos. En medio del follaje más oscuro de un matorral verde grisáceo parecía centellear algo. Captado con el rabillo del ojo, había dado la impresión del techo de un invernadero iluminado por el sol. Ahora que lo miraba de frente seguía recordándole el cristal, pero cristal en movimiento perpetuo. La luz parecía ir y venir espasmódicamente. Justo cuando se movía para investigar el fenómeno le asombró sentir que le tocaban la pierna izquierda. La bestia lo había seguido. Estaba otra vez olfateándolo y frotándose el hocico contra él. Ransom aceleró la marcha. El dragón también. Se detuvo y también el animal. Cuando siguió, este lo acompañaba tan de cerca que le empujaba los muslos con el flanco, y a veces las patas frías, duras y pesadas le caían sobre los pies. La situación era tan incómoda que empezaba a preguntarse seriamente cómo ponerle fin cuando de pronto toda su atención se vio atraída por otra cosa. Allí, sobre la cabeza, colgando de una rama semejante a un tubo velludo, había un gran objeto esférico, casi transparente y resplandeciente. Retenía un área de luz refleja en el interior, y en un punto se veían insinuados los colores del arco iris. Así que esa era la explicación de la apariencia cristalina del bosque. Al mirar alrededor percibió innumerables globos destellantes del mismo tipo, en todas direcciones. Empezó a examinar el más cercano con detalle. Al principio pensó que se movía, luego pensó que no. Llevado por un impulso natural tendió la mano para tocarlo. De inmediato la cabeza, el rostro y los hombros se vieron bañados por lo que parecía (en aquel mundo cálido) una ducha helada, y lo inundó un perfume agudo, penetrante y exquisito que, por algún motivo, le trajo a la memoria el verso de Pope, «morir de una rosa en aromático dolor». La sensación reconfortante era tal que le pareció haber estado hasta entonces despierto solo a medias. Cuando abrió los ojos (que había cerrado involuntariamente ante la sorpresa del líquido) todos los colores que lo rodeaban parecieron más ricos y el carácter difuso de aquel mundo, más nítido. Lo invadió un nuevo encantamiento. La bestia dorada que estaba a su lado ya no le pareció un peligro o una molestia. Si un hombre desnudo y un dragón sabio eran en realidad los únicos pobladores de ese paraíso flotante, entonces también eso encajaba, porque en ese momento tuvo la sensación no de ir tras una aventura, sino de encarnar un mito. Ser la figura que era en ese entorno ultraterreno parecía suficiente.

Se volvió otra vez hacia el árbol. Lo que lo había empapado había desaparecido. El tubo o rama, privado del globo colgante, terminaba ahora en un pequeño orificio tembloroso del que pendía una gota de humedad cristalina. La arboleda aún estaba llena de frutos tornasolados, pero Ransom advirtió que había un lento movimiento continuo. Un segundo más tarde había desentrañado el fenómeno. Cada una de las esferas brillantes se hinchaba gradualmente y, al llegar a cierto tamaño, desaparecía con un tenue sonido, y en su lugar había una humedad fugaz sobre el suelo, una fragancia y una frescura deliciosas en el aire, que pronto desaparecían. De hecho, los objetos no eran frutos, sino burbujas. Los árboles (los bautizó en ese momento) eran árboles burbuja. Al parecer, su vida consistía en extraer agua del océano y luego expulsarla de ese modo, aunque enriquecida por la breve permanencia en el interior jugoso. Se sentó para entretenerse con el espectáculo. Ahora que conocía el secreto podía explicarse por qué el bosque se veía y comunicaba una impresión distinta a la de cualquier otro lugar de la isla. Uno podía ver cómo cada burbuja, observada individualmente, emergía de la rama madre como una simple gota, del tamaño de una pera, y se henchía y estallaba. Sin embargo, mirando el bosque como un todo, uno era consciente solo de una perturbación leve y continua de la luz, una interferencia esquiva en el silencio predominante de Perelandra, una frescura inusual en el aire y una cualidad más vívida del perfume. Para un hombre nacido en nuestro mundo daba más impresión de aire libre que las zonas despejadas de la isla o incluso que el mar. Observando un hermoso racimo de burbujas que colgaba sobre su cabeza, pensó en lo fácil que sería subirse y zambullirse en ellas y sentir, de un solo golpe, la mágica sensación vigorizante multiplicada por diez. Pero se sintió cohibido por el mismo tipo de sentimiento que le había impedido saborear una segunda fruta el día anterior. Siempre le había disgustado la gente que pedía la repetición de un fragmento favorito en una ópera... «Eso no hace más que arruinarlo», comentaba. Pero ahora le parecía un principio de aplicación más amplio y de importancia más profunda. ¿Era posible que esa ansiedad de tener las cosas otra vez, como si la vida fuera una película que pudiera proyectarse dos veces, o incluso hacia atrás, fuera la raíz de todo mal? No, por supuesto, era el amor al dinero la raíz de todo mal. Pero quizás uno valoraba el dinero principalmente como una protección contra el azar, una seguridad de poder tener las cosas otra vez, un medio de detener el paso de la película.

La incomodidad física de un peso sobre las rodillas lo sacó de sus pensamientos. El dragón había inclinado y depositado la cabeza larga y pesada sobre ellas.

—¿Sabes que eres una considerable molestia? —le dijo en inglés.

No se movió. Ransom decidió que lo mejor era tratar de entablar amistad con él. Le acarició la cabeza dura y áspera, pero la criatura ni se dio cuenta. Entonces bajó la mano y descubrió una superficie más blanda o una grieta en la armadura. Ah... allí era donde le gustaba que le hiciera cosquillas. Ronroneó y sacó una lengua cilíndrica color pizarra para lamerlo. Rodó hasta quedar boca arriba, revelando un vientre casi blanco, que Ransom masajeó con los dedos de los pies. La relación con el dragón parecía progresar magníficamente. Por último la bestia se durmió.

Se puso en pie y obtuvo una segunda ducha de un árbol burbuja. Se sintió tan refrescado y alerta que empezó a pensar en comer. Había olvidado en qué lugar de la isla se encontraban las frutas amarillas y cuando se movió para buscarlas descubrió que le costaba caminar. Por un momento se preguntó si el líquido de las burbujas tendría alguna propiedad embriagadora, pero un vistazo a su alrededor le confirmó el verdadero motivo. La llanura de brezo cobrizo se hinchó ante él, mientras la miraba, transformándose en una loma baja, y esta se movió en su dirección. Fascinado una vez más ante el espectáculo del terreno rodando hacia él, como agua, en una ola, olvidó adaptarse al movimiento y perdió el equilibrio. Al levantarse, avanzó con más cuidado. Esta vez no había dudas. El mar se estaba agitando. En el sitio donde dos bosques vecinos formaban una perspectiva hasta el borde de la balsa viviente, pudo ver el agua revuelta, y el cálido viento ahora tenía la fuerza suficiente para encresparle el pelo. Recorrió con cautela el camino hacia la orilla, pero, antes de llegar, pasó junto a unos arbustos de los que pendía una abundante cantidad de bayas ovaladas y verdes, unas tres veces más grandes que las almendras. Tomó una y la partió en dos. La pulpa era seca y como pan, algo de la misma textura que la banana. Resultó comestible. No proporcionaba el placer orgiástico y casi alarmante de las calabazas, sino más bien el placer específico de la comida sencilla: la delicia de masticar y ser alimentado, una «sobria certeza de la felicidad terrena». Un hombre o, al menos, un hombre como Ransom sentía que debía dar gracias, y así lo hizo. Las calabazas hubieran exigido más bien un oratorio o una meditación metafísica. Pero ese alimento tenía inesperados momentos descollantes. De vez en cuando, uno daba con una baya con un centro de color rojo brillante, y esa clase era tan sabrosa, tan memorable entre un millar de sabores que habría comenzado a buscarla y alimentarse solo de ella si no se lo hubiera prohibido el mismo consejero íntimo que ya le había hablado dos veces desde que llegó a Perelandra. «Bueno, en la tierra pronto descubrirían cómo cultivar estas delicias y costarían mucho más que las otras», pensó Ransom. En efecto, el dinero proveería los medios de decir otra vez, con una voz que no podría ser desobedecida.

Cuando terminó de comer bajó a beber al borde del agua, aunque antes de llegar ya estaba «subiendo» al borde del agua. En ese momento, la isla era un vallecito de tierra brillante anidado entre colinas de agua verde, y, cuando se tendió de bruces a beber, tuvo la extraordinaria experiencia de hundir la boca en un mar más alto que la costa. Después se sentó durante un momento en la orilla, con las piernas colgando entre las hierbas rojas que orlaban ese pequeño país. La soledad se volvió un elemento más insistente en su conciencia. ¿Para qué lo habían llevado allí? Se le ocurrió la loca idea de que ese mundo vacío lo había estado esperando como su primer habitante, que había sido escogido para ser el fundador, el iniciador. Era extraño que la soledad absoluta experimentada en todas aquellas horas no lo hubiera perturbado tanto como una noche de soledad en Malacandra. Pensó que la diferencia residía en eso: que la simple casualidad, o lo que él tomaba por casualidad, lo había abandonado en Marte, mientras que aquí sabía que formaba parte de un plan. Ya no estaba despegado, ya no estaba fuera.

Mientras su territorio trepaba por las lisas montañas acuáticas de empañado fulgor tuvo frecuentes oportunidades de ver que había muchas otras islas cerca. La variación de colorido entre ellas y respecto a su propia isla era mayor de lo que hubiera creído posible. Era maravilloso ver los grandes colchones o alfombras de tierra moviéndose lentamente alrededor como yates en el puerto en un día ventoso: los árboles cambiaban de ángulo a cada momento, exactamente como habrían hecho los yates. Era maravilloso ver un borde verde vívido o carmesí aterciopelado que llegaba arrastrándose sobre el tope de una ola, muy por encima de él, y después aguardar hasta que el territorio entero se desplegaba bajando el declive de la ola, sometiéndose a su vista. A veces la tierra de Ransom y una tierra vecina estaban sobre pendientes opuestas en el seno de una ola, con solo un estrecho paso de agua entre ambas; entonces, durante ese instante, se veía engañado por la semejanza con un paisaje terrestre. Era como estar en un valle cubierto de bosques con un río en el fondo. Pero, mientras miraba, ese río aparente hacía lo imposible. Se alzaba de tal modo que la tierra de un lado u otro bajaba a partir de él y después subía más aún y hacía desaparecer la mitad del paisaje detrás de sí; se convertía en un gran lomo acuático verde dorado y empinado que colgaba del cielo, amenazando cubrir la tierra de uno, que ahora era cóncava y se bamboleaba retrocediendo hacia la próxima ola, y, al lanzarse hacia arriba, se hacía una vez más convexa.

Le alarmó un ruido zumbante, metálico. Durante un momento pensó que estaba en Europa y que un avión volaba bajo sobre él. Entonces reconoció a su amigo el dragón. La cola se proyectaba recta detrás, de modo que parecía un gusano volador, y enfilaba hacia una isla que estaba a unos ochocientos metros. Siguiendo su trayectoria con la mirada, Ransom vio dos largas hileras de objetos alados, oscuros, contra el firmamento de oro, acercándose a la misma isla a izquierda y derecha. Pero no eran reptiles con alas de murciélagos. Esforzándose por ver en la distancia, decidió que se trataba de pájaros, y un parloteo musical que le hizo llegar poco después de un cambio del viento confirmó esa idea. Debían de ser poco más grandes que los cisnes. Su constante acercamiento a la misma isla hacia la que enfilaba el dragón le llamó la atención y le produjo un vago sentimiento de expectativa. Lo que sucedió de inmediato transformó ese sentimiento en excitación. Tomó conciencia de un tumulto como de espuma cremosa en el agua, mucho más cerca, que se dirigía a esa isla. Una flotilla entera de objetos se movía bien formada. Se puso de pie. Entonces la elevación de una ola le impidió verlos. Un momento después eran otra vez visibles, centenares de metros bajo él. Objetos plateados, animados por movimientos circulares y retozones... Volvió a perderlos de vista y maldijo. En un mundo con tan pocos acontecimientos se habían convertido en algo importante. ¡Ah...! Ahí estaban otra vez. Ciertamente eran peces. Peces muy grandes, obesos, con forma de delfín, dos largas hileras juntas, algunos de ellos lanzando columnas de agua tornasolada, y un líder. Había algo extraño en el líder, una especie de protuberancia o deformación en el lomo. ¡Si fueran visibles más de cincuenta segundos seguidos! Ahora casi habían llegado a la otra isla y todos los pájaros bajaban para encontrarse con ellos en el borde. Allí iba el líder, con la joroba o pilar sobre la espalda. Siguió un momento de loca incredulidad y luego Ransom se mantuvo en equilibrio, con las piernas bien abiertas, en el límite más adelantado de su propia isla y gritando con todas las fuerzas. Porque en el mismo instante en que el pez líder llegaba a la tierra vecina, la tierra se había alzado sobre una ola entre él y el cielo, y Ransom había visto, en una silueta perfecta e inconfundible, que la cosa sobre el lomo del pez se revelaba como una forma humana, una forma humana que echaba pie en tierra, se volvía con una leve inclinación del cuerpo hacia el pez y luego se perdía de vista cuando la isla entera se deslizó sobre la cresta de la ola. Ransom esperó con el corazón en la boca hasta que volvió a verse. Esta vez no estaba entre él y el cielo. Durante uno o dos segundos no pudo descubrir la figura humana. Lo atravesó una puñalada de algo parecido a la desesperación. Después volvió a distinguirla: una pequeña forma oscura que se movía lentamente entre él y una mancha de vegetación azul. Agitó las manos y gesticuló y gritó hasta quedarse ronco, pero no lo notó. De vez en cuando la perdía de vista. Hasta que no volvía a descubrirla a veces dudaba de que no fuera una ilusión óptica, una configuración casual del follaje que el deseo intenso asimilaba a la forma de un hombre. Pero siempre, justo cuando estaba a punto de desesperar, se hacía otra vez inconfundible. Después los ojos se cansaron y supo que cuanto más mirara menos vería. Pero siguió mirando de todos modos.

Finalmente, se sentó de simple agotamiento. La soledad, hasta entonces apenas dolorosa, se había transformado en horror. No se atrevía a enfrentar la posibilidad de retornar a ella. La belleza narcótica y fascinante se había esfumado de los alrededores. Quitando la forma humana, el resto de ese mundo era ahora una pura pesadilla, una celda o trampa horrible en la que estaba prisionero. La sospecha de que estaba empezando a sufrir alucinaciones lo asaltó. Tuvo la visión de una vida eterna en esa isla detestable, siempre solitaria en realidad pero siempre habitada por los fantasmas de seres humanos, que se acercarían a él con sonrisas y manos tendidas, y después desaparecerían cuando él se acercara. Inclinando la cabeza sobre las rodillas, apretó los dientes y se esforzó por poner orden en sus pensamientos. Al principio descubrió que solo oía su propia respiración y contaba los latidos del corazón, pero lo intentó otra vez un momento más tarde y lo logró. Y entonces, como una revelación, le llegó la simple idea de que, si deseaba atraer la atención de la criatura parecida a un hombre, debía esperar hasta estar sobre la cresta de una ola y entonces ponerse en pie para que lo viera recortado contra el cielo.

En tres ocasiones esperó hasta que la costa donde estaba se transformó en un arrecife y se puso de pie, oscilando según el movimiento de la extraña tierra, gesticulando. La cuarta vez tuvo éxito. La isla vecina, naturalmente, estaba en ese momento bajo él, como un valle. De manera inconfundible, la pequeña silueta oscura le devolvió el saludo. Se destacaba sobre un fondo confuso de vegetación verde y empezó a correr hacia él (es decir, hacia la costa más cercana de su propia isla), cruzando una extensión de color naranja. Corría con facilidad; la superficie ondulante del terreno no parecía incomodarlo. Entonces la tierra de Ransom se bamboleó hacia abajo y hacia atrás, y un gran muro de agua se interpuso entre las dos islas haciendo que dejaran de verse. Un momento después, Ransom veía, desde el valle donde ahora estaba, la tierra color naranja derramándose como una colina en movimiento por el declive ligeramente convexo de una ola, muy por encima de él. La criatura aún corría. El agua entre las dos islas tenía una anchura de diez metros y la criatura estaba a menos de cien metros de él. En ese momento supo que no era simplemente parecida a un hombre, sino un hombre: un hombre verde sobre un campo naranja, verde como un escarabajo verde hermosamente coloreado en un jardín inglés, corriendo ladera abajo hacia él con zancadas cómodas y muy rápidas. Después, el mar elevó su propia tierra y el hombre verde se convirtió en una figura en escorzo allá abajo, lejos, como un actor visto desde el anfiteatro del Covent Garden. Ransom se plantó en el borde de la isla, forzando el cuerpo hacia adelante y gritando. El hombre verde levantó la cabeza. Al parecer también gritaba, con las manos ahuecadas alrededor de la boca, pero el rugido del mar ahogaba el sonido, y, al momento siguiente, la isla de Ransom cayó en el seno de la ola y el alto lomo verde de mar le tapó la vista. Era enloquecedor. Le torturaba el temor de que la distancia entre las dos islas aumentara. Gracias a Dios ahí llegaba la tierra naranja por encima de la cresta, siguiéndolo dentro del foso. Y allí estaba el extraño, ahora en la costa, mirándolo de frente. Por un segundo los ojos extranjeros miraron a los suyos cargados de amor y regocijo. Después, el rostro cambió: una fuerte impresión de desaliento y asombro pasó sobre él. Ransom se dio cuenta, no sin sentirse también desalentado, de que había sido confundido con otra persona. La carrera, los saludos, los gritos no habían sido para él. Y el hombre verde no tenía nada que ver con un hombre, era una mujer.

Es difícil precisar por qué eso lo sorprendió. Si se toma como base la forma humana, era tan probable que se encontrara con una hembra como con un varón. Pero lo sorprendió tanto que solo cuando las dos islas empezaron otra vez a quedar separadas en dos valles acuáticos distintos se dio cuenta de que en vez de decirle algo se había quedado mirándola como un tonto. Y ahora que ella estaba fuera de la vista, ardía de dudas. ¿Lo habían enviado para encontrarse con eso? Había estado esperando prodigios, se había preparado para ver prodigios, pero no para ver una diosa que parecía esculpida en piedra verde, aunque viva. Entonces de pronto le cruzó por la mente —no lo había notado mientras la escena estuvo ante él— que la mujer se encontraba extrañamente acompañada. La había visto de pie en medio de una multitud de animales y aves como un alto brote verde entre arbustos: grandes aves del color de las palomas y aves de color llameante, y dragones y criaturas como castores del tamaño de ratas y peces parecidos a delfines en el mar, a sus pies. ¿O lo había imaginado? ¿Era el principio de las alucinaciones que había temido? ¿O un nuevo mito emergiendo al mundo de los hechos, tal vez un mito más terrible que el de Circe o Alcina?* Y la expresión del rostro... ¿Qué había esperado encontrar que la había desilusionado tanto al descubrirlo a él?

La otra isla se volvió una vez más visible. Había estado en lo cierto respecto a los animales. La rodeaban en diez o veinte círculos, todos mirándola, la mayoría inmóviles, aunque algunos trataban de situarse, como en una ceremonia, con movimientos delicados y silenciosos. Las aves estaban en largas hileras y otras parecían estar bajando sin cesar y uniéndose a esas filas. Desde

---

* Magas que retienen al hombre mediante hechizos. Circe, en la Odisea, transformaba en animales a los hombres.

un bosque de árboles burbuja que había detrás de la mujer, media docena de criaturas como cerdos alargados de patas muy cortas (los perros salchicha del mundo canino) subían bamboleándose a unirse a la asamblea. Animales pequeños con forma de rana como los que había visto caer en la lluvia saltaban alrededor de la mujer, a veces por encima de la cabeza, otras posándose sobre los hombros, y eran de colores tan vívidos que al principio los tomó por martín pescadores. En medio de todo eso, ella estaba de pie, mirándolo, con los pies juntos, los brazos colgando a los costados, la mirada recta y tranquila, sin comunicar nada. Ransom decidió hablar, usando el idioma solar antiguo.

—Soy de otro mundo —empezó, y luego se detuvo.

La Dama Verde había hecho algo para lo que no estaba preparado en absoluto. Alzó el brazo y lo señaló, no amenazante, sino como invitando a los animales a que lo mirasen. En el mismo instante, su expresión cambió una vez más y por un segundo Ransom creyó que iba a llorar. En cambio rompió a reír: una carcajada tras otra hasta que la risa le sacudió todo el cuerpo, hasta que casi se dobló en dos, con las manos sobre las rodillas, sin dejar de reírse y señalándolo repetidas veces. Los animales, como nuestros perros en circunstancias similares, comprendieron oscuramente que empezaba la diversión y desplegaron todo tipo de cabriolas, agitaron las alas, bufaron y se pusieron de pie sobre las patas traseras. Y la Dama Verde siguió riéndose hasta que una ola volvió a interponerse entre ellos y se perdió de vista.

Ransom estaba estupefacto. ¿Los eldila lo habían enviado a encontrarse con una idiota? ¿O con un espíritu maligno que se burlaba de los hombres? ¿O, después de todo, era una alucinación? Porque exactamente así podía esperarse que se comportara una alucinación. Entonces se le ocurrió algo que tal vez se nos habría ocurrido mucho más tarde a ustedes o a mí. Podía ser que no fuera ella quien estaba loca, sino él quien era ridículo. Bajó la cabeza y se miró. Ciertamente, las piernas ofrecían un espectáculo extraño, porque una era marrón rojiza (como los flancos de un sátiro de Tiziano) y la otra, blanca; en comparación, de un blanco casi leproso. Hasta donde pudo verse tenía el mismo aspecto multicolor en todo el cuerpo; el resultado lógico de haber estado expuesto al sol de un solo lado durante el viaje. ¿Sería esa la broma? Sintió una impaciencia fugaz hacia la criatura que se atrevía a estropear el encuentro entre dos mundos riéndose de semejante trivialidad. Entonces sonrió a su pesar pensando en la escasa carrera que estaba llevando en Perelandra. Había estado preparado para peligros, pero ser primero una desilusión y después un absurdo... ¡Vaya! Ahí aparecían otra vez la Dama y su isla.

Había recobrado la compostura y estaba sentada con los pies tocando el agua, acariciando con un gesto medio inconsciente a una criatura como una gacela que le había metido el hocico suave bajo el brazo. Era difícil creer que se hubiera reído alguna vez, que alguna vez hubiera hecho otra cosa que estar sentada en la orilla de la isla flotante. Ransom nunca había visto un rostro tan tranquilo, tan ultraterreno, a pesar de la completa humanidad de cada uno de los rasgos. Más tarde decidió que la cualidad ultraterrena se debía a la ausencia total de ese elemento de resignación que se mezcla, aunque sea en mínima medida, con toda inmovilidad profunda en los rostros terrestres. Aquí se trataba de una serenidad que no conocía tormentas anteriores. Podía ser idiotez, o inmortalidad, podía ser un estado mental del que ninguna experiencia terrestre ofreciera una pista. Le invadió una sensación curiosa y bastante horrible. En el viejo planeta Malacandra había encontrado criaturas cuyas formas no eran ni remotamente humanas, pero que habían demostrado ser, cuando uno las conocía mejor, racionales y amistosas. Bajo un exterior extraño había descubierto un corazón como el suyo. ¿Iba a tener ahora la experiencia inversa? Porque cayó en la cuenta de que la palabra *humano* se refiere a algo más que la forma corporal o incluso la mente racional. Se refiere también a esa comunidad de sangre y experiencia que une a todos los hombres y mujeres de la Tierra. Pero esa criatura no pertenecía a su raza; por más intrincado que fuese, ningún recoveco de un árbol genealógico podía establecer ninguna relación entre él y ella. En ese sentido, ni una gota de lo que corría por las venas de la mujer era «humana». El universo había producido su especie y la de él de manera independiente por completo.

Todo eso le pasó por la mente con mucha rapidez y se interrumpió cuando tomó conciencia de que la luz estaba cambiando. Al principio creyó que la criatura verde había empezado a volverse azul por sus propios medios y a brillar con una extraña radiación eléctrica. Después notó que todo el paisaje era una hoguera azul y púrpura y, casi al mismo tiempo, que las dos islas ya no estaban

tan cerca como antes. Miró el cielo. El horno multicolor del breve
atardecer estaba encendido, rodeándolo. En pocos minutos, la
oscuridad sería total... y las islas se iban apartando. Hablando
con lentitud en el antiguo lenguaje le gritó a la mujer:

—Soy un extranjero. Vengo en son de paz. ¿Me permites nadar
hasta tu tierra?

La Dama Verde lo miró rápidamente con una expresión de
curiosidad.

—¿Qué es paz? —preguntó.

Ransom podría haber saltado de impaciencia. Ya estaba notablemente más oscuro y ahora no había dudas de que la distancia
entre las islas aumentaba. Cuando estaba a punto de volver a
hablar, una ola se alzó entre ellos y la mujer se perdió de vista
una vez más. Notó qué oscuro se había puesto el cielo tras ella
cuando esa ola colgó sobre él, brillando purpúrea en la luz del
atardecer. Fue ya a través de una especie de crepúsculo cuando
vio la otra isla bajo él desde la próxima loma. Se tiró al agua.
Durante unos segundos le resultó difícil apartarse de la costa.
Después pareció lograrlo y se lanzó hacia adelante. Casi de inmediato se encontró de nuevo entre las hierbas y las ampollas rojas.
Siguieron uno o dos instantes de lucha violenta y entonces se vio
libre, nadando con firmeza y, después, casi sin aviso, nadando en
una oscuridad total. Siguió adelante, pero ahora invadido por la
desesperación de encontrar la otra tierra o al menos de salvar la
vida. El cambio perpetuo del oleaje eliminaba cualquier sensación
de orientación. Solo por casualidad podría llegar a subir a tierra.
Tomando en cuenta el tiempo que había permanecido ya en el
agua, juzgó que en realidad debía de haber nadado a lo largo del
espacio entre las dos islas en lugar de cruzarlo. Trató de cambiar
de rumbo; después dudó que fuera lo más sensato, intentó retomar
el rumbo anterior y se confundió de tal modo que no podía estar
seguro de haber hecho alguna de las dos cosas. Seguía repitiéndose
que no debía perder la cabeza. Empezaba a sentirse cansado.
Abandonó todo intento de guiarse. De pronto, mucho más tarde,
tocó plantas que se deslizaban junto a él. Se aferró y tiró. Aromas
deliciosos de frutos y de flores le llegaron desde la oscuridad. Los
brazos doloridos tiraron con más fuerza aún. Por último se
encontró, seguro y jadeando, sobre la superficie seca, suavemente
perfumada, ondulante, de una isla.

5

Ransom debió de haberse dormido apenas subió a tierra, porque no recuerda nada más hasta que lo que le pareció el canto de un pájaro irrumpió en sus sueños. Al abrir los ojos, vio que en efecto era un pájaro, un ave de patas largas, como una cigüeña diminuta, que cantaba como un canario. La plena luz del día (o lo que cumple ese papel en Perelandra) lo rodeaba, y tenía en el corazón tal presentimiento de buena ventura que se sentó erguido de inmediato y se puso en pie un momento más tarde. Estiró los brazos y miró alrededor. No estaba en la isla color naranja, sino en la misma que había sido su hogar desde que llegó al planeta. Flotaba en una calma chicha y, por lo tanto, no tuvo dificultades en llegar a la orilla. Y allí se detuvo pasmado. La isla de la Dama estaba flotando detrás de la suya, separada solo por un metro y medio de agua. Todo el aspecto del mundo había cambiado. No había extensión de mar visible, solo un llano paisaje boscoso extendiéndose en todas direcciones hasta donde alcanzaba la vista. En efecto, diez o doce islas se habían acercado conformando un continente pasajero. Y allí, caminando ante él, como al otro lado de un arroyo, estaba la Dama, andando con la cabeza baja y las manos ocupadas en trenzar unas flores azules. Estaba canturreando para sí, pero se detuvo, se dio vuelta cuando él la llamó y lo miró de frente.

—Ayer yo era joven —empezó, pero él no oyó el resto de lo que decía. El encuentro, ahora que había llegado realmente, resultaba abrumador. No deben malinterpretar el relato en este punto. Lo que lo abrumaba no era de ninguna manera el hecho de que ella, como él, estuviese totalmente desnuda. La turbación y el deseo estaban a mil kilómetros de su experiencia, y si se sentía un poco avergonzado de su cuerpo, era una vergüenza que nada tenía que ver con la diferencia de sexos y se basaba solo en que sabía que el cuerpo era un poco feo y un poco ridículo. El color de la mujer era menos aún un horror para él. En ese mundo, ese color era hermoso y adecuado; lo monstruoso era su blanco opaco y su intenso tostado. No se trataba de ninguna de esas cosas, pero estaba acobardado. Un momento después tuvo que pedirle a la mujer que le repitiera lo que le había dicho.

—Ayer yo era joven —dijo—. Cuando me reí de ti. Ahora sé que a las personas de tu mundo no les gusta que se rían de ellas.

—¿Dices que eras joven?

—Sí.

—¿No eres joven hoy también?

Ella pareció reflexionar un momento, con tanta intensidad que las flores cayeron de la mano, olvidadas.

—Ahora entiendo —dijo un momento después—. Es muy extraño decir que uno es joven en el momento en que está hablando. Pero mañana seré más vieja. Y entonces diré que era joven hoy. Tienes mucha razón. Es una gran sabiduría la que estás dando, Hombre Manchado.

—¿Qué quieres decir?

—Este mirar hacia atrás y hacia adelante a lo largo de la línea y ver cómo un día tiene un aspecto cuando llega a ti, y otro cuando estás en él, y un tercero cuando ha pasado. Como las olas.

—Pero apenas eres mayor que ayer.

—¿Cómo lo sabes?

—Quiero decir que una noche no es mucho tiempo —dijo Ransom.

Ella volvió a pensar y luego habló de pronto, con el rostro resplandeciente.

—Ahora entiendo —dijo—. Crees que los tiempos tienen medidas. Una noche es siempre una noche hagas lo que hagas en ella, así como desde este árbol a aquel hay tantos pasos, los camines de prisa o lentamente. Supongo que eso es cierto en un sentido. Pero las olas no llegan siempre desde la misma distancia. Veo que vienes de un mundo sabio... si esto es sabio. Nunca lo había hecho antes: salir de la vida al lado del mundo y mirarse uno mismo como si uno no estuviera vivo. ¿Todos hacen eso en tu mundo, Manchado?

—¿Qué sabes sobre los otros mundos? —dijo Ransom.

—Sé esto. Más allá del techo todo es cielo profundo, el lugar alto. Y lo bajo no está realmente desparramado como parece —dijo abarcando todo el paisaje con un gesto—, sino enrollado en pequeñas bolas, pequeñas masas de lo bajo que nadan en lo alto. Y las más antiguas y mayores tienen sobre ellas lo que nunca hemos visto ni oído ni podemos comprender. Pero, en las más jóvenes, Maleldil ha hecho crecer las cosas como nosotros, que respiran y procrean.

—¿Cómo has sabido todo eso? El techo de ustedes es tan denso que tu gente no puede ver a través de él el Cielo Profundo y mirar los otros mundos.

Hasta entonces, el rostro de la mujer había sido serio... En ese momento aplaudió y una sonrisa como Ransom nunca había visto la transformó. Uno no ve aquí esa sonrisa si no es en un niño, pero no había nada de infantil en esa sonrisa.

—Oh, entiendo —dijo—. Ahora soy más vieja. Tu mundo no tiene techo. Ustedes miran directamente al lugar alto y ven la gran danza con sus propios ojos. Viven siempre en ese terror y esa delicia, y pueden contemplar lo que nosotros solo podemos creer. ¿No es una maravillosa invención de Maleldil? Cuando yo era joven no podía imaginar otra belleza que la de nuestro mundo. Pero Él puede pensar en todo, y todo distinto.

—Esa es una de las cosas que me deja perplejo —dijo Ransom—. Que tú no seas distinta. Estás formada como las mujeres de mi especie. No lo esperaba. He estado en otro mundo además del mío. Pero allí las criaturas no se parecen en nada a ti o a mí.

—¿Y por qué eso te deja perplejo?

—No entiendo por qué mundos distintos producen criaturas semejantes. ¿Acaso los árboles distintos producen frutos semejantes?

—Pero ese mundo era más viejo que el tuyo —dijo ella.

—¿Cómo lo sabes? —le preguntó Ransom, atónito.

—Maleldil me lo está diciendo —contestó la mujer.

Y, mientras hablaba, el paisaje se transformó, aunque con una diferencia que no podía ser identificada por ninguno de los sentidos. La luz era difusa, el aire suave y el cuerpo entero de Ransom se bañaba en la felicidad, pero el mundo jardín donde se encontraba parecía estar atestado, y, como si le hubieran puesto una presión insoportable sobre los hombros, se le aflojaron las piernas y medio cayó medio se hundió hasta quedar sentado.

—Ahora todo viene a mi mente —siguió ella—. Veo las grandes criaturas con piel y los gigantes blancos... ¿cómo los llamabas?...

los sorns, y los ríos azules. Oh, qué placer intenso sería verlos con los ojos externos, tocarlos y, aún más intenso, porque ya no aparecerán más de ese tipo. Solo subsisten en los mundos antiguos.

—¿Por qué? —preguntó Ransom en un susurro, levantando la cabeza para mirarla.

—Deberías saberlo mejor que yo —dijo ella—. ¿Acaso no fue en tu mundo donde sucedió todo?

—¿Todo qué?

—Creía que serías tú quien me lo diría —dijo la mujer, ahora perpleja a su vez.

—¿De qué estás hablando? —dijo Ransom.

—Quiero decir que en tu mundo Maleldil tomó Él mismo por primera vez esta forma, la forma de tu raza y la mía.

—¿Sabes eso? —replicó Ransom con tono brusco. Los que han tenido un sueño muy hermoso pero del que quieren despertar cuanto antes comprenderán sus sensaciones.

—Sí, lo sé. Maleldil me ha hecho más vieja hasta ese punto desde que empezamos a hablar.

Ransom nunca había visto una expresión como la del rostro de la Dama y no podía mirarla con insistencia. Toda la aventura parecía escapársele de las manos. Hubo un largo silencio. Se inclinó hacia el agua y bebió antes de volver a hablar.

—Oh, Dama mía —preguntó—. ¿Por qué dices que esas criaturas subsisten solo en los mundos antiguos?

—¿Tan joven eres? —contestó ella—. ¿Cómo podrían aparecer de nuevo? Desde que nuestro Amado se hizo hombre, ¿cómo podría la Razón adoptar otra forma en algún mundo? ¿No comprendes? Eso ha terminado. Llega un tiempo entre los tiempos que dobla un recodo y todo lo que queda de este lado es nuevo. Los tiempos no retroceden.

—¿Y puede un mundo pequeño como el mío ser el recodo?

—No entiendo. Entre nosotros, recodo no es el nombre de un tamaño.

—¿Y sabes...? —repuso Ransom con cierta vacilación—, y ¿sabes por qué Él vino así a mi mundo?

Durante toda esa parte de la conversación, a Ransom le costaba mirarla más allá de los pies, así que la respuesta fue simplemente una voz en el aire, por encima de él.

—Sí —dijo la voz—. Sé el motivo. Pero no es el motivo que tú conoces. Hubo más de un motivo, y existe uno que conozco y no puedo contarte, y otro que conoces y no puedes contarme.

—Y desde entonces todos serán hombres —dijo Ransom.

—Lo dices como si te diera pena.

—Creo que no tengo más entendimiento que un animal —dijo Ransom—. No sé bien lo que estoy diciendo. Pero amaba a los seres con piel que encontré en Malacandra, el mundo antiguo. ¿Van a ser «limpiados»? ¿No son más que basura en el Cielo Profundo?

—No sé qué significa *basura* —contestó ella—, ni qué estás diciendo. No querrás decir que son peores porque llegaron antes a la historia y no volverán, ¿verdad? Integran su propia parte en la historia y no otra. Nosotros estamos de este lado de la ola y ellos sobre el lado opuesto. Todo es nuevo.

Una de las dificultades de Ransom era cierta incapacidad de precisar con seguridad quién hablaba en cualquier momento de la conversación. Podía deberse (o no) al hecho de que no podía mirar el rostro de la Dama durante mucho tiempo. Y ahora quería que la conversación terminara. Había «tenido suficiente», no en el sentido medio irónico con que usamos esas palabras para significar que un hombre ha tenido demasiado, sino en el sentido llano. Había tenido su cuota, como un hombre que ha dormido o comido lo necesario. Incluso una hora antes, le habría resultado difícil expresarlo lisa y llanamente, pero ahora le pareció natural decir:

—No quiero seguir hablando. Pero me gustaría pasar a tu isla para que podamos encontrarnos cuando queramos.

—¿A cuál llamas mi isla? —dijo la Dama.

—A esa en la que estás —contestó Ransom—. ¿Qué otra podría ser?

—Ven —dijo ella, con un gesto que transformaba todo el mundo en un hogar y a ella en una anfitriona.

Ransom se deslizó en el agua y subió junto a ella. Entonces hizo una reverencia, un poco torpe, como todos los hombres modernos, y se apartó de la Dama caminando hacia un bosque cercano. Descubrió que tenía las piernas inseguras y un poco doloridas; le dominaba un curioso agotamiento físico. Se sentó a

descansar unos minutos y cayó de inmediato en un sueño sin
sueños.

Despertó completamente descansado, pero con una sensación
de inseguridad, que no se relacionaba en absoluto con el hecho
de que al despertar se encontró extrañamente acompañado. A sus
pies, con el hocico descansando en parte sobre ellos, estaba tendido
el dragón con un ojo cerrado y el otro abierto. Al apoyarse en un
codo y mirar a su alrededor descubrió que tenía otro custodio
junto a la cabeza: un mamífero parecido a un canguro, pero
amarillo. Era la cosa más amarilla que había visto en su vida. En
cuanto se movió, los dos animales empezaron a empujarlo suavemente. No lo dejaron en paz hasta que se puso de pie y, una vez
en pie, solo le permitieron caminar en una dirección. El dragón
era demasiado pesado para empujarlo a un lado y la bestia amarilla
danzaba a su alrededor de tal modo que lo apartaba de cualquier
dirección que no fuera la que él quería que tomara. Cedió a la
presión y les permitió que lo condujeran como perros pastores,
primero a través de un bosque de árboles más altos y marrones
que los que había visto hasta entonces y luego cruzando un
pequeño claro y dentro de una especie de paseo de árboles burbuja
y, más allá de él, a extensos campos de flores plateadas que le
llegaban al pecho. Y entonces vio que lo habían estado llevando
a presentarlo a su ama. Ella estaba de pie a unos pocos metros,
inmóvil aunque obviamente no desocupada; hacía algo con la
mente, tal vez incluso con los músculos, que él no comprendía.
Era la primera vez que la miraba fijamente, sin ser advertido, y
le pareció más extraña que antes. En la mente terrestre no había
categoría en la que pudiese encajar. En ella los opuestos se encontraban y se fundían de un modo para el que no tenemos imágenes.
Una manera de expresarlo sería decir que ni el arte sagrado ni el
arte profano podrían retratarla. Hermosa, desnuda, desprovista
de vergüenza, joven... obviamente era una diosa, pero a la vez el
rostro, tan sereno que evitaba la insipidez solo por la concentración
misma de su bondad, el rostro que era como la frescura e inmovilidad repentinas de una iglesia cuando entramos en ella desde
una calle soleada... eso la transformaba en una Madona. El silencio
alerta, interior, que asomaba en sus ojos lo intimidaba; sin embargo,
en cualquier momento podía reírse como una niña o correr como

Artemisa o danzar como una Ménade.* Y todo eso contra el cielo dorado que parecía colgar a un brazo de distancia sobre él. Los animales corrieron a saludarla y, al atravesar la vegetación plumosa espantaron tal cantidad de ranas que era como si gotas enormes de rocío de vívidos colores fueran lanzadas al aire. La Dama se volvió cuando ellos se acercaron y les dio la bienvenida, y una vez más la imagen fue parecida a muchas escenas terrestres, pero el efecto global, distinto. No era realmente como una mujer mimando a un caballo ni como un niño que juega con un cachorro. Había en su cara una autoridad, una condescendencia en sus caricias, que al tomar en serio la inferioridad de sus adoradores los hacía de algún modo menos inferiores; los elevaba del nivel de animales mimosos al de esclavos. Cuando Ransom llegó, ella se inclinó y susurró algo en la oreja de la criatura amarilla y, luego, dirigiéndose al dragón, baló hacia él casi en su misma voz. Una vez recibido el permiso formal para partir, ambos volvieron al bosque.

—En tu mundo los animales parecen casi racionales —dijo Ransom.

—Nosotros los hacemos más viejos cada día —contestó ella—. ¿No significa eso ser un animal?

Pero Ransom se aferró a la palabra *nosotros*, que ella había empleado.

—Sobre eso he venido a hablarte —dijo—. Maleldil me ha enviado a tu mundo con algún propósito. ¿Sabes tú cuál es?

La mujer se quedó inmóvil un momento casi como quien escucha y luego contestó:

—No.

—Entonces debes llevarme a tu hogar y presentarme a tu pueblo.

—¿Pueblo? No sé de qué estás hablando.

—Tus semejantes... los otros como tú.

—¿Quieres decir el Rey?

—Sí. Si tienen un rey, lo mejor sería que me llevaras a él.

—No puedo hacerlo —contestó ella—. No sé dónde encontrarlo.

—Llévame a tu hogar, entonces.

_____

* Artemisa: diosa de los bosques y la caza en la mitología grecorromana. Ménades: mujeres que participan del culto a Dionisos. (*N. del t.*).

—¿Qué es hogar?

—El sitio donde las personas viven, tienen sus posesiones y crían a sus hijos.

Ella abrió las manos para indicar todo lo que estaba a la vista.

—Este es mi hogar —dijo.

—¿Vives aquí sola? —preguntó Ransom.

—¿Qué es sola?

Ransom trató de empezar de nuevo.

—Llévame a donde pueda encontrar a otros como tú.

—Si quieres decir el Rey, ya te he dicho que no sé dónde está. Cuando éramos jóvenes, hace muchos días, estábamos saltando de isla en isla y, cuando él estaba en una y yo en otra, las olas se levantaron y nos apartaron.

—Pero ¿no puedes llevarme ante algún otro miembro de tu especie? El Rey no puede ser el único.

—Él es el único. ¿No lo sabías?

—Pero debe de haber otros como tú... tus hermanos y hermanas, tus semejantes, tus amigos.

—No sé qué significan esas palabras.

—¿Quién es el Rey? —dijo Ransom, desesperado.

—Es él mismo, es el Rey —dijo ella—. ¿Cómo se puede contestar semejante pregunta?

—Escucha —dijo Ransom—. Debes de tener una madre. ¿Vive? ¿Dónde está? ¿Cuándo la viste por última vez?

—¿Tengo una madre? —dijo la Dama Verde, mirándolo de frente con ojos de sereno asombro—. ¿Qué quieres decir? Yo soy la Madre.

Una vez más le invadió a Ransom la impresión de que no era ella, o no solamente ella, quien había hablado. No oyó ningún otro sonido porque el mar y el aire estaban quietos, pero una sensación imprecisa de gran música coral lo rodeaba. El temor reverencial que las respuestas aparentemente tontas de la Dama habían ido disipando en los últimos minutos volvió a él.

—No comprendo —dijo.

—Yo tampoco —contestó la Dama—. Solo que mi espíritu ensalza a Maleldil que baja del Cielo Profundo hasta este humilde lugar y hará que yo sea bendecida por todos los tiempos que están deslizándose hacia nosotros. Es Él quien tiene la fuerza y me hace fuerte y llena los mundos vacíos con buenas criaturas.

—Si eres madre, ¿dónde están tus hijos?

—Aún no —contestó ella.

—¿Quién será el padre?

—El Rey... ¿qué otro?

—Pero el Rey... ¿él no tiene padre?

—Él es el Padre.

—¿Quieres decir —dijo Ransom lentamente— que tú y él son los dos únicos de tu especie en el mundo entero?

—Por supuesto. —Un momento después su expresión cambió—. Oh, qué joven he sido —dijo—. Ahora entiendo. Sabía que había muchas criaturas en el mundo antiguo de los jrossa y los sorns. Pero había olvidado que el tuyo también es un mundo más viejo que el nuestro. Entiendo, ahora hay muchos como tú. Había estado pensando que también había solo dos de tu especie. Creía que tú eras el Rey y Padre de tu mundo. Pero hay hijos de los hijos de los hijos ahora, y tal vez tú eres uno de ellos.

—Sí —dijo Ransom.

—Dale mis mejores saludos a la Dama y Madre de tu mundo cuando regreses —dijo la Mujer Verde.

Y, por primera vez, hubo una nota de cortesía deliberada, hasta de ceremoniosidad, en sus palabras. Ransom comprendió. Ahora ella sabía finalmente que no estaba dirigiéndose a un igual. Era una reina enviando un mensaje a otra por medio de un plebeyo, y su conducta respecto a él fue a partir de entonces más distinguida. A Ransom le costó dar la respuesta siguiente.

—Nuestra Dama y Madre está muerta —dijo.

—¿Qué es *muerta*?

—Entre nosotros, los seres parten después de un tiempo. Maleldil les saca el alma y la sitúa en otro sitio, en el Cielo Profundo, esperemos. A eso le llaman muerte.

—Oh, Hombre Manchado, no es extraño que tu mundo fuera el elegido para ser el recodo del tiempo. Viven mirando el cielo en sí y, como si eso fuera poco, Maleldil los conduce a él al final. Han sido favorecidos más que todos los mundos.

Ransom sacudió la cabeza.

—No. No es así —dijo.

—Me pregunto si no te enviaron aquí para enseñarnos muerte —dijo la mujer.

—No entiendes —dijo Ransom—. No es así. Es algo horrible.
Tiene un olor inmundo. El mismo Maleldil lloró al verlo.

Era obvio que tanto la voz como la expresión de Ransom eran
algo nuevo para ella. Durante un instante vio en la cara de la
Dama el estremecimiento, no de horror, sino de total perplejidad,
y, después, sin esfuerzo, el océano de su paz lo cubrió como si
nunca hubiera existido, y ella le preguntó qué había querido
decir.

—Nunca podrías comprenderlo, Dama —contestó—. Pero, en
nuestro mundo, no todos los sucesos son agradables o bienvenidos.
Puede existir algo ante lo cual te cortarías los brazos y las piernas
para impedir que ocurriera... y sin embargo ocurre.

—Pero ¿cómo puede uno desear que cualquiera de las olas que
Maleldil hace rodar hacia nosotros no nos alcance?

Ransom se encontró dispuesto a discutir, a pesar de que había
resuelto no hacerlo.

—Pero hasta tú misma, cuando me viste por primera vez, sé que
estabas esperando y deseando que yo fuera el Rey —dijo—. Cuando
descubriste que no lo era, se te cambió la cara. ¿Acaso ese suceso
no fue mal recibido? ¿No deseaste que fuera distinto?

—Oh —dijo la Dama. Se volvió un poco de lado, con la cabeza
y las manos apretadas, en profunda meditación. Levantó la cabeza
y dijo—: Haces que vaya envejeciendo más de prisa de lo que
puedo soportar. Y se apartó unos pasos.

Ransom se preguntó qué había hecho. De pronto se le ocurrió
que la pureza y la paz de la Dama no eran, como habían parecido, cosas asentadas e inevitables como la pureza y la paz de
un animal, que estaban vivas y en consecuencia eran frágiles,
un equilibrio mantenido por una mente y, en consecuencia, al
menos en teoría, posible de perder. No hay motivo por el que
un hombre que va sobre un camino liso pierda el equilibrio sobre
una bicicleta, pero puede hacerlo. No había motivo para que ella
se apartara de su felicidad y penetrara en la psicología de nuestra
raza, pero tampoco había ningún muro que se lo impidiera. La
sensación de precariedad lo aterrorizó, pero cuando ella volvió
a mirarlo cambió esa palabra por *aventura* y después todas las
palabras desaparecieron de su mente. Una vez más no pudo
mirarla fijamente. Ahora sabía qué trataban de expresar los
pintores antiguos cuando inventaron el halo. La felicidad y la

seriedad unidas, un esplendor como de martirio, aunque totalmente desprovisto de dolor, parecían verterse de los rasgos de la Dama. Sin embargo, cuando habló, sus palabras fueron decepcionantes.

—He sido tan joven hasta este momento que toda mi vida parece ahora haber sido una especie de sueño. He creído que era transportada y, fíjate, estaba caminando.

Ransom le preguntó qué quería decir.

—Lo que me has hecho ver es claro como el cielo, pero nunca lo vi antes —contestó la Dama—. Sin embargo, ocurre todos los días. Una entra al bosque a buscar alimento y ya la idea de un fruto en vez de otro ha crecido en la mente. Después, puede ser que una encuentre un fruto distinto y no el fruto en el que había pensado. Una esperaba una alegría y es concedida otra. Pero nunca había notado antes esto: que en el momento mismo del hallazgo hay en la mente una especie de retroceso o de apartamiento. La imagen del fruto que no has hallado aún está por un momento ante ti. Y si lo desearas (si fuera posible desearlo) podrías mantenerla ahí. Podrías enviar a tu alma en pos del bien que habías esperado, en vez de volverla hacia el bien que has conseguido. Podrías rechazar el bien real, podrías lograr que el fruto real fuera insípido pensando en el otro.

Ransom la interrumpió.

—Eso difícilmente puede ser lo mismo que hallar a un extraño cuando deseabas encontrar a tu esposo.

—Oh, así es como he llegado a comprender todo esto. El Rey y tú se diferencian más que dos tipos de fruto. La alegría de volver a encontrarlo y la alegría de todo el conocimiento nuevo que he obtenido de ti son más distintos que doś sabores; cuando la diferencia es tan grande, y cada una de las dos cosas es tan grande, entonces la primera imagen permanece en la mente largo tiempo (muchos latidos del corazón) después de que otro bien ha llegado. Y esa, oh, Manchado, es la maravilla y la gloria que me has hecho ver, que soy yo, yo misma, quien se aparta del bien esperado hacia el bien concedido. Lo hago de acuerdo con mi propio corazón. Es posible concebir un corazón que no lo haga, que se aferre al bien en el que había pensado al principio y transforme el bien concedido en algo que no es bueno.

—No veo la maravilla y la gloria de eso —dijo Ransom.

Los ojos de la Dama despidieron sobre él tal destello triunfal sobre sus pensamientos que en la Tierra habría sido considerado como desdén, pero en aquel mundo no era desdén.

—Creía que era transportada por la voluntad de Aquel a quien amo, pero ahora veo que caminaba con ella —dijo—. Creía que las cosas buenas que Él me enviaba me llevaban del mismo modo que las olas levantan las islas, pero ahora veo que soy yo quien se zambulle en ellas con mis propias piernas y brazos, como cuando nadamos. Me siento como si viviera en tu mundo sin techo, donde los hombres caminan desprotegidos bajo el cielo desnudo. ¡Es un deleite con un matiz de terror! Nuestro propio ser caminando de un bien a otro, caminando junto a Él como Él mismo podría caminar, sin tomarse siquiera de la mano. ¿Cómo me ha separado Él tanto de Él mismo? ¿Cómo se le ocurrió a su mente concebir algo semejante? El mundo es muchísimo más amplio de lo que pensaba. Creía que íbamos siguiendo senderos... pero parece que no hay senderos. La propia andadura es el sendero.

—¿Y no temes que alguna vez sea difícil apartar tu corazón de lo que deseabas hacia lo que Maleldil te envía?

—Entiendo —dijo la Dama un momento después—. La ola en la que te zambulles podría ser demasiado grande y rápida. Podrías necesitar todas tus fuerzas para nadar en ella.

—¿Quieres decir que Él podría enviarme un bien como ese?

—Sí... o como una ola tan rápida y enorme que todas tus fuerzas serían pocas.

—Muchas veces ocurre así al nadar —dijo la Dama—. ¿No forma eso parte del placer?

—Pero ¿eres feliz sin el Rey? ¿No deseas al Rey?

—¿Desearlo? —dijo ella—. ¿Cómo podría existir algo que yo no deseara?

Había algo en las respuestas de la Dama que empezaba a repeler a Ransom.

—No puedes desearlo mucho si eres feliz sin él —dijo—, y se sorprendió de inmediato ante el malhumor de su propia voz.

—¿Por qué? —dijo la Dama—. ¿Y por qué, oh Manchado, se te están formando pequeñas colinas y valles en la frente y por qué alzaste un poquito los hombros? ¿Son esos signos de algo en tu mundo?

—No quieren decir nada —dijo Ransom con rapidez.

Era un pequeño embuste, pero no allí. Lo desgarró mientras lo decía, como un vómito. Adquirió una importancia infinita. La pradera plateada y el cielo dorado parecían arrojárselo de vuelta a la cara. Como aturdido por una ira inconmensurable que flotaba en el mismo aire, se retractó tartamudeando:

—No quieren decir nada que pueda explicarte.

La Dama lo estaba mirando con una expresión nueva y más crítica. Tal vez en presencia del primer hijo de madre que había contemplado, preveía oscuramente los problemas que podrían surgir cuando tuviera hijos propios.

—Ya hemos hablado lo suficiente —dijo finalmente.

Al principio, Ransom pensó que la Dama iba a volverse y a dejarlo. Después, cuando ella no se movió, hizo una reverencia y retrocedió uno o dos pasos. Ella siguió sin decir nada y parecía haberse olvidado de él. Ransom se dio vuelta y recorrió otra vez el camino a través de la profunda vegetación hasta que los dos se perdieron de vista. La audiencia había terminado.

6

En cuanto la Dama se perdió de vista, el primer impulso de
Ransom fue pasarse las manos por el pelo, soltar el aire de los
pulmones en un largo silbido, encender un cigarrillo, meter las
manos en los bolsillos y, en general, pasar por todo ese rito de
relajamiento que hace un hombre al encontrarse a solas después
de una entrevista bastante angustiosa. Pero no tenía cigarrillos
ni bolsillos, ni se sentía realmente solo. Esa sensación de estar
en presencia de alguien, que había caído sobre él con una presión
tan insoportable en los primeros momentos de la conversación
con la Dama, no desapareció al alejarse. En todo caso había
aumentado. Hasta cierto punto, la compañía de ella había sido
una protección, y su ausencia lo dejaba librado no a la soledad,
sino a un tipo de intimidad más terrible. Al principio era casi
intolerable y así lo expresó al contarnos la historia: «Parecía no
haber sitio». Pero más tarde descubrió que era intolerable solo
por momentos; en realidad justo en los momentos (simbolizados
por el impulso de fumar y meter las manos en los bolsillos) en
que un hombre afirma su independencia y siente que por fin está
a solas. Cuando uno se sentía así, hasta el aire parecía demasiado
ocupado para respirar; una plenitud absoluta parecía excluirlo a
uno de un lugar del que sin embargo era imposible partir. Pero
cuando uno cedía, se abandonaba a ello, no había que soportar
ninguna carga. Se convertía no en un peso, sino en un medio, un
esplendor como de oro comestible, bebible y respirable, que
alimentaba y te llevaba y no solo se derramaba hacia uno, sino
también desde uno. Tomado del modo incorrecto, asfixiaba;
tomado del modo correcto, hacía que la vida terrestre pareciera
un vacío en comparación. Lógicamente, al principio los malos
momentos se repetían con frecuencia. Pero, así como un hombre
con una herida que le duele en ciertas posiciones aprende poco
a poco a evitarlas, Ransom aprendió a no hacer aquel gesto
interior. La jornada iba siendo cada vez mejor para él a medida
que pasaban las horas.

Durante el transcurso del día exploró la isla con bastante
cuidado. El mar aún estaba calmo y, en muchas direcciones,

habría sido posible alcanzar las islas vecinas con un simple salto. Sin embargo, se encontraba en la orilla del archipiélago temporal y se vio mirando el mar abierto desde una de las orillas. Descansaban, o más bien navegaban a la deriva lentamente, en los alrededores de la enorme columna verde que había visto poco después de llegar a Perelandra. Tenía una excelente vista del objeto a un kilómetro y medio de distancia. Evidentemente era una isla montañosa. La columna resultaba en realidad un agrupamiento de columnas... es decir, de riscos mucho más altos que anchos, muy parecidos a dólmenes exagerados, pero más suaves, tan suaves que sería más acertado describirlos como pilares de la Calzada del Gigante* magnificados al tamaño de montañas. La enorme masa enhiesta, sin embargo, no se levantaba del mar. La isla tenía una base de territorio irregular, pero con tierra más lisa junto a la costa e indicios de valles con vegetación entre las lomas, y hasta de valles más empinados y estrechos que trepaban de algún modo entre los riscos centrales. Era tierra, ciertamente, verdadera tierra fija enraizada en la superficie sólida del planeta. Desde donde estaba sentado podía distinguir confusamente la textura de roca. En parte era tierra habitable. Sintió un gran deseo de explorarla. Parecía que desembarcar no presentaría dificultades e incluso la gran montaña podía llegar a ser escalable.

Ese día no volvió a ver a la Dama. A la mañana siguiente, temprano, después de entretenerse nadando un poco y tomando la primera comida del día, estaba sentado una vez más sobre la costa mirando hacia la Tierra Fija. De pronto oyó la voz de la Dama detrás de él y se dio vuelta. Había salido del bosque con algunos animales que la seguían, como de costumbre. Las palabras habían sido de saludo, pero no parecía predispuesta a hablar. Llegó y se detuvo en el borde de la isla flotante junto a él y miró con él la Tierra Fija.

—Voy a ir allí —dijo al fin.

—¿Puedo ir contigo? —preguntó Ransom.

—Si quieres —dijo la Dama—. Pero tienes que entender que es la Tierra Fija.

---

* Promontorio de Irlanda del Norte integrado por pilares de basalto erosionado. *(N. del t.).*

—Por eso quiero recorrerla —dijo Ransom—. En mi mundo todas las tierras son fijas y me agradaría volver a caminar en un terreno así.

Ella emitió una súbita exclamación de sorpresa y lo miró con los ojos abiertos.

—Entonces ¿dónde viven en tu mundo? —preguntó.

—Sobre las tierras.

—Pero dijiste que son todas fijas.

—Sí. Vivimos sobre las tierras fijas.

Por primera vez desde que se encontraron, algo no muy distinto a una expresión de horror y disgusto pasó por el rostro de la Dama.

—Pero ¿qué hacen ustedes durante la noche?

—¿Durante la noche? —dijo Ransom, perplejo—. Bueno, dormimos, por supuesto.

—Pero ¿dónde?

—Donde vivimos. En tierra.

Ella se quedó sumida en sus pensamientos tanto tiempo que Ransom temió que no volviera a hablar. Cuando lo hizo, la voz era baja y tranquila, aunque el matiz de alegría aún no había vuelto.

—Nunca os ordenaron no hacerlo —dijo, más como una afirmación que como una pregunta.

—No —dijo Ransom.

—Entonces puede haber leyes distintas en mundos distintos.

—¿En tu mundo hay una ley que ordena no dormir en una Tierra Fija?

—Sí —dijo la Dama—. Él no quiere que vivamos allí. Podemos desembarcar en ellas y caminar por ellas, porque el mundo es nuestro. Pero permanecer allí... dormir y despertarse allí... —Se estremeció.

—No podríamos tener esa ley en nuestro mundo —dijo Ransom—. No hay tierras flotantes.

—¿Cuántos sois? —preguntó la Dama de pronto.

Ransom descubrió que no sabía cuánta era la población de la Tierra, pero se las ingenió para darle a la Dama una idea de muchos millones. Había esperado que se asombrara, pero parecía que los números no le interesaban.

—¿Cómo encuentran sitio todos en la Tierra Fija? —preguntó.

—No hay una sola tierra fija, sino muchas —contestó—. Y son grandes, casi tan grandes como el mar.

—¿Cómo lo soportan? —estalló ella—. Casi la mitad de tu mundo está vacío y muerto. Peso y peso de tierra, todas encadenadas. ¿No os agobia esa idea?

—En absoluto —dijo Ransom—. La mera idea de un mundo que fuera todo mar como el tuyo volvería infeliz y temerosa a mi gente.

—¿Dónde terminará esto? —dijo la Dama, hablando más para sí que para Ransom—. Mi edad ha aumentado tanto en las últimas horas que toda mi vida anterior parece solo el tronco de un árbol y ahora soy como las ramas abriéndose en todas direcciones. Se están apartando tanto que apenas puedo soportarlo. Haber aprendido primero que camino de un bien a otro con mis propios pies... eso era suficiente. Pero ahora parece que el bien no es igual en todos los mundos, que Maleldil ha prohibido en uno lo que Él permite en otro.

—Tal vez mi mundo está equivocado en ese sentido —dijo Ransom sin fuerzas, porque se sentía aterrado ante lo que había hecho.

—No es así —dijo ella—. Maleldil mismo me lo acaba de decir. Y no podría ser así, si tu mundo no tiene tierras flotantes. Pero Él no me está diciendo por qué lo ha prohibido para nosotros.

—Probablemente haya un buen motivo —empezó Ransom, cuando fue interrumpido por la súbita risa de la Dama.

—Oh, Manchado, Manchado —dijo, riéndose aún—. ¡Cuánto habla la gente de tu raza!

—Lo siento —dijo Ransom, un poco irritado.

—¿Por qué lo sientes?

—Lo siento si crees que hablo demasiado.

—¿Demasiado? ¿Cómo puedo distinguir qué sería hablar demasiado para ti?

—Cuando en nuestro mundo dicen que un hombre habla mucho dan a entender que quieren que se calle.

—Si eso es lo que quieren dar a entender, ¿por qué no lo dicen?

—¿Qué es lo que te hizo reír? —preguntó Ransom, encontrando difícil de contestar la pregunta.

—Me reía, Manchado, porque estabas preguntando, como yo, sobre la ley que Maleldil ha hecho para un mundo y no para otro.

Y no tenías nada que decir al respecto y aun así organizaste la nada en palabras.

—Tenía algo que decir, sin embargo —dijo Ransom en voz muy baja—. Al menos —agregó alzando la voz—, esta prohibición no es penosa en un mundo como el tuyo.

—Decir eso también es extraño —replicó la Dama —. ¿Quién pensó que fuera penosa? Si yo les ordenara a los animales que caminaran sobre la cabeza, no lo encontrarían penoso. Caminar sobre la cabeza se convertiría en su deleite. Yo soy el animal de Él y todas sus órdenes son alegrías. No es eso lo que me hace pensar. Pero estaba haciéndose paso en mi mente la pregunta acerca de si habrá dos tipos de órdenes.

—Algunos hombres sabios han dicho... —empezó Ransom, pero ella lo interrumpió.

—Vamos a esperar y preguntarle al Rey —dijo—. Porque creo, Manchado, que sobre esto no sabes mucho más que yo.

—Sí, el Rey, por supuesto —dijo Ransom—. Si es que podemos encontrarlo. —Después, de manera totalmente involuntaria, agregó en inglés—: ¡Por Júpiter! ¿Qué fue eso?

Ella también había dejado escapar una exclamación. Algo como una estrella fugaz parecía haber cruzado el cielo, lejos y a la izquierda, y segundos después un sonido indeterminado llegó a sus oídos.

—¿Qué fue eso? —preguntó Ransom otra vez, ahora en solar antiguo.

—Algo ha caído del Cielo Profundo —dijo la Dama.

Su cara mostraba asombro y curiosidad, pero en la tierra vemos tan raras veces tales emociones sin que se mezclen con un poco de temor defensivo que la expresión le pareció extraña a Ransom.

—Creo que tienes razón —declaró—. ¡Caramba! ¿Qué es eso?

El mar tranquilo se había hinchado y todas las hierbas del borde de la isla se movían. Una ola única pasó bajo ella y luego todo quedó inmóvil otra vez.

—Es evidente que algo ha caído al mar —dijo la Dama.

Después, reanudó la conversación como si no hubiera pasado nada.

—Había resuelto ir hoy a la Tierra Fija para buscar al Rey. No está en ninguna de estas islas, porque ya las recorrí todas. Pero si subimos alto a la Tierra Fija y miramos alrededor, entonces veremos lejos. Podríamos ver si hay otras islas cerca de nosotros.

—Hagámoslo —dijo Ransom—. Si es que podemos nadar esa distancia.

—Cabalgaremos —dijo la Dama.

Entonces se arrodilló sobre la orilla —había tal gracia en todos sus movimientos que era una maravilla verla arrodillarse— y emitió tres llamadas bajas, todas en el mismo tono. Al principio no hubo resultados visibles. Pero pronto Ransom vio en el agua una turbulencia que se acercaba con rapidez. Un momento más tarde, el mar junto a la isla era una masa de los grandes peces plateados echando chorros de agua, contorsionando el cuerpo, apretándose unos contra otros para acercarse, y los más cercanos tocaban la tierra con la boca. No tenían solo el color, sino también la tersura de la plata. Los más grandes medían casi tres metros de largo y todos eran rollizos y de aspecto poderoso. Eran muy distintos a cualquier especie terrestre, porque la base de la cabeza era notablemente más ancha que la parte delantera del tronco. Pero, después, el tronco también se ensanchaba hacia la cola. Sin el abultamiento posterior habrían parecido renacuajos gigantes. Tal como eran, recordaban más bien a ancianos barrigones de pecho hundido con cabezas muy grandes. La Dama pareció tomarse un buen rato para elegir dos de ellos. Pero, en cuanto lo hizo, los demás retrocedieron unos metros y los dos afortunados candidatos giraron en redondo y se quedaron inmóviles, con la cola en la costa, moviendo suavemente las aletas.

—Mira, Manchado, se hace así —dijo ella y se sentó a horcajadas sobre la parte angosta del pez de la derecha.

Ransom siguió el ejemplo. Ante él, la gran cabeza hacía las veces de hombros, de modo que no había peligro de deslizarse. Observó a su anfitriona. La Dama le dio al pez un ligero golpe con los talones. Ransom hizo lo mismo con el suyo. Poco después se deslizaban mar adentro a una velocidad de diez kilómetros por hora. Sobre el agua, el aire era más fresco y la brisa le levantaba el pelo de la frente. En un mundo donde hasta entonces solo había nadado y caminado, el avance del pez daba la impresión de una velocidad estimulante. Echó un vistazo hacia atrás y vio la masa ondulada y plumosa de las islas alejándose y el cielo haciéndose más grande y más enfáticamente dorado. Enfrente, la montaña

de fantástica forma y color dominaba todo el campo visual. Notó
con interés que el cardumen de peces rechazados aún estaba con
ellos: algunos siguiéndolos, aunque la mayoría retozaba en dos
alas muy amplias, a izquierda y derecha.

—¿Siempre van detrás de este modo? —preguntó.

—¿En tu mundo los animales no van detrás? —replicó, ella—.
No podemos montar más de dos. Sería penoso si los que no
elegimos ni siquiera pudieran seguirnos.

—¿Por eso te llevó tanto tiempo escoger los dos peces, Dama? —preguntó Ransom.

—Por supuesto —dijo la Dama—. Trato de no elegir con
frecuencia el mismo pez.

La tierra se acercaba rápidamente y lo que había parecido una
costa regular empezó a abrirse en bahías y proyectarse en promontorios. Y luego se habían acercado lo suficiente para ver que en
aquel océano de aspecto sereno había un oleaje invisible, un leve
subir y bajar del agua sobre la playa. Poco después a los peces
les faltó profundidad para nadar más allá y, siguiendo el ejemplo
de la Dama Verde, Ransom deslizó las dos piernas por encima del
flanco del pez y tanteó con los dedos de los pies hacia abajo. ¡Oh,
qué éxtasis!: habían tocado piedras estables. Hasta entonces no
había advertido que deseaba pisar «tierra fija». Levantó la cabeza.
Bajando hasta la bahía en la que estaban desembarcando corría
un valle estrecho y empinado con farallones y crestones bajos de
piedra rojiza y, más abajo, la loma de una especie de terreno
pantanoso y unos pocos árboles. Los árboles casi podrían haber
sido terrestres; situados en cualquier país meridional de nuestro
mundo no le habrían parecido notables a nadie que no fuera un
botánico experto. Y lo mejor de todo (regocijante para los ojos y
los oídos de Ransom como un atisbo del hogar y del cielo) era
que por el centro del valle corría un pequeño arroyo, un oscuro
arroyo transparente donde un hombre podría tener esperanzas de
encontrar truchas.

—¿Amas esta tierra, Manchado? —dijo la Dama,
observándolo.

—Sí —dijo él—. Es como mi mundo.

Empezaron a subir por el valle hacia su origen. Cuando estuvieron bajo los árboles, la semejanza con una región terrestre
disminuyó, porque en ese mundo la luz es mucho menos intensa

y el claro donde debería haber un poco de sombra proyectaba solo una penumbra boscosa. Había cerca de cuatrocientos metros hasta la parte superior del valle, donde se estrechaba hasta convertirse en una simple grieta entre rocas bajas. Agarrándose una o dos veces a la roca y dando un salto, la Dama trepó por ellas y Ransom la siguió. Estaba sorprendido por el vigor de ella. Salieron a una empinada tierra alta con una especie de hierba que hubiera sido muy parecida al pasto de no predominar el color azul. Parecía estar profusamente sembrada y punteada de objetos blancos y esponjosos hasta donde llegaba la vista.

—¿Flores? —preguntó Ransom.

La Dama se rio.

—No. Estos son los manchados. Te di el nombre pensando en ellos.

Se sintió confundido un momento, pero los objetos empezaron a moverse, y pronto a hacerlo con rapidez, hacia la pareja humana, que evidentemente habían olfateado (porque ya estaban a tal altura que había una fuerte brisa). En un instante estuvieron saltando alrededor de la Dama y dándole la bienvenida. Eran animales blancos con manchas negras, del tamaño aproximado de una oveja, pero con orejas tan grandes, hocicos tan movidos y colas tan largas que la impresión general era más bien de ratones gigantes. Las patas como garras o casi como manos estaban claramente conformadas para trepar, y se alimentaban del césped azul. Después de un intercambio formal de atenciones con las criaturas, Ransom y la Dama siguieron su camino. Debajo, el círculo del mar dorado se desplegaba ahora en una extensión enorme y, arriba, las verdes columnas rocosas parecían casi cernirse sobre ellos. Pero llegar a la base exigió una ascensión prolongada y difícil. La temperatura era mucho más baja, aunque todavía cálida. También el silencio era notable. En las islas, aunque uno no lo hubiese advertido en el momento, debía de haber habido un fondo continuo de ruidos acuáticos, burbujeantes, y el movimiento de los animales.

Ahora estaban entrando en una especie de ensenada o entrante de césped entre dos de las columnas verdes. Vistas desde abajo habían parecido tocarse entre sí, pero, ahora, aunque habían avanzado tanto entre dos de ellas que casi la vista quedaba interrumpida a ambos lados, aún quedaba sitio para que un batallón caminara formado. El declive se hacía cada vez más abrupto y, a medida que se empinaba, el espacio entre las columnas se hacía más estrecho.

Pronto estuvieron avanzando a cuatro patas en un sitio donde las paredes verdes los encerraban de tal modo que tuvieron que marchar en fila india. Ransom, al levantar la cabeza, apenas pudo ver el cielo. Por fin se enfrentaron con una verdadera escalada: una garganta de piedra de unos dos metros y medio de altura que se unía, como una encía rocosa, a la raíz de los dos dientes monstruosos de la montaña. «No sé qué daría por tener puestos un buen par de pantalones», pensó Ransom al mirarla. La Dama, que se había adelantado, se puso de puntillas y alzó los brazos para aferrarse a un saliente sobre el borde del escollo. Después la vio tratando de levantar todo el peso del cuerpo con los brazos y proyectarse hasta arriba de un solo empuje.

—Escucha, no puedes hacerlo así —dijo en inglés sin darse cuenta, pero antes de que tuviera tiempo de corregirse ella estaba de pie sobre el borde. No vio con precisión cómo lo había hecho, pero no se advertían señales de que hubiera representado un esfuerzo inusual. Su propio ascenso fue un asunto menos honroso, y quien al fin estuvo de pie junto a ella fue un hombre jadeante y sudado con una mancha de sangre en la rodilla. La Dama se sintió interesada por la sangre, y cuando le explicó el fenómeno lo mejor que pudo quiso arañarse un poco la piel para ver si pasaba lo mismo. Eso lo llevó a tratar de explicarle qué significaba el dolor, lo que solo logró ponerla más ansiosa por probar el experimento. Pero, al parecer, en el último momento Maleldil le dijo que no lo hiciera.

Ransom se volvió entonces para observar los alrededores. Bien altos, como inclinados hacia adentro y uno sobre otro en la cima por la perspectiva, casi ocultando el cielo, se erguían los inmensos espolones de roca: no dos o tres, sino nueve. Algunos, como los que habían pasado para entrar en el círculo, estaban muy juntos. Otros estaban apartados varios metros. Rodeaban una meseta más o menos oval de unas tres hectáreas, cubierta por una hierba más fina que cualquier variedad de nuestro planeta y punteada de pequeñas flores rojas. Un viento fuerte, cantarín, transportaba, por así decirlo, la quintaesencia fresca y refinada de todos los perfumes del mundo más suntuoso de abajo, manteniéndolos en continua agitación. Atisbos del mar lejano, visible entre las columnas, hacían que uno fuera consciente todo el tiempo de la gran altura. Los ojos de Ransom, habituados desde hacía tiempo a la mezcolanza de curvas y colores de las islas flotantes, descansaron con gran alivio sobre las líneas puras y las masas estables del lugar. Se adelantó unos pasos en la enorme amplitud de la meseta y, cuando habló, su voz despertó ecos.

—Oh, qué bueno es esto —dijo—. Aunque tal vez tú, para quien está prohibido, no sientas lo mismo.

Pero una mirada a la Dama le indicó que estaba equivocado. No sabía qué había en su mente, pero la cara, como en una o dos ocasiones anteriores, parecía resplandecer de una manera ante la cual tenía que bajar los ojos.

—Miremos el mar —dijo un momento después la Dama.

Recorrieron el perímetro de la meseta metódicamente. Tras ellos se extendía el grupo de islas del que habían salido por la mañana. Visto desde esa altura aún era más amplio de lo que Ransom había supuesto. La suntuosidad de los colores —naranja, plata, púrpura y (para su asombro) negro lustroso— lo hacían parecer casi anunciador. De allí venía el viento. El aroma de las islas, aunque débil, era como el sonido del agua que corre para un hombre sediento. En cualquier otra dirección solo veían el océano. Al menos no vieron islas. Pero cuando casi habían terminado de dar el vistazo, Ransom gritó y la Dama señaló casi en el mismo instante. A unos tres kilómetros, oscuro contra el verde cobrizo del agua, había un pequeño objeto redondo. Si hubiera estado mirando un mar terrestre, Ransom lo habría tomado a primera vista por una boya.

—No sé qué es —dijo la Dama—. A menos que sea lo que cayó del Cielo Profundo esta mañana.

«Me gustaría tener unos prismáticos», pensó Ransom, porque las palabras de la Dama habían despertado en él una súbita sospecha. Y cuanto más miraba la burbuja oscura más se confirmaba la sospecha. Parecía ser perfectamente esférica, y pensó que ya había visto algo similar anteriormente.

Ustedes ya saben que Ransom había estado en el mundo que los hombres llaman Marte, aunque su verdadero nombre es Malacandra. Pero no lo habían llevado allí los eldila. Lo habían llevado hombres, y en una astronave, una esfera hueca de vidrio y acero. En realidad lo habían secuestrado unos hombres que creían que los poderes que reinaban en Malacandra exigían un sacrificio humano. Todo había sido una equivocación. El gran Oyarsa que había gobernado Marte desde el principio (y que mis ojos habían contemplado, en cierto sentido, en la sala de la casa de campo de Ransom) no le había hecho daño ni pretendía hacérselo. Pero su captor principal, el profesor Weston, pretendía hacer mucho daño. Era un hombre obsesionado por la idea que en este momento circula por nuestro planeta en oscuras obras de «ficción científica», en pequeñas sociedades interplanetarias y clubes de naves espaciales y en las portadas de revistas monstruosas, ignorada o burlada por los intelectuales, pero preparada, si alguna vez cae el poder en sus manos, para abrir un nuevo capítulo de desgracias en el universo. Es la idea de que la humanidad, habiendo corrompido suficientemente el planeta donde se originó, debe buscar a cualquier coste un medio para diseminarse sobre una superficie mayor; de que las vastas distancias astronómicas que constituyen las medidas profilácticas dispuestas por Dios deben superarse de algún modo. Eso para empezar. Pero más allá se extiende el dulce veneno del falso infinito: el sueño loco de que un planeta tras otro, un sistema tras otro, finalmente una galaxia tras otra, pueden ser obligados a sustentar, en todas partes y para siempre, el tipo de vida contenido en los órganos genitales de nuestra especie; un sueño engendrado por el rechazo a la muerte unido al temor a la verdadera inmortalidad, acariciado en secreto por miles de hombres ignorantes y centenares de hombres que no lo son. La destrucción o cautiverio de otras especies del universo, si es que las hay, es para tales mentes un bienvenido corolario. En el profesor Weston, el poder se había encontrado por fin con el sueño. El gran físico había descubierto una energía motriz para su astronave. Y ese pequeño objeto negro que flotaba abajo, sobre las aguas inmaculadas de Perelandra, le parecía a Ransom cada vez más similar a la astronave. «Así que para esto me han enviado —pensó—. Falló en Malacandra y ahora ha llegado aquí. Y me corresponde a mí hacer algo al respecto». Un terrible sentimiento de insuficiencia lo invadió. La última vez (en Marte), Weston había tenido un cómplice y armas de fuego. ¿Y cuántos cómplices podía tener esta vez? Y, en Marte, sus planes habían sido frustrados no por Ransom, sino por los eldila y, sobre todo, por el gran eldil, el Oyarsa, de aquel mundo. Se volvió rápidamente hacia la Dama.

—No he visto eldila en tu mundo —dijo.

—¿Eldila? —repitió ella como si fuera una palabra nueva.

—Sí, eldila —dijo Ransom—. Los grandes y antiguos servidores de Maleldil. Las criaturas que no procrean ni respiran, cuyos cuerpos están hechos de luz. A quienes apenas podemos ver. Que deben ser obedecidos.

Ella reflexionó un momento y luego habló.

—Esta vez Maleldil me hace más vieja suave y dulcemente. Me muestra todas las naturalezas de esas benditas criaturas. Pero ahora no hay obediencia para ellas, no en este mundo. Todo eso es en el orden antiguo, Manchado, el lado opuesto de la ola que ha pasado rodando junto a nosotros y no volverá. El mundo antiguo al que viajaste estaba al cuidado de los eldila. En nuestro propio mundo también gobernaron una vez, pero no desde que nuestro Amado se hizo Hombre. En tu mundo aún existen. Pero, en el nuestro, que es el primero en despertar después del gran cambio, no tienen poder. No hay nada entre nosotros y Él. Ellos han menguado y nosotros hemos aumentado. Y ahora Maleldil pone en mi mente que esa es la alegría y la gloria de ellos. Nos recibieron (a nosotros, seres de los mundos inferiores, que procrean y respiran), débiles y pequeños como animales a quienes el más ligero toque de ellos podía destruir, y su gloria fue cuidarnos y hacernos más viejos hasta que fuimos más viejos que ellos, hasta que pudieron caer a nuestros pies. Es una alegría que nosotros no tendremos. Por más que yo eduque a los animales nunca serán mejores que yo. Pero es una alegría que supera a todas. No es que sea una alegría mejor que la nuestra. Cada alegría supera a todas las demás. El fruto que estamos comiendo es siempre el mejor de todos.

—Hay eldila que no lo consideraron una alegría —dijo Ransom.

—¿Cómo?

—Dama, ayer hablabas de aferrarse al bien antiguo en vez de tomar el bien que aparecía.

—Sí... por unos pocos latidos del corazón.

—Hubo un eldil que se aferró más tiempo... que ha estado aferrándose desde antes de que los mundos fueran creados.

—Pero el viejo bien dejaría de ser un bien en cualquier sentido si él hiciera eso.

—Sí. Dejó de serlo. Y aún sigue aferrado a él.

Ella lo miró asombrada e iba a hablar, pero él la interrumpió.

—No hay tiempo para explicarlo —dijo.

—¿No hay tiempo? ¿Qué le pasó al tiempo? —preguntó la Dama.

—Escucha —dijo él—. Lo que está abajo ha llegado de mi mundo a través del Cielo Profundo. Dentro hay un hombre, tal vez muchos hombres...

—Mira —dijo ella—. Se está dividiendo en dos: uno grande y uno pequeño.

Ransom vio que un pequeño objeto negro se había desprendido de la astronave y empezaba a apartarse con inseguridad de ella. Lo confundió por un momento. Después cayó en la cuenta de que era probable que Weston (si era Weston) conociera la superficie acuática con la que debía encontrarse en Venus y hubiese traído un bote plegable. Pero ¿podía ser que no hubiera contado con las mareas y las tormentas y no hubiese previsto que podría ser imposible recobrar alguna vez la astronave? No era típico de Weston cortarse la retirada. Y, por cierto, Ransom no deseaba que la retirada de Weston quedase impedida. Un Weston que, aun deseándolo, no pudiera regresar a la Tierra, era un problema insoluble. De todos modos, ¿qué posibilidades tenía él, Ransom, de hacer algo sin apoyo de los eldila? Empezó a sentirse irritado por una sensación de injusticia. ¿Qué sentido tenía enviarlo a él, un mero erudito, a enfrentarse a una situación de ese tipo? Cualquier boxeador común, mejor aún, cualquier hombre que pudiera hacer buen uso de una ametralladora liviana, habría sido más adecuado para la empresa. Si al menos pudiese encontrar al rey del que hablaba la Mujer Verde...

Pero, mientras se le ocurrían esas ideas, tomó conciencia de un murmullo confuso que había ido usurpando lentamente el silencio desde hacía cierto tiempo.

—Mira —dijo la Dama de pronto y señaló la masa de islas.

La superficie ya no era regular. En el mismo momento advirtió que el ruido era de olas, olas pequeñas aún, pero que empezaban a espumear nítidamente sobre los promontorios rocosos de la Tierra Fija.

—El mar está subiendo —dijo la Dama—. Debemos bajar y abandonar esta tierra en seguida. Pronto las olas serán demasiado grandes... y no debo estar aquí por la noche.

—¡Por allí no! —gritó Ransom—. No por donde te encontrarías con el hombre de mi mundo.

—¿Por qué? —dijo la Dama—. Soy la Dama y Madre de este mundo. Si el Rey no está aquí, ¿quién otro podría recibir a un extranjero?

—Yo saldré a su encuentro.

—Este no es tu mundo, Manchado —replicó ella.

—No entiendes —dijo Ransom—. Ese hombre... es amigo del eldil del que te hablé... uno de los que se aferran al bien equivocado.

—Entonces debo explicárselo —dijo la Dama—. Vayamos y hagámoslo más viejo.

Y, con esas palabras, se descolgó por el borde rocoso de la meseta y empezó a bajar el declive de la montaña. A Ransom le costó más salir de las rocas, pero, cuando los pies volvieron a pisar la hierba, empezó a correr a la máxima velocidad posible. La Dama gritó de sorpresa cuando pasó a su lado como un relámpago, pero él no le hizo caso. Ahora podía ver con claridad hacia qué bahía se dirigía el pequeño bote y estaba concentrado en controlar la marcha y afirmar los pies. Había solo un hombre en el bote. Bajó y bajó corriendo por la pendiente. Ahora estaba en un repliegue, ahora en un valle sinuoso que le obstruyó durante un momento la vista del mar. Ahora estaba por fin en la ensenada misma. Miró hacia atrás y vio aterrado que la Dama también había corrido y se encontraba a solo unos metros. Miró otra vez hacia adelante. Había olas, aunque no muy grandes aún, que rompían sobre la playa pedregosa. Un hombre en camisa y pantalones cortos, con casco de fibra, estaba hundido hasta los tobillos en el agua, acercándose a la orilla y arrastrando un pequeño bote de lona de fondo plano. Era Weston, por cierto, aunque su rostro tenía algo sutilmente extraño. A Ransom le pareció de vital importancia impedir un encuentro entre Weston y la Dama. Había visto cómo Weston asesinaba a un habitante de Malacandra. Se dio vuelta, abriendo los brazos para cortarle el paso a la Dama, y gritó: «¡Atrás!». La Dama estaba demasiado cerca. Durante un segundo casi cayó en sus brazos. Después se apartó de él, jadeando por la carrera, sorprendida, con la boca abierta para hablar. Pero, en ese momento, Ransom oyó la voz de Weston detrás de él, que decía en inglés:

—¿Puedo preguntarle, doctor Ransom, qué significa esto?

7

Dadas las circunstancias habría sido razonable esperar que Weston se encontrara mucho más desorientado ante la presencia de Ransom que Ransom ante la suya. Pero si lo estaba, no lo demostró, y Ransom no pudo dejar de admirar el enorme egoísmo que le permitía, en el momento mismo de la llegada a un mundo desconocido, estar de pie, inmutable en su autoritaria vulgaridad, con los brazos en jarras y los pies plantados con tanta firmeza sobre el suelo extraterrestre como si estuviera de pie en su propio estudio, de espaldas al fuego. Después, con una fuerte impresión, notó que Weston le hablaba a la Dama en el idioma solar antiguo con fluidez perfecta. En Malacandra, en parte por incapacidad y sobre todo por desprecio a los habitantes, apenas había podido tartamudearlo. Era una novedad inexplicable e inquietante. Ransom sintió que le habían quitado la única ventaja. Sintió que ahora estaba ante lo imprevisto. Si los platillos de la balanza se habían nivelado de pronto en ese único aspecto, ¿qué vendría después?

Salió de la abstracción para descubrir que Weston y la Dama habían estado conversando con fluidez, pero sin entendimiento mutuo.

—Es inútil —estaba diciendo ella—. Tú y yo no tenemos la edad suficiente para hablarnos, parece. El mar se está agitando, volvamos a las islas. ¿Él vendrá con nosotros, Manchado?

—¿Dónde están los dos peces? —dijo Ransom.

—Deben de estar esperando en la próxima bahía —dijo la Dama.

—De prisa entonces —le dijo Ransom; luego, en respuesta a la mirada de la Dama, añadió—: No, él no vendrá.

Probablemente ella no comprendía el apuro de Ransom, pero tenía los ojos puestos en el mar y comprendía sus propios motivos para apresurarse. Ya había empezado a subir la ladera de la costa, con Ransom siguiéndola, cuando Weston gritó:

—No, no se irá.

Ransom se volvió y se encontró apuntado por un revólver. El calor súbito que sintió en el cuerpo fue la única señal por la que supo que estaba asustado. Seguía conservando la lucidez.

—¿También en este mundo vas a empezar asesinando a un habitante? —preguntó.

—¿Qué están diciendo? —preguntó la Dama, haciendo una pausa y mirando a los dos hombres con expresión tranquila, confundida.

—Quédate donde estás, Ransom —dijo el profesor—. La nativa puede ir a donde guste; cuanto antes mejor.

Ransom iba a implorarle a la Dama que aprovechara para escapar cuando advirtió que no era necesario. Irracionalmente había supuesto que ella comprendería la situación, pero era obvio que no veía más que dos extraños hablando sobre algo que no comprendía de momento... eso y su propia necesidad de abandonar de inmediato la Tierra Fija.

—¿Tú y él vienen conmigo, Manchado? —preguntó.

—No —dijo Ransom sin darse vuelta—. Tal vez tú y yo tardemos en volver a encontrarnos. Dale al Rey mis saludos si lo encuentras y háblale siempre de mí a Maleldil. Me quedo aquí.

—Nos encontraremos cuando a Maleldil le plazca o, si no, nos ocurrirá un bien mayor —contestó ella.

Después oyó los pasos tras él por unos segundos, luego dejó de oírlos y supo que estaba a solas con Weston.

—Te has permitido hablar de asesinato hace un momento, doctor Ransom, con relación a un accidente que ocurrió cuando estábamos en Malacandra —dijo el profesor—. En todo caso, la criatura que murió no era un ser humano. Permíteme decirte que considero la seducción de una muchacha nativa como un medio casi igualmente desgraciado de introducir la civilización en un nuevo planeta.

—¿Seducción? —dijo Ransom—. Oh, ya veo. Crees que estaba cortejándola.

—Lo llamo así cuando me encuentro con un hombre civilizado desnudo que abraza a una mujer salvaje desnuda en un lugar solitario.

—No la estaba abrazando —dijo Ransom estúpidamente, porque la tarea de defenderse sobre ese punto parecía en ese momento una simple debilidad de espíritu—. Y nadie lleva ropa aquí. Pero ¿qué importa? Continúa con lo que te ha traído a Perelandra.

—¿Me pides que crea que has estado viviendo con esa mujer bajo estas condiciones en un estado de inocencia asexual?

—¡Oh, asexual! —dijo Ransom, disgustado—. Perfecto, si te parece bien. Es una descripción tan buena de la vida en Perelandra como decir que un hombre ha olvidado el agua porque no se le ocurrió de inmediato la idea de recoger las cataratas del Niágara en tazas de té. Pero tienes bastante razón si quieres decir que no he pensado en desearla más que en... en... —Le faltaron las comparaciones y se interrumpió. Empezó otra vez—: Pero no digas que te pido que creas eso o cualquier otra cosa. Solo te pido que empieces y termines lo más pronto posible con las carnicerías y robos que has venido a hacer.

Weston clavó los ojos en él con una curiosa expresión; después, inesperadamente, volvió a meter el revólver en la funda.

—Ransom —dijo—, estás cometiendo una gran injusticia conmigo.

Durante unos segundos se produjo un silencio entre los dos. Largas rompientes con cúmulos blancos de espuma sobre la cresta rodaban ahora en la ensenada, exactamente como en la Tierra.

—Así es —continuó Weston al fin—. Y empezaré por admitir algo con franqueza. Tú puedes hacer el uso que gustes. Eso no me acobardará. Digo deliberadamente que en algunos aspectos estaba equivocado, seriamente equivocado, en mi concepción de todo el problema interplanetario cuando fui a Malacandra.

En parte por el alivio que siguió a la desaparición del revólver y en parte por el estudiado aire de importancia con que hablaba el gran científico, Ransom sintió muchas ganas de reír. Pero se le ocurrió que tal vez esa fuera la primera ocasión en toda su vida que Weston reconocía estar equivocado y que hasta ese falso atisbo de humildad, aun con un noventa y nueve por ciento de arrogancia, no debía ser desairado; no por él, al menos.

—Bueno, eso está muy bien —dijo—. ¿Qué quieres dar a entender?

—Pronto te lo diré —dijo Weston—. Mientras tanto, tengo que desembarcar mis cosas.

Arrastraron el pequeño bote de lona entre los dos y empezaron a transportar la estufa a queroseno de Weston, latas, una tienda y otros bultos a un lugar situado a unos doscientos metros tierra adentro. Ransom, que sabía que todos los objetos eran innecesarios, no puso objeciones y, en un cuarto de hora, habían levantado algo similar a un campamento en un sitio musgoso bajo árboles de tronco azul y follaje plateado, junto a un riachuelo. Se sentaron los dos y Ransom escuchó al principio con interés, luego con asombro y por fin con incredulidad. Weston carraspeó, sacó pecho y adoptó una pose de conferenciante. A lo largo de la conversación, Ransom se vio invadido por una sensación de desajuste demencial. Allí estaban dos seres humanos, juntos en un mundo extranjero bajo condiciones de inconcebible extrañeza: uno apartado de su astronave, el otro recién liberado de la amenaza de una muerte inmediata. ¿Era sensato, imaginable, que se encontraran enzarzados en una discusión filosófica que bien podría haberse desarrollado en la sala de una asociación universitaria de Cambridge? Sin embargo, era obvio que Weston insistía en ello. No mostraba interés por el destino de la astronave, incluso parecía no sentir curiosidad por la presencia de Ransom en Venus. ¿Era posible que hubiera recorrido más de cuarenta millones de kilómetros de espacio en busca de... conversación? Pero, a medida que hablaba, Ransom se sintió cada vez más en presencia de un monomaníaco. Como un actor que solo puede pensar en su celebridad o un amante que solo piensa en su amada, tenso, tedioso e inevitable, el científico perseguía una idea fija.

—La tragedia de mi vida —decía— y en realidad del mundo intelectual moderno en general es la rígida especialización del conocimiento impuesta por la complejidad creciente de lo que se conoce. He compartido esa tragedia, ya que una temprana devoción por la física me impidió prestar la debida atención a la biología hasta que llegué a los cincuenta años. Para hacerme justicia, debo aclarar que el falso ideal humanista del conocimiento como fin en sí mismo nunca me atrajo. Siempre quise saber con el propósito de obtener utilidad. Como es natural, al principio esa utilidad se me presentaba en aspectos personales: quería becas, una entrada de dinero fija y esa posición reconocida generalmente por el mundo sin la cual un hombre no tiene influencia. Cuando logré estos fines, empecé a tener miras más amplias: ¡lo útil para la raza humana!

Hizo una pausa al terminar la parrafada y Ransom le indicó que continuara con un movimiento de cabeza.

—A la larga —continuó Weston—, lo útil para la raza humana depende necesariamente de la posibilidad del viaje interplanetario y hasta interestelar. Solucioné ese problema. La llave del destino humano fue colocada en mis manos. Sería innecesario, y doloroso para ambos, recordarle cómo me fue arrancada en Malacandra por un miembro de una especie inteligente hostil, cuya existencia, debo admitirlo, no había previsto.

—Hostil no es la palabra exacta —dijo Ransom—, pero siga.

—Los rigores del viaje de regreso desde Malacandra me causaron una seria crisis de salud...

—También a mí —dijo Ransom.

Weston pareció de algún modo desconcertado por la interrupción y continuó.

—Durante la convalecencia tuve el tiempo libre necesario para la reflexión que me había negado durante muchos años. Medité sobre todo en las objeciones que tú habías sentido sobre la eliminación de los habitantes no humanos de Malacandra, que constituía, naturalmente, el paso preliminar necesario para ser ocupado por nuestra especie. La forma tradicional y, si puedo decirlo, humanitaria en que tú presentaste esas objeciones me había ocultado hasta entonces su verdadera validez. Ahora empecé a percibir esa validez. Empecé a ver que mi devoción exclusiva a la utilidad humana se basaba en realidad en un dualismo inconsciente.

—¿Qué quieres decir?

—Quiero decir que durante toda la vida había estado haciendo una dicotomía o antítesis completamente anticientífica entre el hombre y la naturaleza: me había concebido a mí mismo luchando por el hombre contra el medio ambiente no humano. Durante la enfermedad me zambullí en la biología y, especialmente, en lo que podríamos llamar filosofía biológica. Hasta entonces, como físico, me había conformado con considerar la vida como un tema que caía fuera de mi campo de acción. Los criterios enfrentados de los que trazan una nítida línea divisoria entre lo orgánico y lo inorgánico y los que sostienen que lo que llamamos vida estaba implícito en la materia desde el principio no me habían interesado nunca. Ahora sí. Comprendí casi de inmediato que no podía admitir ninguna grieta, ninguna discontinuidad, en el despliegue del proceso cósmico. Me convertí en un creyente convicto de la evolución emergente. Todo es uno. La materia prima de la mente, el dinamismo que tiende inconsciente hacia un fin, está presente desde un principio.

Hizo una pausa. Ransom había oído antes ese tipo de discurso con bastante frecuencia y se preguntaba cuándo iría al grano. Cuando Weston prosiguió lo hizo con un tono aún más solemne.

—El espectáculo majestuoso de esta tendencia ciega, desarticulada hacia un fin, empujando hacia arriba, siempre hacia arriba en una unificación infinita de logros diferenciados hacia una complejidad siempre creciente de organización, hacia la espontaneidad y la espiritualidad, arrolló toda mi antigua concepción de un deber hacia el hombre como tal. En sí mismo, el hombre es nada. El movimiento hacia delante de la vida, la espiritualidad creciente, lo es todo. Reconozco sin reservas, Ransom, que habría estado equivocado en eliminar a los malacándricos. Lo que me hacía preferir nuestra raza a la de ellos era un mero prejuicio. De aquí en adelante, mi misión es difundir la espiritualidad, no la raza humana. Esto constituye la culminación de mi carrera. Primero trabajé para mí mismo, después para la ciencia, después para la humanidad, pero, ahora, al fin lo hago para el espíritu mismo. Podríamos decir, empleando un lenguaje que le será familiar, para el Espíritu Santo.

—¿Qué diablos quieres decir exactamente con eso? —preguntó Ransom.

—Quiero decir —dijo Weston—, que ahora nada nos divide salvo unos pocos tecnicismos teológicos gastados, con los que desgraciadamente se ha dejado incrustar la religión organizada. Pero yo he taladrado esa costra. Bajo ella, el significado es tan verdadero y vivo como siempre. Si puedes disculparme que lo exprese de ese modo, la verdad esencial del punto de vista religioso sobre la vida encuentra una prueba notable en el hecho de que te haya permitido captar, en Malacandra, en tu propio enfoque mítico e imaginativo, una verdad que para mí estaba oculta.

—No sé mucho sobre lo que la gente llama el punto de vista religioso sobre la vida —dijo Ransom, frunciendo el entrecejo—. Y soy cristiano. Y lo que nosotros entendemos por el Espíritu Santo no es una tendencia ciega, desarticulada hacia un fin.

—Mi querido Ransom —dijo Weston—, te comprendo perfectamente. No dudo de que mi fraseología te parecerá extraña y tal vez hasta chocante. Asociaciones primitivas y reverenciadas pueden impedirte reconocer en esta nueva forma las mismas verdades que la religión ha preservado durante tanto tiempo y que la ciencia

está por fin redescubriendo. Pero, lo puedas entender o no, créeme
que estamos hablando exactamente de la misma cosa.

—No estoy seguro en absoluto de que sea así.

—Si me permites decirlo, esa es una de las debilidades reales
de la religión organizada: esa adhesión a las fórmulas, ese fracaso
en reconocer los propios afines. Dios es un espíritu, Ransom.
Concéntrate en eso. Ya estás acostumbrado a la idea. Atente a eso.
Dios es un espíritu.

—Bueno, por supuesto. ¿Y qué?

—¿Que qué? Caramba, espíritu... mente... libertad... espontaneidad... de eso estoy hablando. Esa es la meta hacia la que se
mueve todo el proceso cósmico. El desencadenamiento final de
esa libertad, de esa espiritualidad, es la obra a la que dedico toda
mi vida y la vida de la humanidad. La meta, Ransom, la meta;
¡piensa en ella! Puro espíritu, el vórtice final de la actividad que
se piensa y se origina a sí misma.

—¿Final? —dijo Ransom—. ¿Quieres decir que aún no existe?

—Ah —dijo Weston—. Entiendo lo que te molesta. Por supuesto
que lo sé. La religión lo pinta como algo que está allí desde un
principio. Pero seguramente eso no constituye una verdadera
diferencia. Transformarlo en una diferencia sería tomar el tiempo
demasiado en serio. Una vez alcanzado, entonces podremos decir
que había estado tanto en el principio como en el fin. El tiempo
es una de las cosas que trascenderá.

—A propósito —dijo Ransom—, ¿es persona en algún sentido,
está vivo?

Una expresión indescriptible pasó por el rostro de Weston. Se
acercó un poco más a Ransom y empezó a hablar en voz más
baja.

—Eso es lo que ninguno de ellos entiende —dijo.

Era un susurro tan de gánster o de escolar y tan distinto al
rotundo estilo oratorio normal de Weston que por un momento
Ransom sintió una impresión casi de repugnancia.

—Sí —dijo Weston—, yo mismo no podría haberlo creído hasta
hace poco. No es una persona, desde luego. El antropomorfismo
es una de las enfermedades infantiles de la religión popular. —Había vuelto a adoptar la pose pública—. Pero tal vez el extremo
opuesto, la abstracción excesiva, haya demostrado ser en general
más desastroso. Llámalo una fuerza. Una fuerza enorme,

inescrutable, derramándose en nosotros desde los cimientos oscuros de la existencia. Una fuerza que puede elegir sus instrumentos. Solo últimamente, Ransom, he aprendido por experiencia concreta lo que tú has creído durante toda la vida como parte de tu religión.

Aquí volvió a hundirse en un susurro, un susurro graznante que no se parecía a su voz normal.

—Guiado —dijo—. Elegido, guiado. He llegado a ser consciente de que soy un hombre aparte. ¿Por qué me dediqué a la física? ¿Por qué descubrí los rayos Weston? ¿Por qué fui a Malacandra? Eso (la fuerza) me impulsó todo el tiempo. He sido guiado. Ahora sé que soy el científico más grande que el mundo ha producido. He sido creado así con un propósito. Es a través de mí como el espíritu mismo está viniendo en este momento hacia la meta.

—Escucha —dijo Ransom—, hay que tener cuidado con este tipo de cosas. Tú sabes bien que hay espíritus y espíritus.

—¿Eh? —dijo Weston—. ¿De qué estás hablando?

—Quiero decir que algo puede ser un espíritu y no ser bueno para uno.

—Pero ¿no estábamos de acuerdo en que el espíritu era el bien, la culminación de todo el proceso? ¿Acaso las personas religiosas no están a favor de la espiritualidad? ¿Qué sentido tiene el ascetismo: los ayunos, el celibato y lo demás? ¿No estábamos de acuerdo en que Dios era un espíritu? ¿No lo adoran porque es puro espíritu?

—¡Por todos los cielos, no! Lo adoramos porque es sabio y bueno. No hay nada particularmente espléndido en ser solo un espíritu. El Diablo es un espíritu.

—Es muy interesante que acabes de mencionar al Diablo —dijo Weston, que para entonces había recobrado por completo su conducta normal—. Una de las cosas más interesantes de la religión popular es esa tendencia a dividir en grupos dobles, a crear parejas de opuestos: el cielo y el infierno, Dios y el Diablo. Creo que no necesito aclarar que desde mi punto de vista no es admisible ningún dualismo real en el universo; en ese terreno me sentía inclinado, incluso hasta hace pocas semanas, a rechazar esos pares de elementos como pura mitología. Habría sido un profundo error. La causa de esta tendencia religiosa universal debe buscarse en un nivel mucho más profundo. En realidad, los componentes de

los pares son retratos del espíritu, de la energía cósmica, autorretratos, en verdad, porque es la fuerza de la vida misma la que los
ha depositado en nuestros cerebros.

—¿Qué diablos quieres decir? —dijo Ransom. Mientras hablaba
se puso en pie y empezó a caminar de aquí para allá. Un agotamiento y un malestar espantosos habían caído sobre él.

—Tu Diablo y tu Dios —dijo Weston—, son ambos imágenes
de la misma fuerza. Tu cielo es una imagen de la espiritualidad
perfecta que está delante; tu infierno, una imagen del instinto o
impulso que nos está llevando a ella desde atrás. De ahí, la paz
estática del primero, y el fuego y la oscuridad del segundo. La
próxima etapa de la evolución emergente, llamándonos para que
avancemos, es Dios; la etapa superada que queda atrás, rechazándonos, es el Diablo. Después de todo, tu propia religión dice
que los demonios son ángeles caídos.

—Y tú estás diciendo exactamente lo opuesto, según lo que
puedo entender, que los ángeles son demonios que se han alzado
del mundo.

—Viene a ser lo mismo —dijo Weston.

Hubo otra larga pausa.

—Escucha —dijo Ransom—, es fácil malinterpretarnos en un
punto como este. Lo que tú dices me suena como el error más
horrible en que puede caer un hombre. Pero puede deberse a que
en el esfuerzo por adaptarlo a un supuesto «punto de vista religioso», estés diciendo mucho más de lo que en realidad quieres
decir. Todo ese asunto de los espíritus y las fuerzas es solo una
metáfora, ¿verdad? Espero que todo lo que quieres dar a entender
en realidad sea que sientes como un deber trabajar para la difusión
de la civilización y el conocimiento y ese tipo de cosas.

Había tratado de mantener la voz libre de la ansiedad involuntaria que empezaba a sentir. Un momento después retrocedió,
aterrado ante la risa cacareante, casi infantil o senil, con que le
contestó Weston.

—Perfecto, perfecto —dijo—. Igual que todos los tipos religiosos.
Hablan y hablan sobre estas cosas durante toda la vida y en
cuanto se enfrentan con la realidad se asustan.

—¿Qué prueba —dijo Ransom, que se sentía realmente asustado—, qué prueba tienes de estar siendo guiado o apoyado por
algo que no sea tu propia mente y los libros de otros?

—Debes de haber notado, mi querido Ransom —dijo Weston—
que desde la última vez que nos vimos he mejorado un poco mi
conocimiento del idioma extraterrestre. Tú eres filólogo, según me
han dicho.

Ransom se sobresaltó.

—¿Cómo lo lograste? —dijo abruptamente.

—Conducción, ¿entiendes?, conducción —graznó Weston.
Estaba agachado junto a las raíces del árbol con las rodillas
levantadas y el rostro, ahora color masilla, mostraba una sonrisa
fija y hasta ligeramente retorcida—. Conducción —repitió—. Cosas
que me entran en la cabeza. He sido preparado todo el tiempo,
formando un recipiente adecuado para eso.

—Debe de ser bastante fácil —dijo Ransom con impaciencia—.
Si la fuerza de la vida es algo tan ambiguo que Dios y el Diablo
son retratos buenos por igual de ella, supongo que cualquier
recipiente se adecua por igual y cualquier cosa que uno haga la
expresa por igual.

—Existe una corriente principal —dijo Weston—. Es cuestión
de rendirse a eso, convertirse en el conductor de la determinación
viva, feroz, central… tirar hacia adelante.

—Pero hace un momento pensé que ese era el aspecto
diabólico.

—Esa es la paradoja fundamental. El objeto que tratamos de
alcanzar es lo que tú llamarías Dios. Lo que pugna por llegar, el
dinamismo, es lo que la gente como tú siempre llama Diablo. Las
personas como yo, que se esfuerzan por avanzar, siempre son
mártires. Ustedes nos denigran y a través de nosotros llegan a la
meta.

—¿Significa eso en lenguaje más simple que las cosas que la
fuerza desea que hagan son lo que la gente común llama
diabólicas?

—Mi querido Ransom, me gustaría que no siguieras volviendo
al nivel popular. Ambos aspectos son solo momentos de la realidad
única, singular. El mundo salta hacia adelante a través de los
grandes hombres, y la grandeza siempre trasciende el simple
moralismo. Cuando el salto se ha efectuado, nuestro «diabolismo»,
como tú lo llamas, se convierte en la moral de la etapa siguiente,
pero mientras lo estamos ejecutando, nos llaman criminales,
herejes, blasfemos…

—¿Hasta dónde llega? ¿Seguirías obedeciendo a la fuerza de la vida si descubrieras que está incitándote a matarme?

—Sí.

—¿O a vender Inglaterra a los alemanes?

—Sí.

—¿O a publicar falsedades como investigación seria en un periódico científico?

—Sí.

—¡Dios te ayude!

—Sigues apegado a los convencionalismos —dijo Weston—. Sigues tratando con abstracciones. ¿No puedes concebir al menos una entrega total... una entrega a algo que supera por completo todos tus mezquinos encasillamientos éticos?

Ransom se aferró a la última esperanza.

—Espera, Weston —dijo abruptamente—. Ese puede ser un punto de unión. Tú dices que es una entrega total. Es decir, se entrega a sí mismo. No se esfuerza en provecho propio. No, espera un instante. Ese es el punto de unión entre tu moral y la mía. Ambos reconocemos...

—Idiota —dijo Weston. La voz era casi un aullido y se había puesto en pie—. Idiota —repitió—. ¿No puedes entender nada? ¿Siempre intentarás volver a comprimir todo en el marco lastimoso de tu anticuada jerga sobre el yo y la abnegación? Eso no es más que el viejo y maldito dualismo bajo otra forma. En el pensamiento concreto no hay distinción posible entre el universo y yo. Mientras yo sea el conductor del empuje central hacia adelante del universo, yo soy él. ¿No lo entiendes, pedazo de idiota cohibido y escrupuloso? Yo soy el Universo. Yo, Weston, soy el Dios y el Diablo del que tú hablas. Convoco esa fuerza en mí totalmente...

Entonces empezaron a pasar cosas terribles. Un espasmo como el que precede a un vómito agónico retorció el rostro de Weston volviéndolo irreconocible. Cuando pasó, durante un segundo algo parecido al antiguo Weston reapareció, el antiguo Weston, con ojos aterrorizados y aullando «¡Ransom, Ransom! Por el amor de Dios no los dejes...», y de inmediato el cuerpo giró sobre sí mismo como si lo hubiera golpeado la bala de un revólver, cayó a tierra y se quedó allí, rodando a los pies de Ransom, babeando, entrechocando los dientes y arrancando el musgo a puñados. Las convulsiones disminuyeron poco a poco.

Weston quedó inmóvil, respirando con dificultad, los ojos abiertos pero sin expresión. Ahora Ransom estaba arrodillado junto a él. Era evidente que el cuerpo estaba vivo, y Ransom se preguntó si se trataría de un ataque fulminante o de un acceso epiléptico, porque nunca había presenciado ninguno de los dos casos. Revolvió entre los bultos y encontró una botella de brandi, la destapó y la puso en los labios de Weston. Para su consternación, la boca se abrió, los dientes se cerraron sobre el cuello de la botella y lo mordieron, destrozándolo. No escupieron el vidrio.

—Oh, Dios, lo maté —dijo Ransom.

Pero, aparte de un chorro de sangre en los labios, el aspecto de Weston no cambió. La cara sugería que no sentía dolor o que sentía un dolor que superaba toda comprensión humana. Finalmente, Ransom se puso de pie, pero antes sacó el revólver del cinturón de Weston y, después, bajó hasta la playa y lo arrojó al mar lo más lejos que pudo.

Se quedó de pie unos momentos mirando la bahía sin saber qué hacer. Después se dio vuelta y subió la ladera cubierta de hierba que rodeaba el pequeño valle a su izquierda. Se encontró sobre un terreno alto bastante plano desde donde se veía bien el mar, ahora encrespado y con el color dorado fracturado en un diseño de luces y sombras que cambiaba sin cesar. Durante uno o dos segundos no pudo ver las islas. Entonces las copas de los árboles aparecieron de pronto, colgando altas contra el cielo y muy separadas. Era evidente que el tiempo que hacía ya las estaba apartando, y en el mismo momento en que lo pensó desaparecieron una vez más en algún valle oculto de las olas. Se preguntó qué probabilidad habría de volver a encontrarlas. Lo golpeó una sensación de soledad y luego un sentimiento de frustración rabiosa. Si Weston estaba agonizando, o aunque llegara a vivir, prisionero con él en una isla que no podían abandonar, ¿cuál había sido el peligro que le habían enviado a evitar en Perelandra? Y, al empezar a pensar otra vez en sí mismo, advirtió que tenía hambre. No había visto frutos ni calabazas en la Tierra Fija. Tal vez fuera una trampa mortal. Sonrió amargamente ante la insensatez que lo había llevado a sentirse feliz, por la mañana, al cambiar los paraísos flotantes, donde cada arbusto chorreaba dulzura, por esa roca estéril. Pero tal vez no fuera estéril, después de todo. Decidido a buscar comida, a pesar del cansancio que lo invadía cada vez con más fuerza, acababa de volverse tierra adentro cuando los rápidos cambios de color que anuncian la noche de ese mundo le dieron alcance. Aceleró la marcha vanamente. Antes de llegar al fondo del valle, la arboleda donde había dejado a Weston ya era una simple nube de oscuridad. Antes de poder alcanzarla estaba hundido en la noche sin dimensiones, sin fisuras. Uno o dos esfuerzos por buscar a tientas el camino hasta el lugar donde habían depositado los víveres de Weston solo sirvieron para acabar por completo con el sentido de la orientación. Se tuvo que sentar. Gritó una o dos veces el nombre de Weston, pero, tal como esperaba, no obtuvo respuesta. «De todos modos, me alegra haberle quitado el revólver —pensó Ransom, y luego—: Bueno, *qui dort dine*[*] y supongo que tengo que aprovechar antes de que llegue la mañana». Al tenderse descubrió que el suelo sólido y el musgo de la Tierra Fija eran mucho menos cómodos que las superficies a las que se había acostumbrado últimamente. Eso y la idea de otro ser humano tendido muy cerca, sin duda con los ojos abiertos y los dientes apretados contra el vidrio astillado, y el latido hosco y recurrente de las olas rompiendo sobre la playa hacían que la noche fuera incómoda.

—Si yo viviera en Perelandra —murmuró—, Maleldil no necesitaría prohibir esta isla. Me gustaría no haber puesto los ojos en ella nunca.

---

[*]   Quien duerme cena. (*N. del t.*).

8

Después de una noche agitada y llena de sueños, despertó en pleno día. Tenía la boca seca, un calambre en el cuello y los miembros doloridos. Era algo tan distinto a los despertares anteriores en el mundo de Venus que por un momento supuso que estaba de vuelta en la Tierra. Y el sueño de haber vivido y caminado sobre los océanos de la estrella matutina (porque eso le pareció) cruzó su memoria con una sensación de dulzura perdida, que era casi insoportable. Después se sentó y los hechos volvieron a él. «Sin embargo, es muy parecido a haber salido de un sueño», pensó. Él hambre y la sed se convirtieron de inmediato en las sensaciones predominantes, pero consideró un deber echarle antes un vistazo al hombre enfermo... aunque con muy pocas esperanzas de poder ayudarlo. Miró a su alrededor. Sí, allí estaba el bosquecillo de árboles plateados, pero no vio a Weston. Entonces miró hacia la bahía; tampoco estaba el bote. Suponiendo que en la oscuridad se había equivocado de valle, se puso en pie y se acercó al arroyo a beber. Cuando levantó la cara del agua con un largo suspiro de satisfacción, sus ojos tropezaron de pronto con una caja pequeña de madera... y luego, un poco más allá, con un par de latas de conserva. El cerebro le trabajaba con bastante lentitud y le llevó unos segundos darse cuenta de que después de todo estaba en el valle correcto, y unos cuantos segundos más, sacar conclusiones de que la caja estuviera abierta y vacía y de que algunos víveres hubieran desaparecido y otros no. Pero ¿era posible que un hombre en las condiciones físicas de Weston pudiera haberse recobrado lo suficiente durante la noche para levantar campamento y alejarse cargado con bultos? ¿Era posible que cualquier hombre pudiese haberse enfrentado a un mar como aquel en un bote plegable? Era cierto, como notó entonces por primera vez, que la tormenta (un mero vendaval de acuerdo con la escala perelándrica) parecía haberse apaciguado durante la noche, pero había aún un oleaje imponente y parecía descartable que el profesor hubiera abandonado la isla. Era mucho más probable que hubiese abandonado el valle a pie llevándose el bote consigo. Ransom decidió que debía encontrar a Weston en seguida: debía mantenerse en contacto con el enemigo. Porque si Weston se había recobrado, no había dudas de que tenía la intención de provocar algún tipo de daño. Ransom no estaba nada seguro de haber entendido toda la exposición alocada del día anterior, pero lo que había entendido no le gustaba nada y sospechaba que el vago misticismo sobre la «espiritualidad» se resolvería en algo aún más repugnante que su antiguo plan, sencillo en comparación, de imperialismo interplanetario. Habría sido deshonesto, sin duda, tomar en serio las cosas que el hombre había dicho un momento antes del ataque, pero incluso sin eso era suficiente.

Ransom pasó las próximas horas recorriendo la isla en busca de comida y de Weston. Respecto a la comida se vio recompensado. Cierto fruto semejante al del arándano podía recogerse a puñados en los declives superiores, y en los valles boscosos abundaba una especie de nuez ovalada. Esta tenía una consistencia suave y densa, como la del corcho o el riñón, y el sabor, aunque un poco ácido y prosaico comparado con el de la fruta de las islas flotantes, no dejaba de ser satisfactorio. Los ratones gigantes eran mansos como los demás animales perelándricos, pero parecían más estúpidos. Ransom subió a la meseta central. El mar estaba sembrado de islas en todas direcciones, que subían y bajaban con el oleaje, y todas alejadas por vastas extensiones de agua. Se vio atraído en seguida por una isla de color naranja, pero no supo si se trataba de aquella en la que había estado viviendo, porque vio al menos dos más en las que predominaba el mismo color. En determinado momento contó veintitrés islas en total. Pensó que eran más de las que habían integrado el archipiélago temporal y eso le permitió tener esperanzas de que cualquiera de las que veía pudiese esconder al Rey... o incluso de que el Rey pudiese estar en ese momento reunido con la Dama. Sin pensarlo con mucha claridad, había puesto todas sus esperanzas en el Rey.

No encontró rastros de Weston. Realmente parecía, a pesar de todas las improbabilidades, que de algún modo se las había arreglado para abandonar la Tierra Fija. La ansiedad de Ransom era muy grande. No tenía la menor idea de lo que Weston podía hacer respecto a sus nuevas creencias. Lo mejor que podía esperarse era que simplemente ningunеara al amo y a la dueña de Perelandra como a simples salvajes o nativos.

Más tarde, cansado, se sentó en la playa. Ahora había poco oleaje, y las olas, justo antes de romper, no le llegaban a la rodilla. Sus pies, ablandados por la superficie acolchada sobre la que se camina en las islas flotantes, estaban acalorados y doloridos. Poco después decidió refrescarlos caminando un poco en la orilla. La cualidad deliciosa del agua lo llevó a avanzar hasta que le llegó al pecho. Mientras estaba allí, sumido en sus pensamientos, percibió de pronto que lo que había tomado por un efecto de luz en el agua era en realidad el lomo de uno de los grandes peces plateados. «Me pregunto si me dejaría montarlo», pensó, y entonces, observando cómo el animal movía el hocico hacia él y se mantenía lo más cerca posible de la orilla, se le ocurrió que el pez trataba de llamar su atención. ¿Podía haber sido enviado? La idea no había terminado de cruzarle por la mente como una flecha cuando decidió hacer la prueba. Apoyó la mano sobre el lomo de la criatura y esta no se apartó al contacto. Entonces se encaramó con cierta dificultad para quedar sentado sobre la parte estrecha tras la cabeza del pez, y, mientras lo hacía, el animal permaneció tan quieto como pudo, pero, en cuanto estuvo afirmado en la montura, se dio vuelta con rapidez y enfiló hacia el mar.

Si Ransom hubiera deseado bajar, en seguida habría resultado imposible. Cuando miró hacia atrás, los pináculos verdes de la montaña ya habían retirado las cimas del cielo, y la línea de la costa empezaba a ocultar las bahías y promontorios. Ya no se oían las rompientes, solo los prolongados ruidos silbantes o vivaces del agua que lo rodeaba. Se veían muchas islas flotantes, aunque desde ese nivel eran meras siluetas plumosas. Pero el pez no parecía dirigirse a ninguna de ellas. En línea recta, como si conociera bien el camino, lo transportó durante más de una hora con el batir de las grandes aletas. Después, el verde y el púrpura salpicaron el mundo entero, y luego llegó la oscuridad.

Por algún motivo, casi no sintió inquietud cuando se encontró subiendo y bajando rápidamente las bajas colinas acuáticas a través de la noche negra. Y no todo era negro. Los cielos habían desaparecido, y la superficie del mar. Abajo, muy abajo de él, en el corazón del vacío a través del que parecía estar viajando, aparecieron bombas lumínicas restallantes y rayas que se contorsionaban de luminosidad verdiazul. Al principio eran muy remotas, pero pronto, según pudo juzgar, se acercaron. Todo un mundo de

criaturas fosforescentes parecía jugar no lejos de la superficie:
anguilas enroscadas y seres veloces con coraza completa y después
formas fantásticas, junto a las cuales el caballito de mar de nuestras aguas era ordinario. Lo rodeaban por completo; con facilidad
veía veinte o treinta simultáneamente. Y, mezcladas con todo ese
tumulto de centauros y dragones marinos, vio formas aún más
extrañas: peces, si es que eran peces, cuya parte delantera era de
una forma tan parecida a la humana que al captarlos por primera
vez pensó que había caído en un sueño y sacudió la cabeza para
despertar. Pero no era un sueño. Allí... y allí otra vez: un hombre,
un perfil y luego durante un segundo un rostro completo, autén-
ticos tritones o sirenas. La semejanza con lo humano era en
realidad mayor, no menor, de lo que había supuesto al principio.
Lo que se lo había ocultado por un momento era la ausencia total
de expresión humana. Sin embargo, las caras no eran estúpidas,
ni siquiera eran parodias brutales de lo humano, como las de los
monos terrestres. Parecían más bien rostros humanos dormidos o
rostros en los que la humanidad dormía mientras alguna otra
vida, ni bestial ni diabólica, sino simplemente fantástica, fuera de
nuestra órbita, estaba descaradamente despierta. Recordó su
antigua sospecha de que lo que era mito en un mundo podía ser
realidad en otro. Se preguntó también si el Rey y la Reina de
Perelandra, aunque fueran sin duda la primera pareja humana
del planeta, podrían tener algún ancestro marítimo en el aspecto
físico. Y si era así, entonces ¿qué ocurría con los seres semejantes
y anteriores al hombre de nuestro mundo? ¿Habrían sido realmente
las tristes brutalidades cuyas imágenes vemos en los libros popu-
lares sobre la evolución? ¿O los mitos antiguos eran más verdaderos
que los modernos? ¿Hubo realmente una época en que los sátiros
bailaban en los bosques de Italia? Pero en ese punto acalló su
mente, por el mero placer de inspirar la fragancia que empezaba
a venir hacia él desde la oscuridad, más adelante. Llegaba a él
cálida y dulce, a cada momento más dulce y más pura, a cada
momento más intensa y más saturada de delicias. Sabía bien qué
era. De allí en adelante podría distinguirla del resto del universo:
el aliento nocturno de una isla flotante en el planeta Venus. Era
extraño sentir tanta nostalgia por lugares donde la estancia había
sido tan breve y que eran, según cualquier norma objetiva, algo
tan ajeno a nuestra raza. ¿O no lo eran? El cordón de deseo que

lo llevaba a la isla invisible le pareció en ese momento algo atado mucho mucho antes de su llegada a Perelandra, mucho antes de las épocas más antiguas que la memoria podía recuperar de la infancia, antes de su nacimiento, antes del nacimiento del hombre mismo, antes de los orígenes del tiempo. Era penetrante, suave, salvaje y sagrado, todo al mismo tiempo, y en cualquier mundo donde los nervios de los hombres hubiesen dejado de obedecer a sus deseos centrales sin duda habría sido también afrodisíaco, pero no en Perelandra. El pez ya no se movía. Ransom extendió la mano. Descubrió que tocaba hierba. Se encaramó sobre la cabeza del monstruoso pez y subió a la superficie suavemente móvil de la isla. Aunque la ausencia había sido breve, los hábitos de caminar adquiridos en la tierra se habían reafirmado y se cayó más de una vez mientras avanzaba a tientas sobre la hierba ondulante. Pero ahí caerse no hacía daño, ¡por suerte! Le rodeaban árboles en la oscuridad y, cuando la mano tocó un objeto liso, fresco, redondo, se lo llevó sin temor a los labios. No era ninguno de los frutos que había probado antes. Era mejor que cualquiera de ellos. Bien podía afirmar la Reina que en su mundo el fruto que uno comía en cualquier momento era, en ese instante, el mejor. Agotado por el día de caminatas y escaladas e, incluso más, vencido por la satisfacción absoluta, se sumergió en un sueño sin sueños.

Al despertar sintió que habían pasado varias horas y se encontró aún rodeado por la oscuridad. Supo, también, que lo había hecho súbitamente: un momento más tarde estaba escuchando el sonido que lo había despertado. Eran voces, la voz de un hombre y la de una mujer en una apasionada conversación. Pensó que estaban muy cerca de él, porque en la noche perelándrica un objeto no es más visible si está a seis centímetros que si está a seis kilómetros. Comprendió de inmediato quiénes eran los que hablaban, pero las voces sonaban extrañas y las emociones de ambos le resultaban oscuras al no contar con expresiones faciales para deducirlas.

—Me pregunto si toda la gente de tu mundo tiene la costumbre de hablar sobre la misma cosa más de una vez —decía la voz de la mujer—. Ya te he dicho que nos está prohibido vivir sobre la Tierra Fija. ¿Por qué no hablas de otra cosa o dejas de hablar?

—Porque es una prohibición muy extraña —dijo la voz del hombre—. Y tan distinta a los modos de Maleldil en mi mundo. Y Él no te ha prohibido pensar en vivir en la Tierra Fija.

—Eso sí que sería extraño: pensar en lo que nunca ocurrirá.

—De ningún modo, en nuestro mundo lo hacemos sin cesar. Unimos palabras para que signifiquen cosas que nunca han pasado y lugares que nunca han existido; palabras hermosas, unidas armoniosamente. Y después nos las contamos unos a otros. Las llamamos relatos o poesía. En ese mundo antiguo del que hablaste, en Malacandra, hacen lo mismo. Por la alegría, la maravilla y la sabiduría.

—¿Qué sabiduría hay en eso?

—El mundo no está hecho solo de lo que es, sino también de lo que podría ser. Maleldil conoce los dos aspectos y quiere que nosotros los conozcamos.

—Nunca he pensado en eso. El otro, el Manchado, ya me ha dicho cosas que me hicieron sentir como un árbol cuyas ramas se apartaran cada vez más. Pero esto lo supera todo. Salir de lo que es hacia lo que podría ser y hablar y concebir cosas allí, al lado del mundo. Le preguntaré al Rey qué piensa sobre eso.

—Ves, siempre volvemos a lo mismo. Ojalá no te hubieras separado del Rey.

—Oh, entiendo. También esa es una de las cosas que podrían ser. El mundo podría estar hecho de tal modo que el Rey y yo nunca nos separáramos.

—El mundo no necesitaría ser distinto, solo la manera en que ustedes viven. En un mundo donde la gente vive sobre tierras fijas, las personas no se ven separadas de pronto.

—Pero debes recordar que no debemos vivir en la Tierra Fija.

—No, pero Él nunca os ha prohibido pensar en eso. ¿No podría ser ese uno de los motivos por los que os está prohibido hacerlo, para que puedan tener un Podría Ser en que pensar, con el cual hacer una Historia, como lo llamamos nosotros?

—Lo pensaré más. Haré que el Rey me haga más vieja al respecto.

—¡Cuánto deseo conocer al Rey del que hablas! Pero en cuanto a historias él podría no ser tan viejo como tú.

—Lo que dices es como un árbol sin fruto. El Rey siempre es más viejo que yo respecto a todas las cosas.

—Pero el Manchado y yo ya te hemos hecho más vieja sobre algunos asuntos que el Rey nunca te mencionó. Ese es el nuevo bien que nunca esperaste. Creías que siempre ibas a aprender las cosas a través del Rey, pero ahora Maleldil te ha enviado otros hombres en los que nunca se te habría ocurrido pensar y te han contado cosas que el Rey mismo no conoce.

—Ahora empiezo a entender por qué el Rey y yo estamos separados en este momento. Lo que Él me tenía preparado era un bien extraño y magnífico.

—Si te niegas a aprender cosas de mí y sigues diciendo que esperarás y le preguntarás al Rey, ¿no sería eso como rechazar el fruto que has encontrado para volverte hacia el fruto que habías esperado?

—Esas son preguntas profundas, Extranjero. Maleldil no me está poniendo muchas cosas en la mente sobre ellas.

—¿No entiendes por qué?

—No.

—Desde que el Manchado y yo hemos venido a tu mundo te hemos puesto en la mente muchas cosas que Maleldil no ha puesto. ¿No comprendes que Él te está dejando un poco libre respecto a Él?

—¿Cómo podría hacerlo? Él está dondequiera que vamos.

—Sí, pero en otro sentido. Te está haciendo más vieja, te está haciendo aprender cosas no a través de Él, sino por tus encuentros con otra gente y por tus propias preguntas y pensamientos.

—Ciertamente lo está haciendo.

—Sí. Te está convirtiendo en una mujer completa, porque hasta ahora estabas hecha solo a medias, como los animales que no aprenden nada por sí mismos. Esta vez, cuando vuelvas a encontrarte con el Rey, eres tú quien tendrá cosas para contarle. Eres tú quien será más vieja que él y quien lo hará más viejo.

—Maleldil no haría que ocurriera algo así. Sería como un fruto sin sabor.

—Pero tendría sabor para él. ¿No crees que el Rey a veces se cansa de ser el más viejo? ¿No te amaría más si fueras más sabia que él?

—¿Esto es lo que tú llamas una Poesía o te refieres a lo que existe realmente?

—Me refiero a algo que existe realmente.

—Pero ¿cómo podría alguien amar más a algo? Es como decir que una cosa podría ser más grande que sí misma.

—Solo quiero decir que llegarías a parecerte más a las mujeres de mi mundo.

—¿Cómo son ellas?

—Tienen un espíritu poderoso. Siempre tienden las manos hacia el bien nuevo e inesperado y ven que es bueno mucho antes de que los hombres lo comprendan. Sus mentes se adelantan a lo que Maleldil les ha contado. No necesitan esperarlo a Él para que les diga qué es bueno, sino que lo saben por sí mismas, como Él. Son, en realidad, pequeños maleldils. Y por la sabiduría, su belleza supera a la tuya tanto como la dulzura de estas calabazas supera el sabor del agua. Y, por su belleza, el amor que los hombres sienten por ellas supera el amor del Rey por ti tanto como el ardor desnudo del Cielo Profundo visto desde mi mundo es más maravilloso que su techo dorado.

—Me gustaría poder verlas.

—Me gustaría que pudieras.

—Qué hermoso es Maleldil y qué maravillosas son todas sus obras. Tal vez Él sacará de mí hijas que serán más admirables que yo, como yo soy más admirable que los animales. Será mejor de lo que pensaba. Había creído que iba a ser siempre Reina y Dama. Pero ahora veo que podría ser como los eldila. Podría ser la señalada para distinguir, cuando ellas sean niñas pequeñas y débiles, cuál crecerá y me superará y a cuyos pies deberé rendirme. Veo que no son solo las preguntas y los pensamientos los que se abren cada vez más como las ramas. También la alegría se abre y llega a donde nunca habríamos pensado.

—Ahora dormiré —dijo la otra voz.

Al decirlo se convirtió, por vez primera, en la voz inconfundible de Weston, de un Weston malhumorado y agrio. Hasta ese momento, Ransom, aunque decidía sin cesar unirse a la conversación, se había mantenido en silencio en una especie de incertidumbre entre dos estados mentales en conflicto. Por un lado estaba seguro, tanto por la voz como por todo lo que había dicho, de que el varón que hablaba era Weston. Por otro lado, la voz, separada del aspecto físico del hombre, sonaba curiosamente distinta a sí misma. Más aún, el modo paciente, insistente en que era empleada era muy distinto a la forma en que el profesor intercalaba por lo común el discurso pomposo con la abrupta fanfarronada. ¿Cómo podía un hombre que acababa de salir de una crisis física como la que le había visto experimentar a Weston haber recobrado tal dominio de sí mismo en pocas horas? ¿Y cómo podía haber llegado a la isla flotante? Durante toda la charla, Ransom se había visto enfrentado con una contradicción intolerable. Algo que era y no era Weston estaba hablando. La sensación de semejante monstruosidad, a solo unos metros de distancia en la oscuridad, le había producido estremecimientos de agudo terror a lo largo de la espina dorsal y originado en su mente preguntas que trató de rechazar como fantásticas. Ahora que la conversación había terminado advertía, además, con qué intensa ansiedad la había seguido. En el mismo instante tomó conciencia de una impresión de triunfo. Pero no era él quien estaba triunfando. La oscuridad entera que lo rodeaba resonaba con la victoria. Se sobresaltó y se incorporó a medias. ¿Había existido algún sonido real? Escuchando con atención no pudo oír nada aparte del grave sonido murmurante del viento cálido y del oleaje suave. La sugestión de una música debía de haber sido interna. Pero en cuanto volvió a acostarse estuvo seguro de que no era así. Desde fuera, ciertamente era desde fuera, pero no a través del sentido del oído, que el bullicio festivo, la danza y el esplendor llegaban a él; sin sonido y sin embargo de un modo que solo podía recordarse y ser pensado como música. Era como tener un sentido nuevo. Era como estar presente cuando las estrellas matutinas cantan a coro. Era como si Perelandra hubiese sido creada en ese momento; tal vez en cierto sentido lo había sido. La sensación de un gran desastre evitado se impuso en su mente y con ello la esperanza de que tal vez no hubiese un segundo intento, y, después, más dulce que todo lo demás, la insinuación de que no había sido llevado allí para hacer algo, sino solo como espectador o testigo. Minutos después dormía.

9

El tiempo había cambiado durante la noche. Ransom estaba sentado en el borde del bosquecillo donde había dormido, mirando un mar liso donde no había islas a la vista. Se había despertado minutos antes, descubriendo que estaba tendido solo en un matorral de tallos parecidos a cañas, pero sólidos como varas de abedul y que sostenían una copa casi plana de denso follaje. De ella colgaban frutos tan lisos, brillantes y redondos como las bayas del acebo. Comió algunos. Después se abrió paso hasta terreno abierto, cerca de las costas de la isla, y miró alrededor. Ni Weston ni la Dama estaban a la vista, y empezó a caminar sin prisas junto al mar. Los pies descalzos se hundieron un poco en una alfombra de vegetación azafranada, que los cubrió con un polvo aromático. Al bajar la cabeza para mirarlos, percibió de pronto algo más. Al principio creyó que era una criatura de forma aún más fantástica que las que había visto hasta entonces en Perelandra. La forma era no solo fantástica, sino también horrenda. Entonces se dejó caer sobre una rodilla para examinarla. Finalmente la tocó, con repugnancia. Un momento después retiró la mano, como un hombre que ha tocado una serpiente.

Era un animal herido. Era, o había sido, una de las ranas de colores brillantes. Pero había tenido algún accidente. Todo el lomo estaba rasgado y abierto en una especie de tajo en forma de «V», con la punta un poco detrás de la cabeza. Algo le había hecho un desgarro, que se ensanchaba hacia atrás, como hacemos al abrir un sobre, a lo largo del tronco y que llegaba tan lejos que las patas traseras habían sido casi arrancadas. Estaban tan arruinadas que la rana no podía saltar. En la Tierra habría sido simplemente un espectáculo desagradable, pero hasta ese momento Ransom no había visto nada muerto ni herido en Perelandra y fue como una bofetada en la cara. Era como el primer espasmo de un dolor bien recordado, advirtiéndole a un hombre que creía estar curado que la familia lo ha engañado y que, después de todo, está agonizando. Era como la primera mentira en boca de un amigo a quien uno pensaba prestarle mil libras.

No tenía marcha atrás. El viento cálido como la leche que soplaba sobre el mar dorado, los azules, platas y verdes del jardín flotante, todo se había convertido, en un momento, simplemente en el margen adornado de un libro cuyo texto era el pequeño horror que se debatía a sus pies, y él mismo, en ese instante, pasó a un estado emocional que no podía controlar ni comprender. Se dijo que probablemente una criatura de ese tipo tenía pocas sensaciones. Pero eso no arreglaba las cosas. No era la simple compasión por el dolor lo que le había cambiado de pronto el ritmo del corazón. Aquello era una obscenidad intolerable que lo llenaba de vergüenza. Habría sido preferible, o así lo pensó entonces, que el universo entero no existiese antes de que pasara ese único hecho. Después decidió, a pesar de la convicción teórica de que era un organismo demasiado primitivo para sentir mucho dolor, que era mejor matarlo.

No tenía botas ni piedras ni palos. La rana demostró ser bastante difícil de matar. Cuando ya era demasiado tarde para desistir comprendió claramente que había sido una estupidez intentarlo. Cualesquiera que fuesen los sufrimientos del animal ciertamente los había aumentado, no disminuido. Pero tenía que terminar. La tarea pareció llevarle casi una hora. Y, cuando al fin el mutilado animal quedó inmóvil y Ransom bajó al borde del agua a lavarse, se sentía enfermo y tembloroso. Parece extraño decir esto de alguien que había combatido en el Somme, pero los arquitectos afirman que nada es grande o pequeño salvo por la posición que ocupa.

Finalmente se puso de pie y reanudó la marcha. Un momento después se sobresaltó y volvió a mirar el suelo. Aceleró el paso y una vez más se detuvo y miró. Se quedó petrificado y se cubrió la cara. Rogó al cielo en voz alta que interrumpiera la pesadilla o le permitiera comprender qué pasaba. Había un rastro de ranas mutiladas a lo largo del borde de la isla. Pisando con cuidado, lo siguió. Contó diez, quince, veinte; la vigesimoprimera lo llevó a un sitio donde el bosque llegaba al borde del agua. Entró en el bosque y salió por el otro lado. Entonces se paró en seco, mirando. Weston, aún vestido pero sin el casco de fibra, estaba parado a unos diez metros y, mientras Ransom observaba, iba desgarrando una rana. Serena y casi quirúrgicamente introdujo el dedo índice con su larga uña afilada bajo la piel, tras la cabeza de la criatura, y la desgarró hacia atrás. Ransom no había notado antes que Weston tuviera uñas tan largas. Después terminó la operación, arrojó el despojo sangriento a un lado y levantó la cabeza. Sus ojos se encontraron.

Si Ransom no dijo nada, fue porque no podía hablar. Veía a un hombre que ciertamente no estaba enfermo, a juzgar por la pose despreocupada y el enérgico uso que acababa de hacer de los dedos. Veía a un hombre que ciertamente era Weston, a juzgar por la talla, la constitución, el color y los rasgos. En ese sentido era bien reconocible. Pero el terror residía en que además era irreconocible. No parecía un hombre enfermo, pero se parecía mucho a un hombre muerto. El rostro que levantó después de torturar a la rana tenía ese terrible poder que tiene a veces la cara de un cadáver para rechazar simplemente cualquier actitud humana concebible que uno pueda adoptar hacia ella. La boca inexpresiva, la mirada fija, sin parpadeo, de los ojos, algo pesado e inorgánico en los pliegues de la mejilla decían con claridad: «Tengo rasgos como los tuyos, pero entre tú y yo no hay nada en común». Eso dejó sin habla a Ransom. ¿Qué podía uno decirle a eso, qué invocación o amenaza podía tener sentido? Y entonces, abriéndose paso en su conciencia, apartando a empujones todo hábito mental y todo deseo de no creer, llegó la convicción de que en realidad aquello no era un hombre, de que el cuerpo de Weston era mantenido en Perelandra, caminando y sin corromperse, por algún tipo de vida completamente distinto, y que Weston propiamente dicho había desaparecido.

Miró a Ransom en silencio y por último empezó a sonreír. Todos nos hemos referido con frecuencia —Ransom mismo lo había dicho— a una sonrisa diabólica. Ahora advertía que nunca había tomado las palabras en serio. La sonrisa no era amarga, ni furiosa, ni en un sentido común, siniestra; ni siquiera era burlona. Parecía llamar a Ransom, con un horrible candor de bienvenida, al mundo de sus propios placeres, como si todos los hombres estuvieran de acuerdo en esos placeres, como si fueran lo más natural del mundo y nunca hubiesen sido puestos en duda. No era furtiva, ni avergonzada, no había nada de conspiradora en ella. No desafiaba la bondad; la ignoraba a tal punto que la aniquilaba. Ransom advirtió que antes solo había visto pretensiones incómodas y a medias de maldad. Esta criatura la representaba con fuerza. La intensidad

de su maldad había sobrepasado toda lucha, llegando a cierto
estado que mostraba una horrible similitud con la inocencia.
Estaba más allá del vicio, así como la Dama estaba más allá de
la virtud.

La inmovilidad y la sonrisa duraron quizás minutos enteros;
en absoluto menos. Entonces Ransom dio un paso hacia ese ser,
sin una noción clara de lo que haría cuando llegara a él. Tropezó
y cayó. Sintió una curiosa dificultad al volver a ponerse en pie y,
cuando lo hizo, perdió el equilibrio y cayó por segunda vez. Después
hubo un momento de oscuridad ocupado por un rugir de trenes
expreso. Después volvieron el cielo dorado y las olas multicolores
y supo que estaba solo y recuperándose de un desmayo. Mientras
yacía allí, todavía sin poder y tal vez sin querer levantarse, recordó
que había leído de ciertos filósofos y poetas antiguos que la simple
visión de los demonios era uno de los tormentos mayores del
Infierno. Hasta entonces, le había parecido una simple expresión
caprichosa y arcaica. Y sin embargo (ahora lo entendía) hasta los
niños saben que no es así: a ningún niño le habría resultado difícil
entender que podría haber un rostro cuya mera contemplación
sería el infortunio definitivo. Los niños, los poetas y los filósofos
tenían razón. Así como hay un rostro por encima de todos los
mundos al que basta ver para sentir un goce ineludible, del mismo
modo en el fondo de todos los mundos espera ese rostro cuya sola
visión es la desgracia de la que nadie que lo contemple puede
recobrarse. Aunque parecía haber, y en verdad había, mil caminos
por los que un hombre podía recorrer el mundo, no había ni uno
solo que no llevara tarde o temprano a la Visión Beatífica o a la
Visión Desgraciada. Ransom mismo, por supuesto, había visto solo
una máscara o débil bosquejo; aun así, no estaba muy seguro de
que viviría.

Cuando pudo, se puso en pie y partió en busca del ser. Tenía
que tratar de impedir que encontrara a la Dama o al menos estar
presente cuando se encontraran. Qué podía hacer, no lo sabía,
pero estaba claro, sin posibilidad de evasión, que lo habían enviado
para eso. El cuerpo de Weston, viajando en una astronave, había
sido el puente por el que algo más había invadido Perelandra.
Que fuera la maldad suprema y original a la que en Marte llaman
El Torcido, o uno de sus acólitos menores, no importaba. Ransom
tenía erizada la piel en todo el cuerpo, y las rodillas insistían en

entrechocarse. Le sorprendió experimentar un terror tan intenso y aun así estar caminando y pensando, como los hombres que en la guerra o en la enfermedad se sorprenden al descubrir lo que pueden soportar. «Nos volverá locos», «Nos matará en el acto», decimos, y después ocurre y descubrimos que no estamos locos ni muertos, aún abocados a la tarea.

El tiempo cambió. La planicie sobre la que estaba caminando se infló en una ola de tierra. El cielo se volvió más pálido y pronto pasó a ser más bien rosa claro que dorado. El mar se hizo más oscuro, casi broncíneo. Rápidamente, la isla estuvo trepando considerables colinas acuáticas. En una o dos ocasiones tuvo que sentarse y descansar. Varias horas más tarde (porque el avance era muy lento) vio de pronto dos siluetas humanas sobre lo que en ese momento era un horizonte. Un instante después se perdieron de vista mientras el terreno se alzaba entre ellos y él. Llegar le llevó cerca de media hora. El cuerpo de Weston estaba de pie, oscilando y manteniendo el equilibrio para adaptarse a cada cambio del suelo, de un modo que el verdadero Weston no habría podido lograr. Le estaba hablando a la Dama. Y lo que más sorprendió a Ransom fue que la Dama lo siguió escuchando sin volverse para darle la bienvenida o al menos comentar su llegada cuando lo hizo y se sentó junto a ella sobre la hierba blanda.

—Es una gran apertura —estaba diciendo el ser— esto de hacer historias o poesía sobre cosas que podrían existir pero no existen. Si te retraes, ¿no te estás apartando del fruto que te es ofrecido?

—No me retraigo ante hacer una historia, Extranjero, sino a esa única historia que me has puesto en la cabeza —contestó ella—. Yo misma puedo hacer historias sobre mis hijos o el Rey. Puedo hacer una en que el pez vuele y las bestias terrestres naden. Pero si trato de hacer la historia sobre vivir en la Tierra Fija no sé cómo hacerla respecto a Maleldil. Porque si la hago como si Él hubiese cambiado su mandato, eso no resultará. Y si la hago como si nosotros viviéramos allí contra su mandato, es como hacer que el cielo sea todo negro, el agua imposible de beber y el aire imposible de respirar. Pero, además, no veo cuál es el placer de tratar de hacer esas cosas.

—Hacerte más sabia, más vieja —dijo el cuerpo de Weston.

—¿Estás seguro de que será eso? —preguntó ella.

—Sí, estoy seguro —contestó la cosa —. Así es como las mujeres de mi mundo se han vuelto tan magníficas y hermosas.

—No lo escuches —interrumpió Ransom—, despídelo. No oigas lo que dice, no pienses en ello.

La Dama se volvió hacia Ransom por primera vez. Desde la última vez que la había visto se había producido un levísimo cambio en el rostro. No se veía triste, ni profundamente confundida, pero la insinuación de algo precario había aumentado. Por otro lado, la Dama estaba claramente complacida de verlo, aunque sorprendida por la interrupción, y las primeras palabras que pronunció revelaron que el descuido de no saludarlo cuando llegó provenía de no haber enfrentado nunca la posibilidad de una conversación entre más de dos personas. Y, durante el resto de la charla, su ignorancia sobre la técnica de la conversación general le otorgó una cualidad extraña e inquietante a toda la escena. La Dama no tenía noción de cómo mirar con rapidez de un rostro a otro o cómo desenredar dos observaciones simultáneas. A veces escuchaba con toda su atención a Ransom, a veces al otro, pero nunca a ambos.

—¿Por qué empiezas a hablar antes de que el hombre haya terminado, Manchado? —preguntó—. ¿Cómo hacen en tu mundo, donde son tantos y con frecuencia deben estar juntas más de dos personas? ¿No hablan por turno o tienen una habilidad especial para comprender incluso cuando todos hablan a la vez? No soy lo suficientemente vieja para eso.

—No quiero que lo escuches en absoluto —dijo Ransom—. Él es...

Y entonces vaciló. «Malo», «mentiroso», «enemigo», ninguna de esas palabras tendría, por el momento, el menor significado para ella. Devanándose los sesos pensó en las conversaciones anteriores sobre el gran eldil que se había aferrado al bien antiguo y rechazado el nuevo. Sí, ese sería el único acceso de la Dama a la idea de maldad. Iba a hablar pero ya era demasiado tarde. La voz de Weston se le adelantó.

—Este Manchado no quiere que me escuches, porque quiere mantenerte joven —dijo—. No quiere que te adelantes hacia frutos nuevos que nunca has probado.

—Pero ¿cómo puede querer mantenerme más joven?

—¿No has comprendido aún —dijo el cuerpo de Weston— que el Manchado es alguien que siempre se retrae ante la ola que viene hacia nosotros y le gustaría, si pudiera, traer de nuevo la ola que ha pasado? ¿No lo ha demostrado desde el primer momento en que habló contigo? Él no sabía que todo era nuevo desde que Maleldil se hizo hombre y que ahora todas las criaturas dotadas de razón serán hombres. Tuviste que enseñárselo. Y cuando lo aprendió no lo recibió con alegría. Lo apenaba que fueran a desaparecer los pueblos con pieles. Si pudiera, traería otra vez ese mundo antiguo. Y cuando le pediste que te enseñara Muerte, no lo hizo. Quería que siguieras joven, que no aprendieras Muerte. ¿No fue él quien te puso por primera vez en la mente la idea de que era posible no desear la ola que Maleldil hace rodar hacia nosotros, retraerse tanto que uno estaría dispuesto a cortarse los brazos y las piernas para impedir que llegue?

—¿Quieres decir que él es tan joven?

—Es lo que en mi mundo llamamos Malo —dijo el cuerpo de Weston—. Alguien que rechaza el fruto que le es ofrecido a cambio del fruto que esperaba o el fruto que encontró la última vez.

—Entonces debemos hacerlo más viejo —dijo la Dama, y aunque no miró a Ransom, le fue revelado todo lo que de Reina y Madre había en ella, y supo que deseaba para él y para todas las cosas un bien infinito. Y él... él no podía hacer nada. Le habían arrancado el arma de la mano.

—¿Y tú nos enseñarás Muerte? —le dijo la Dama a la forma de Weston, que estaba situada un poco por encima de ella.

—Sí —dijo el ser—. Por eso vine aquí, para que puedan tener Muerte en abundancia. Pero debes ser muy valiente.

—*Valiente.* ¿Qué es eso?

—Es lo que te hace nadar en un día en que las olas son tan grandes y veloces que dentro de ti algo te ordena quedarte en tierra.

—Lo sé. Y esos son los mejores días de todos para nadar.

—Sí. Pero para encontrar Muerte, y con Muerte la verdadera vejez, la belleza vigorosa y la apertura extrema, debes zambullirte en cosas más grandes que las olas.

—Continúa. Tus palabras son distintas a todas las palabras que he escuchado hasta hoy. Son como la burbuja rompiéndose en el árbol. Me hacen pensar en... en... no sé en qué me hacen pensar.

—Diré palabras mayores que estas, pero debo esperar hasta que seas más vieja.

—Hazme más vieja.

—Dama, Dama —interrumpió Ransom—. ¿Acaso Maleldil no te haría más vieja en su propio tiempo y a su propio modo, y no sería eso mucho mejor?

El rostro de Weston no se volvió hacia él ni en ese ni en ningún otro momento de la conversación, pero la voz, dirigida plenamente a la Dama, contestó la interrupción de Ransom.

—¿Ves? —dijo—. Él mismo, aunque no tenía la intención ni el deseo de hacerlo, te hizo entender hace unos días que Maleldil está empezando a enseñarte a caminar por tus propios medios, sin llevarte de la mano. Esa fue la primera apertura. Cuando llegaste a saberlo, te estaba volviendo realmente vieja. Y, desde entonces, Maleldil te ha permitido aprender mucho: no a través de su propia voz, sino de la mía. Te estás valiendo por ti misma. Eso es lo que Maleldil quiere que hagas. Por eso ha dejado que estés separada del Rey y, en cierto sentido, hasta de Él mismo. Su modo de hacerte más vieja es hacer que tú misma te hagas más vieja. Y sin embargo este Manchado preferiría tenerte sentada esperando que Maleldil lo haga todo.

—¿Qué debemos hacerle al Manchado para hacerlo más viejo? —dijo la Dama.

—No creo que puedas ayudarlo hasta que tú misma seas más vieja —dijo la voz de Weston—. Todavía no puedes ayudar a nadie. Eres como un árbol sin fruto.

—Eso es muy cierto —dijo la Dama—. Continúa.

—Entonces escucha —dijo el cuerpo de Weston—. ¿Has comprendido que esperar la voz de Maleldil cuando Maleldil desea que camines por tus propios medios es una especie de desobediencia?

—Creo que sí.

—El modo equivocado de obedecer puede ser en sí una desobediencia. La Dama meditó unos momentos y luego dio palmas.

—Entiendo —dijo—. ¡Entiendo! Oh, qué vieja me haces. Hasta ahora perseguía un animal para divertirme. Y él comprendía y se alejaba corriendo de mí. Si se hubiera quedado quieto y me hubiera permitido atraparlo, habría sido una especie de desobediencia... pero no la mejor.

—Comprendes muy bien. Cuando hayas crecido del todo serás aún más sabia y hermosa que las mujeres de mi mundo. Y entiendes que podría pasar lo mismo con las órdenes de Maleldil.

—Creo que no lo entiendo con claridad.

—¿Estás segura de que Él desea realmente ser obedecido siempre?

—¿Cómo podemos no obedecer lo que amamos?

—El animal que huía de ti te amaba.

—Me pregunto si es lo mismo —dijo la Dama—. El animal sabe muy bien cuándo quiero que huya y cuándo quiero que venga a mí. Pero Maleldil nunca nos ha dicho que alguna obra o palabra de Él fuera una broma. ¿Cómo podría nuestro Amado necesitar bromear o divertirse como nosotros? Él es todo goce ardiente y energía. Es como pensar que Él necesitaría dormir o comer.

—No, no sería una broma. Es solo algo parecido, no eso mismo. Pero alejar tu mano de la suya... crecer por completo... caminar por tus propios medios... ¿podría llegar a ser perfecto si no hubieras, al menos por una sola vez, parecido desobedecerle?

—¿Cómo puede uno parecer desobedecer?

—Haciendo lo que Él solo parecía prohibir. Podría haber una orden que Él deseara que rompieran.

—Pero si Él nos dijera que la rompiésemos, entonces no sería una orden. Y si Él no lo hiciera, ¿cómo podríamos saberlo?

—Qué sabia te estás volviendo, oh hermosa —dijo la boca de Weston—. No. Si Él os dijera que quebraran lo que Él ordenó, no sería una verdadera orden, como bien has comprendido. Porque tienes razón. Él no hace bromas. Una verdadera desobediencia, una verdadera apertura, eso es lo que Él secretamente anhela. Secretamente, porque decirlo lo arruinaría todo.

—Empiezo a preguntarme si eres mucho más viejo que yo —dijo la Dama después de una pausa—. ¡Lo que dices es como un fruto sin gusto! ¿Cómo podría apartarme de su voluntad salvo hacia lo que no puede ser deseado? ¿Tendré que empezar a tratar de no amarlo a Él... al Rey... o a los animales? Sería como tratar de caminar sobre el agua o de nadar sobre las islas. ¿Habré de intentar no dormir, beber o reír? Creía que tus palabras tenían sentido. Pero ahora parece que no tienen ninguno. Caminar apartándose de su voluntad es caminar hacia ninguna parte.

—Eso es cierto en todas sus órdenes menos en una.

—Pero ¿puede esa ser distinta?

—Más aún, tú misma ves que es distinta. Sus otras órdenes (amar, dormir, llenar el mundo con tus hijos) ves por ti misma que son buenas. Y son iguales en todos los mundos. Pero la orden contra vivir sobre la Isla Fija, no. Ya has aprendido que Él no dio esa orden en mi mundo. Y no puedes ver qué hay de bueno en ella. No es extraño. Si fuera realmente buena, ¿no tendría Él que haber ordenado lo mismo en todos los mundos? Porque ¿cómo podría Maleldil no ordenar lo que es bueno? No hay bien en esa orden. Maleldil mismo te lo está demostrando, en este momento, a través de tu propia razón. Es una orden, nada más. Es prohibir por el simple gusto de prohibir.

—Pero ¿por qué...?

—Para que puedas romperla. ¿Qué otro motivo podría haber? No es buena. No es igual en otros mundos. Se interpone entre ti y toda vida sedentaria, todo dominio de tus propios días. ¿Acaso Maleldil no te está mostrando con la máxima claridad posible que fue establecida como una prueba, como una gran ola sobre la que debes pasar para que puedas llegar a ser realmente vieja, realmente separada de Él?

—Pero si me atañe con tanta profundidad, ¿por qué Él no pone en mi mente nada sobre esto? Todo viene de ti, Extranjero. No hay ni siquiera un murmullo de la Voz que diga sí a tus palabras.

—Pero ¿no te das cuenta de que no puede haberlo? Él desea, oh, cómo desea, ver a su criatura ser totalmente ella misma, afirmarse en su propia razón y su propia valentía incluso contra Él. Pero ¿cómo puede Él decirle que lo haga? Arruinaría todo. Hiciera lo que hiciese después la criatura, solo sería un paso más dado con Él. Esta es la única de todas las cosas que Él desea que no está en su mano. ¿No crees que Él no está cansado de verse solo a Sí mismo en todo lo que ha hecho? Si eso lo satisficiera, ¿por qué necesitarla Él crear? Encontrar al Otro... aquello cuya voluntad ya no es suya... ese es el deseo de Maleldil.

—Si pudiera saberlo...

—Él no tiene que decírtelo. No puede decírtelo. Lo máximo que puede hacer es permitir que otra criatura te lo diga. Y mira, así lo ha hecho. ¿Acaso es por nada, o sin voluntad, que he viajado a través del Cielo Profundo para enseñarte lo que Él necesita que sepas pero que no debe enseñarte Él mismo?

—Dama —dijo Ransom—. Si hablo, ¿me escucharás?

—Encantada, Manchado.

—Este hombre ha dicho que la ley contra vivir en la Isla Fija es distinta a las demás leyes, porque no es la misma en todos los mundos y porque no podemos ver cuál es su bondad. Y hasta ahí tiene razón. Pero después dice que se diferencia de ese modo con el fin de que puedas desobedecerla. Pero podría haber otro motivo.

—Explícalo, Manchado.

—Creo que Él hizo una ley como esa para que pudiera haber obediencia. En todas las otras cuestiones, lo que llamas obedecer a Él no es más que hacer lo que también para ti es bueno. ¿Queda satisfecho el amor con eso? Es cierto, las cumples porque es su voluntad, pero no solo porque sea su voluntad. ¿Cómo podrías saborear el goce de obedecer a menos que Él te mande hacer algo para lo que su mandamiento es el único motivo? Cuando hablamos la última vez dijiste que si le decías a los animales que caminaran sobre la cabeza, ellos lo harían complacidos. Así que sé que entiendes bien lo que te estoy diciendo.

—Oh, valiente Manchado, es lo mejor que has dicho hasta ahora —dijo la Dama Verde—. Me hace mucho más vieja, aunque no se parece a la vejez que me está dando este otro. ¡Oh, qué bien lo veo! No podemos apartarnos de la voluntad de Maleldil, pero Él nos ha dado un medio de apartarnos de nuestra voluntad. Y no podría existir tal medio si no hubiera una orden como esa, basada en nuestra voluntad. Es como pasar a través del techo del mundo hacia el Cielo Profundo. Más allá, todo es Amor propiamente dicho. Sabía que había alegría en contemplar la Isla Fija y desechar toda idea de vivir alguna vez allí, pero hasta ahora no lo entendía.

Su rostro estaba radiante mientras hablaba, pero después lo cruzó una sombra de perplejidad.

—Manchado —dijo—, si eres tan joven como dice este otro, ¿cómo sabes estas cosas?

—Él dice que soy joven, pero yo digo que no lo soy.

La voz del rostro de Weston habló súbitamente, fue más alta y profunda que antes y menos parecida a la voz de Weston.

—Soy más viejo que él y no se atreverá a negarlo —dijo—. Antes de que las madres de las madres de su madre fueran concebidas, ya era más viejo de lo que él puede calcular. He estado con

Maleldil en el Cielo Profundo donde él nunca llegó y oí los decretos eternos. En el orden de la creación soy mayor que él y ante mí él no cuenta en absoluto. ¿No es así?

El rostro cadavérico no se volvió hacia Ransom ni siquiera entonces, pero el que había hablado y la Dama parecían esperar su respuesta. La falsedad que le saltó a la mente murió en sus labios. En ese ambiente, hasta cuando la verdad parecía fatal solo la verdad servía. Pasándose la lengua por los labios y ahogando una sensación de náusea, contestó:

—En nuestro mundo ser más viejo no siempre es ser más sabio.

—Míralo —le dijo el cuerpo de Weston a la Dama—. Observa qué blancas se le han puesto las mejillas y qué húmeda tiene la frente. Nunca has visto eso antes; desde ahora lo verás con más frecuencia. Es lo que les pasa (el comienzo de lo que les pasa) a las criaturas pequeñas cuando se oponen a las grandes.

Un agudo estremecimiento de terror recorrió la columna vertebral de Ransom. Lo que lo salvó fue el rostro de la Dama. Intocada por la maldad tan cercana a ella, distante como si estuviera a diez años de viaje dentro de su propia inocencia y al mismo tiempo tan protegida y tan expuesta por esa inocencia, levantó la cabeza hacia la Muerte que estaba sobre ella, confundida, sí, pero no más allá de los límites de una animada curiosidad y dijo:

—Pero sobre esta prohibición él tenía razón, Extranjero. Eres tú quien necesita ser más viejo. ¿No puedes verlo?

—Yo siempre he visto el todo donde él solo ve la mitad. Es muy cierto que Maleldil te ha dado un medio de apartarte de tu propia voluntad... pero de tu voluntad más profunda.

—¿Y cuál es?

—En este momento, tu más profunda voluntad es obedecerlo a Él: ser siempre como eres ahora, solo su animal o su hija muy joven. El camino para apartarse de eso es difícil. Fue hecho difícil para que solo los muy grandes, los muy sabios, los muy valientes se atrevieran a emprenderlo, a seguir, a seguir fuera de la pequeñez en la que ahora vives, a través de la ola oscura de su prohibición, hacia la vida real, la Vida Profunda, con todo su goce, esplendor y dureza.

—Escucha, Dama —dijo Ransom—. Hay algo que él no te está diciendo. Todo lo que estamos hablando ahora ya ha sido hablado antes. Lo que él quiere que intentes ya ha sido intentado. Hace mucho tiempo, cuando empezó nuestro mundo, había solo un hombre y una mujer en él, como tú y el Rey en este. Y allí estuvo él una vez, como está ahora, hablándole a la mujer. La había encontrado sola como te ha encontrado sola a ti. Ella escuchó e hizo lo que Maleldil le había prohibido hacer. Pero de ello no resultó ningún goce ni esplendor. Lo que resultó no puedo contártelo porque no tienes imágenes para ello en tu mente. Pero todo amor se vio perturbado y enfriado, y la voz de Maleldil se volvió difícil de escuchar, así que la sabiduría escaseó entre ellos. La mujer se volvió contra el hombre y la madre contra el hijo, y cuando buscaron qué comer no había frutos en los árboles, y cazar para comer les ocupó todo el tiempo, de modo que sus vidas se hicieron más estrechas, no más anchas.

—Te ha ocultado la mitad de lo que pasó —dijo la boca cadavérica de Weston—. De ello resultaron dificultades, pero también esplendor. Construyeron con las propias manos montañas más altas que tu Tierra Fija. Fabricaron para sí islas flotantes mayores que las tuyas que podían moverse a voluntad sobre el océano, más veloces que cualquier ave. Como no siempre había comida suficiente, una mujer podía entregar el único fruto al hijo o al esposo y ella comer en cambio muerte; podía darles todo, cosa que en tu estrecha y pequeña vida de jugar, besar y cabalgar peces nunca has hecho, ni harás a menos que rompas el mandamiento. Como la sabiduría era más difícil de encontrar, las que la encontraban se volvían más hermosas y eran superiores a las compañeras, así como tú eres superior a los animales, y miles se disputaban su amor.

—Creo que ahora voy a dormir —dijo la Dama de manera totalmente repentina. Hasta ese momento había estado escuchando al cuerpo de Weston con la boca y los ojos abiertos, pero cuando este habló de las mujeres con miles de amantes bostezó, con el bostezo descarado e impremeditado de un gato joven.

—Aún no —dijo el otro—. Hay otra cosa. Él no te ha contado que fue la ruptura del mandamiento lo que trajo a Maleldil a nuestro mundo y lo que originó que Él se hiciera hombre. No se atreverá a negarlo.

—¿Afirmas eso, Manchado?

Ransom estaba sentado con los dedos entrelazados tan estrechamente que se le habían puesto blancos los nudillos. La injusticia de todo el asunto lo hería como un alambre de espino. Injusto...

¿Cómo podía esperar Maleldil que luchara contra esto, que luchara sin armas, sin poder mentir y llevado sin embargo a lugares donde la verdad parecía fatal? ¡Era injusto! Tuvo un impulso repentino de rebelión ardiente. Un segundo después, la duda, como una ola enorme, rompió sobre él. ¿Y si el enemigo tenía razón después de todo? *Felix peccatum Adae*. Hasta la Iglesia le diría que el bien provenía de la desobediencia a la larga. Sí, y también era cierto que él, Ransom, era una criatura tímida, alguien que se retraía ante las cosas nuevas y duras.

¿De qué lado estaba la tentación después de todo? El progreso pasó ante sus ojos en una enorme visión fugaz: ciudades, ejércitos, altas naves, bibliotecas y fama, y la magnificencia de la poesía brotando como una fuente de los esfuerzos y las ambiciones de los hombres. ¿Quién podía estar seguro de que la evolución creativa no era la verdad más profunda? Desde todo tipo de fisuras en su propia mente cuya existencia nunca había sospechado, algo salvaje, impetuoso y exquisito empezó a subir, a volcarse hacia la forma de Weston. «Él es un espíritu, es un espíritu, y tú solo un hombre», decía la voz íntima. «Él pasa de siglo en siglo. Tú solo eres un hombre».

—¿Afirmas eso, Manchado? —preguntó la Dama por segunda vez.

El hechizo estaba roto.

—Te diré lo que afirmo —contestó Ransom, poniéndose en pie de un salto—. Por supuesto que de ello vino el bien. ¿Acaso Maleldil es un animal para que podamos detenerlo en su camino o una hoja para que podamos retorcer su forma? Se haga lo que se haga, Él lo convertirá en bien. Pero no en el bien que Él había preparado para uno si uno lo hubiera obedecido. Eso está perdido para siempre. El primer Rey y la primera Madre de nuestro mundo hicieron lo que estaba prohibido; a la larga, Él lo transformó en bien. Pero lo que ellos hicieron no fue bueno y lo que perdieron no lo hemos visto. Y hubo algunos para quienes el bien no llegó ni llegará nunca.

Se volvió hacia el cuerpo de Weston.

—Tú —dijo—, cuéntale todo. ¿Qué bien te tocó a ti? ¿Te alegraste tú cuando Maleldil se convirtió en hombre? Cuéntale tus alegrías y qué ganancia obtuviste al hacer que Maleldil y la muerte se conocieran.

En el momento que siguió a estas palabras ocurrieron dos cosas que eran totalmente ajenas a cualquier experiencia terrestre. El cuerpo que había sido de Weston alzó la cabeza, abrió la boca y emitió un largo aullido melancólico, como un perro, y la Dama se tendió, indiferente por completo, cerró los ojos y se quedó dormida en el acto. Y, mientras pasaban estas dos cosas, el trozo de terreno sobre el que estaban de pie los dos hombres y tendida la mujer se precipitó hacia abajo por una gran ladera acuática.

Ransom mantuvo los ojos clavados en el enemigo, pero este no se fijó en él. Los ojos se movían como los ojos de un hombre vivo, pero era difícil estar seguro de lo que estaban mirando o de si usaba los ojos realmente como órganos de visión en algún sentido. Daba la impresión de una fuerza que mantenía astutamente las pupilas fijas en la dirección adecuada mientras la boca hablaba, pero que, para sus propios fines, empleaba modos de percepción completamente distintos. El ser se sentó junto a la cabeza de la Dama sobre el lado opuesto a Ransom. Si es que se le podía llamar sentarse. El cuerpo no llegó a la posición de agachado mediante los movimientos normales de un hombre, era más bien como si una fuerza externa lo manipulara haciéndole adoptar la posición correcta y luego lo dejara caer. Era imposible indicar un movimiento en particular que fuera definitivamente no humano. Ransom tuvo la impresión de observar una imitación de los movimientos vivientes muy bien estudiada y técnicamente correcta, pero en cierto sentido faltaba el toque maestro. Y se sintió estremecido por un horror inarticulado, infantil, ante la cosa con la que debía enfrentarse: el cadáver manipulado, el espantajo, el Antihombre.

No había nada por hacer aparte de vigilar, estar sentado allí, para siempre si fuera necesario, protegiendo a la Dama del Antihombre mientras la isla subía interminablemente sobre los Alpes y los Andes de agua bruñida. Los tres estaban muy quietos. Con frecuencia, los animales y los pájaros llegaban y los miraban. Horas más tarde, el Antihombre empezó a hablar. Ni siquiera en dirección a Ransom. Lenta y pesadamente, como una máquina mal engranada, hizo que la boca y los labios pronunciaran el nombre.

—Ransom —dijo.

—¿Sí? —dijo Ransom.

—Nada —dijo el Antihombre.

Ransom le lanzó una mirada inquisitiva. ¿Estaba loca la criatura? Pero, como antes, parecía más bien muerta que loca, sentada con la cabeza baja y la boca entreabierta, un poco de polvo amarillo del musgo depositado en las arrugas de las mejillas, las piernas cruzadas como las de un sastre y las manos, con las largas uñas de aspecto metálico, apretadas sobre el suelo ante él. Ransom dejó de lado el problema y volvió a sus desagradables pensamientos.

—Ransom —dijo el ser otra vez.

—¿Qué pasa? —dijo Ransom con impaciencia.

—Nada —contestó.

Otra vez hubo silencio y otra vez, un minuto más tarde, la boca horrible dijo:

—¡Ransom!

Esta vez no contestó. Pasó otro minuto y el ser volvió a pronunciar el nombre; después, como una ametralladora:

—Ransom... Ransom... Ransom... —Tal vez lo dijo cien veces.

—¿Qué demonios quieres? —rugió al fin.

—Nada —dijo la voz.

La próxima vez decidió no contestar, pero cuando el ser lo hubo llamado unas mil veces se descubrió contestándolo quisiera o no, y la réplica llegaba:

—Nada.

Finalmente se ejercitó para mantener silencio: no porque la tortura de resistir el impulso de hablar fuese menor que la tortura de responder, sino porque algo dentro de él se levantó para combatir la seguridad del atormentador de que a la larga debía ceder. Si el ataque hubiese sido más violento, habría sido más fácil resistirlo. Lo que le daba escalofríos y casi acobardaba a Ransom era la unión de lo maligno con algo casi infantil. En cierto modo estaba preparado para la tentación, la blasfemia o toda una batería de horrores, pero no para aquel machacar mezquino, infatigable, como el de un muchachito intratable de la escuela secundaria. Realmente, ningún horror imaginable podría haber superado la impresión, que crecía en él mientras pasaban las horas lentas, de que la criatura estaba, según toda norma humana, girada: tenía el corazón en la superficie y la superficialidad en el corazón. En la superficie, grandes proyectos y un antagonismo hacia el Cielo que abarcaba el destino de mundos enteros, pero, en lo profundo, una vez atravesado todo velo, ¿había después de todo algo más que una negra puerilidad, una malevolencia vacía y sin objeto, satisfecha con saciarse de las más pequeñas crueldades, así como el amor no rechaza las más pequeñas bondades? Lo que lo mantuvo firme, mucho después de que toda posibilidad de pensar en otra cosa había desaparecido, fue la decisión de que si debía elegir entre oír la palabra *Ransom* o la palabra *Nada* un millón de veces, prefería la palabra *Ransom*.

Y, durante todo el tiempo, la pequeña zona coloreada como una joya trepaba hacia el firmamento amarillo y colgaba allí un instante, y volcaba los bosques y aceleraba bajando dentro de las cálidas profundidades lustrosas de las olas, y la Dama yacía durmiendo con el brazo doblado bajo la cabeza y los labios entreabiertos. Durmiendo, ciertamente (porque los ojos estaban cerrados y la respiración era regular), aunque sin parecerse en nada a los que duermen en nuestro mundo, porque la cara estaba saturada de expresión e inteligencia y los miembros parecían listos para saltar en cualquier momento. En general daba la impresión de que el sueño no era algo que le ocurriera a ella, sino una acción que ejecutaba.

Entonces la noche cayó de pronto.

—Ransom... Ransom... —prosiguió la voz.

Y súbitamente se le ocurrió la idea de que, aunque él en algún momento tendría que dormir, el Antihombre bien podría no necesitarlo.

10

Justamente dormir resultó el problema. Durante lo que pareció un largo tiempo, entumecido y agotado, y poco después también hambriento y sediento, estuvo sentado inmóvil en la oscuridad tratando de no atender la repetición incansable de «Ransom... Ransom... Ransom». Pero poco después se encontró escuchando una conversación de la que supo que no había oído el principio y se dio cuenta de que había dormido. La Dama parecía decir muy poco. La voz de Weston hablaba suave y continuamente. No se refería a la Tierra Fija ni tampoco a Maleldil. Parecía estar contando, con extrema belleza y emoción, muchas historias, y al principio Ransom no pudo captar ninguna conexión entre ellas. Eran todas sobre mujeres, pero mujeres que evidentemente habían vivido en períodos históricos distintos y en circunstancias completamente distintas. A juzgar por las réplicas de la Dama, era obvio que las historias incluían muchos elementos que ella no entendía; extrañamente, eso no le importaba al Antihombre. Si las preguntas sugeridas por un relato resultaban un poco difíciles de contestar, el orador simplemente lo dejaba de lado y empezaba otro en el acto. Todas las heroínas de las historias parecían haber sufrido mucho: habían sido oprimidas por los padres, desechadas por los maridos, abandonadas por los amantes. Los hijos se habían alzado contra ellas y la sociedad las había expulsado. Pero todos los relatos, en cierto sentido, tenían un final feliz: a veces con honras y alabanzas para una heroína aún viva, más a menudo con tardío reconocimiento y lágrimas vanas después de la muerte. A medida que la perorata interminable continuaba, las preguntas de la Dama se iban haciendo más escasas. Era evidente que cierto sentido para las palabras muerte y pena —aunque Ransom no pudo ni siquiera adivinar qué tipo de sentido— se estaba creando en su mente por mera repetición. Al fin empezó a comprender a qué se referían las historias. Cada una de esas mujeres se había adelantado sola y afrontado un riesgo terrible por el hijo, el amante o el pueblo. Cada una de ellas había sido incomprendida, denigrada y perseguida, pero también espléndidamente reivindicada por el acontecimiento. A menudo no era fácil seguir los detalles precisos.

Ransom tenía más que cierta sospecha de que muchas de las nobles pioneras habían sido lo que en el lenguaje común terrestre llamamos brujas o pervertidas. Pero todo eso era el trasfondo. Lo que surgía de las historias era más bien una imagen que una idea: la estampa de la forma alta, esbelta, sin inclinarse, aunque el peso del mundo descansara sobre sus hombros, adentrándose sin temor ni amigos en la oscuridad para hacer por los demás lo que los demás le habían prohibido hacer y sin embargo debía ser hecho. Y, durante todo el tiempo, como una especie de fondo a las siluetas de las diosas, el que hablaba iba levantando una imagen del otro sexo. No se pronunciaba ninguna palabra directa sobre el tema, pero se los sentía como una multitud enorme, difusa, de criaturas lastimosamente pueriles y complacientemente arrogantes, tímidos, meticulosos y nada creativos, perezosos y como bueyes, casi arraigados a la tierra en su indolencia, dispuestos a no intentar nada, a no arriesgar nada, a no hacer ningún esfuerzo, y capaces de alcanzar la plenitud de la vida solo mediante la virtud no reconocida y rebelde de las hembras. Estaba pergeñado con mucha eficacia. Ransom, que no tenía un gran orgullo de género, por unos momentos se encontró a punto de creerlo.

En medio de eso, la oscuridad fue desgarrada de pronto por un relámpago; segundos después llegó el alboroto del trueno perelándrico, como el sonido de un tamboril celestial, y luego la cálida lluvia. Ransom no le prestó mucha atención. El relámpago le había mostrado al Antihombre sentado bien erguido, a la Dama apoyada en un codo, al dragón tendido despierto junto a su cabeza, una pequeña arboleda detrás y grandes olas recortadas contra el horizonte. Estaba pensando en lo que había visto. Se preguntaba cómo la Dama podía ver aquel rostro —las mandíbulas moviéndose monótonas como si mascaran en vez de hablar— y no saber que la criatura era maligna. Por supuesto comprendía que era irracional de su parte. Sin duda él mismo era una figura estrafalaria para ella; no podía tener conocimientos ni sobre la maldad ni sobre el aspecto normal del hombre terrestre para guiarse. Tenía una expresión en el rostro, revelada por la súbita luz, que Ransom no le había visto hasta entonces. La Dama no miraba al narrador; en ese sentido, sus pensamientos podrían haber estado a mil kilómetros de distancia. Tenía los labios cerrados y un poco salientes. Las cejas levemente alzadas. Ransom no la había visto nunca tan parecida a una mujer de nuestra propia raza y sin embargo esa expresión no se encuentra con frecuencia en la Tierra... salvo, como advirtió con un estremecimiento, sobre el escenario. «Es como la reina de una tragedia», fue la desagradable comparación que se le ocurrió. Desde luego era una grosera exageración, un insulto por el que no podía perdonarse. Y sin embargo... sin embargo, el cuadro vivo revelado por el relámpago le había quedado fotografiado en el cerebro. Hiciera lo que hiciese le resultaba imposible no pensar en el nuevo aspecto del rostro de la Dama. Una reina trágica muy buena, sin duda. La heroína de una magnífica tragedia, interpretada con gran nobleza por una actriz que era una buena mujer en la vida real. Según las normas terrestres, una expresión digna de ser ensalzada, hasta reverenciada, pero, al recordar todo lo que había leído antes en sus rasgos, la inconsciencia de sí misma, la santidad retozona, la profunda quietud que a veces le recordaba la infancia y a veces la extrema vejez, y aunque la juventud y la valentía inflexibles del rostro y del cuerpo negaban ambas, Ransom encontraba la nueva expresión aterrorizante. El toque fatal de la grandeza tentadora, del *pathos* disfrutado —la asunción, por pequeña que fuese, de un rol— le parecía una odiosa vulgaridad. Tal vez ella no estaba haciendo más (tenía fundadas esperanzas de que no estuviera haciendo más) que responder de un modo puramente imaginario al nuevo arte del relato y la poesía. Pero ¡por Dios, habría sido mejor que no fuera así! Y por primera vez el pensamiento «Esto no puede seguir» se formuló en su mente.

—Iré a donde las hojas nos protejan de la lluvia —dijo la voz de la Dama en la oscuridad.

Ransom apenas había notado que se estaba mojando; en un mundo sin ropas es menos importante. Pero se puso de pie cuando la oyó moverse y la siguió de oídas lo mejor que pudo. El Antihombre parecía estar haciendo lo mismo.

Avanzaron en la oscuridad total sobre una superficie tan variable como la del agua. De vez en cuando había otro relámpago. Veía a la Dama caminando erguida, al Antihombre moviéndose junto a ella con los brazos colgando y los pantalones cortos y la camisa de Weston ahora empapados y pegados al cuerpo, y al dragón resoplando y balanceándose detrás. Finalmente llegaron a un sitio donde el suelo estaba seco bajo los pies y donde sonaba el ruido tamborileante de la lluvia sobre hojas firmes encima de sus cabezas. Volvieron a tumbarse.

—Y había otra vez —empezó de inmediato el Antihombre— una reina en nuestro mundo que gobernaba una pequeña región...

—¡Shhh! —dijo la Dama—. Déjanos escuchar la lluvia.

Un momento después agregó:

—¿Qué fue eso? Era algún animal que nunca he oído antes...—Realmente, había sonado algo muy semejante a un gruñido grave junto a ellos.

—No sé —dijo la voz de Weston.

—Yo creo que sí —dijo Ransom.

—¡Shhh! —dijo otra vez la Dama y no se habló más durante esa noche.

Aquel fue el comienzo de una serie de días y noches que Ransom recordó con aversión durante el resto de su vida. Había tenido mucha razón en suponer que el enemigo no necesitaba dormir. Por fortuna, la Dama sí, aunque mucho menos que Ransom y posiblemente, a medida que pasaban los días, descansaba menos de lo necesario. A Ransom le parecía que cada vez que se adormecía despertaba para encontrarse al Antihombre conversando con ella. Estaba mortalmente cansado. Apenas podría haberlo soportado de no ser porque con frecuencia la anfitriona los despedía a los dos. En tales ocasiones, Ransom se mantenía cerca del Antihombre. Era un descanso de la batalla principal, pero un descanso muy imperfecto. No se atrevía a perder de vista al enemigo ni un momento y con cada día que pasaba su compañía se le hacía más insoportable. Tuvo una buena oportunidad de aprender la falsedad de la máxima de que el Príncipe de las Tinieblas es un caballero. Una y otra vez sintió que un Mefistófeles suave y sutil de capa roja y espadín y pluma en el sombrero o incluso un sombrío Satán trágico salido de *El paraíso perdido** habrían sido un bienvenido alivio junto a lo que en realidad estaba condenado a contemplar. No se parecía en nada a vérselas con un político malvado; era mucho más similar a vigilar a un imbécil, un mono o un niño muy molesto. Lo que le había repugnado y dado náuseas cuando empezó a decir por primera vez «Ransom... Ransom...» seguía repugnándole cada día y cada

---

*   Poema épico de Milton, donde se narra la caída del hombre. (*N. del t.*).

hora. Mostraba mucha inteligencia y sutileza cuando hablaba con la Dama. Ransom advirtió pronto que consideraba la inteligencia simple y únicamente como un arma, que no tenía más deseo de emplearla en sus horas de ocio que el que siente un soldado de hacer prácticas de bayoneta cuando está de fiesta. Para él el pensamiento era un ardid necesario para ciertos fines, pero el pensamiento en sí mismo no le interesaba. Adoptaba la razón tan externa e inorgánicamente como adoptaba el cuerpo de Weston. En cuanto la Dama se perdía de vista parecía retroceder. Ransom pasaba gran parte del tiempo protegiendo a los animales. Cada vez que el ser se perdía de vista o se adelantaba unos metros, agarraba cualquier animal o ave que tuviera a mano y le arrancaba un poco de piel o plumas. Cuando le era posible, Ransom trataba de interponerse entre él y la víctima. En tales ocasiones había momentos detestables en que los dos permanecían de pie, enfrentados. Nunca llegaban a luchar, porque el Antihombre se limitaba a sonreír y tal vez a escupir y retroceder un poco, pero, antes de que ocurriera, Ransom tenía ocasión de descubrir el terror espantoso que le producía. Porque, junto a la repugnancia, el terror más infantil de vivir con un fantasma o un cadáver animado nunca lo abandonaba más de unos minutos. El hecho de estar a solas con eso a veces se apoderaba de su mente con tal intensidad que necesitaba de toda la razón para resistir la ansiedad de compañía, el impulso de precipitarse locamente a través de la isla hasta encontrar a la Dama y rogarle que lo protegiera. Cuando el Antihombre no podía conseguir animales se contentaba con plantas. Le gustaba arañar la corteza con las uñas, descuajar raíces o arrancar hojas o puñados de hierba. Tenía juegos innumerables para practicar con Ransom. Contaba con un repertorio completo de obscenidades para ejecutar con su cuerpo (o más bien el de Weston), y la mera estupidez de ellas era casi peor que la bajeza. Se sentaba haciéndole muecas durante horas enteras; después, durante unas cuantas horas más, volvía a la vieja cantinela de «Ransom... Ransom...». Con frecuencia, las muecas lograban una similitud horrible con gente que Ransom había conocido y amado en nuestro mundo. Pero lo peor de todo eran los momentos en que le permitía a Weston regresar a su semblante. Entonces la voz que siempre había sido la de Weston empezaba un balbuceo penoso, vacilante:

—Tenga cuidado, Ransom. Estoy abajo en el fondo de un agujero negro. No, creo que no. Estoy en Perelandra. No puedo pensar muy bien ahora, pero no importa, él piensa todo en mi lugar. Pronto estaré bastante bien. Ese muchacho insiste en cerrar las ventanas. Todo anda perfecto: me han sacado la cabeza y me han puesto la de otro. Pronto estaré bien, creo. No me dejaban ver el álbum de recortes de prensa. Así que fui y le dije que si no me querían entre los primeros quince, bien podían divertirse sin mí, ¿entiende? Le diremos a ese cachorrito que presentar un trabajo como ese es un insulto para los examinadores. Lo que quiero saber es por qué debo pagar por un pasaje de primera clase y después viajar apretado de este modo. No es justo. No es justo. Nunca quise hacer daño. Podría usted sacarme un poco el peso del pecho, no quiero toda esta ropa. Déjeme solo. Déjeme solo. No es justo. No es justo. Qué moscones más enormes. Dicen que uno se acostumbra a ellos... —Y terminaba con el aullido canino.

Ransom nunca pudo decidir si se trataba de un truco o si la energía psíquica decadente que una vez había sido Weston estaba en realidad intermitente y lamentablemente viva dentro del cuerpo sentado ante él. Descubrió que todo el odio que hubiese sentido alguna vez por el profesor había desaparecido. Le parecía natural rogar con fervor por su alma. Sin embargo, lo que sentía por Weston no era exactamente piedad. Hasta entonces, cada vez que había pensado en el Infierno había imaginado las almas perdidas como aún humanas; ahora, cuando el temible abismo que separa lo fantasmal de lo humano bostezaba ante él, la compasión era casi tragada por el horror, por la reacción invencible de la vida que había en él ante la muerte concreta y consumante. Si en esos momentos los restos de Weston estaban hablando a través de los labios del Antihombre, entonces Weston había dejado de ser un hombre en cualquier sentido. Las fuerzas que tal vez años atrás habían empezado a devorarle la humanidad ahora habían completado la obra. La voluntad ebria que había ido envenenando lentamente la inteligencia y los afectos ahora por fin se había envenenado a sí misma y todo el organismo psíquico había caído en pedazos. Solo quedaba un fantasma: una inquietud eterna, un desmoronamiento, una ruina, un olor a descomposición. «Y ese —pensaba Ransom— podría ser mi destino o el de ella».

Pero, naturalmente, las horas pasadas con el Antihombre eran como horas en una zona apartada. La parte importante de la vida era la conversación interminable entre el Tentador y la Dama Verde. Considerado hora por hora, el progreso era difícil de estimar, pero, a medida que pasaban los días, Ransom no pudo resistir la convicción de que el proceso en general favorecía al enemigo. Desde luego había vaivenes. Con frecuencia el Antihombre era rechazado inesperadamente por alguna simpleza que parecía no haber previsto. Con frecuencia, también, las contribuciones de Ransom al terrible debate tenían un éxito momentáneo. Hubo instantes en que pensó «¡Gracias a Dios! Al fin hemos vencido». Pero el enemigo nunca se cansaba y Ransom se iba cansando sin cesar; pronto creyó que podía advertir señales de que la Dama también se estaba fatigando. Por último se lo atribuyó a ella y le rogó que los despidiera a ambos. Pero la Dama lo reprendió, y el reproche reveló lo peligrosa que se había vuelto la situación.

—¿Irme y descansar y jugar cuando todo esto está en nuestras manos? —preguntó—. No hasta estar segura de que no me queda ninguna gran proeza que yo pueda hacer por el Rey y por los hijos de nuestros hijos.

Ahora el enemigo trabajaba casi exclusivamente en esa dirección. Aunque la Dama no contaba con una palabra para *deber*, él la hizo aparecer bajo la luz de un deber que ella tenía que seguir acariciando en la idea de la desobediencia, y la convenció de que rechazarlo sería una cobardía. Las ideas de gran proeza, gran riesgo, de una especie de martirio se le presentaban a la Dama todos los días, de mil maneras variadas. La noción de esperar para consultar al Rey antes de tomar una decisión fue discretamente apartada. No había que pensar en una «cobardía» semejante. Todo el sentido, toda la grandeza, de su acto residiría en realizarlo sin conocimiento del Rey, en dejarlo completamente libre para repudiarla, de modo que todos los beneficios serían para él y todos los riesgos para ella; con el riesgo, desde luego, toda la magnanimidad, el *pathos*, la tragedia y la originalidad. Y, además, insinuó el Tentador, no tendría sentido consultar al Rey porque con seguridad él no aprobaría la acción; los hombres eran así. El Rey estaba obligado a ser libre. El noble hecho debía llevarse a cabo ahora que ella estaba librada a sus propios medios: ahora o nunca. Y, con ese «ahora o nunca», el Tentador empezó a jugar con un

temor que obviamente la Dama compartía con las mujeres de la
Tierra, el temor a desperdiciar la vida, a dejar pasar la oportunidad. «Qué pasaría si yo fuera como un árbol que podría haber
tenido calabazas y sin embargo no tuviera ninguna», decía. Ransom
trató de convencerla de que los hijos eran fruto suficiente. Pero
el Antihombre preguntó si podía ser posible que la elaborada
división de la raza humana en dos sexos solo tuviera como fin los
hijos, algo que podría haber sido suministrado con más sencillez,
como ocurría en muchas plantas. Un momento después explicaba
que los hombres como Ransom (hombres del tipo intensamente
masculino y nostálgico que siempre se retrae ante el bien nuevo)
se habían esforzado sin cesar en su mundo por mantener a la
mujer dedicada solo a la crianza de los hijos y a ignorar el alto
destino para el que Maleldil la había creado en realidad. Le contó
que tales hombres habían hecho un daño incalculable. Que se
cuidara ella de que no ocurriera nada parecido en Perelandra.
Fue en esta etapa cuando empezó a enseñarle muchas palabras
nuevas, como *creativo*, *intuición* y *espiritual*. Pero ese fue uno de
sus pasos en falso. Cuando la Dama comprendió por fin lo que
quería decir «creativo», olvidó todo lo que se refería al gran riesgo
y la soledad trágica, y se rio durante un minuto entero. Por último,
le dijo al Antihombre que era aún más joven que el Manchado y
los despidió a los dos.

Ransom ganó terreno basándose en eso, pero al día siguiente
lo perdió todo al ponerse nervioso. El enemigo había estado macha-
cándole a la Dama con un ardor mayor que de costumbre la
nobleza de la abnegación y la entrega de sí mismo, y el encantamiento parecía hacerse cada vez más profundo en la mente de
ella, cuando Ransom, empujado más allá de toda paciencia, se
puso en pie de un salto y realmente cayó sobre ella hablando con
demasiada rapidez y casi gritando, hasta olvidándose del solar
antiguo y entremezclando palabras en inglés. Trató de contarle a
la Dama que había visto ese tipo de «generosidad» en acción, le
habló de mujeres que preferían enfermar de hambre en vez de
empezar a comer antes de que volviera el hombre de la casa,
aunque sabían perfectamente bien que no había nada que le
disgustara más a él; de madres que se hacían pedazos por casar
a una hija con un hombre al que esta detestaba; de Agripina y
lady Macbeth.

—¿No puedes ver que te está haciendo decir palabras que no significan nada? —gritó—. ¿Qué sentido tiene decir que harías eso por bien del Rey cuando sabes que es lo que el Rey más aborrece? ¿Acaso eres Maleldil, que puedes decidir lo que es bueno para el Rey?

Pero ella entendió solo una pequeña parte de lo que decía y estaba perpleja ante su conducta. El Antihombre sacó provecho de ese discurso.

Sin embargo, a través de todos los vaivenes, de los cambios de frente, de los contraataques, resistencias y retiradas, Ransom llegó a ver cada vez con más claridad la estrategia de todo el asunto. La respuesta de la Dama a la insinuación de convertirse en alguien que se arriesgaba, en una pionera trágica, seguía siendo una respuesta basada sobre todo en el amor al Rey y a los hijos futuros, y hasta, en cierto sentido, al mismo Maleldil. La idea de que Él podría no desear realmente ser obedecido al pie de la letra era la compuerta a través de la cual había entrado en su mente toda la ola sugestiva. Pero mezclada con esta respuesta, desde el momento mismo en que el Antihombre empezó sus historias trágicas, había un levísimo toque de teatralidad, el primer atisbo de una inclinación narcisista a desempeñar un gran papel en el drama de su mundo. Era obvio que todo el esfuerzo del Antihombre era aumentar ese elemento. Mientras fuera solo una gota, por así decirlo, en el mar de la mente de la Dama, no habría tenido éxito realmente. Tal vez, mientras siguiera siendo así, ella estaría protegida de la verdadera desobediencia; tal vez ninguna criatura racional, a menos que ese motivo predominara, podía rechazar realmente la felicidad por algo tan vago como la cháchara del Tentador sobre la vida más profunda y el camino ascendente. El egoísmo oculto en el concepto de la rebelión noble tenía que ser aumentado. Y Ransom pensaba, a pesar de las numerosas recuperaciones de la Dama y de los numerosos retrocesos del enemigo, que el egoísmo, muy lenta y sin embargo perceptiblemente, estaba aumentando. Desde luego, el asunto era cruelmente complicado. Lo que el Antihombre decía era siempre casi verdadero. Por cierto, debía de formar parte del plan Divino que esa criatura feliz madurara, se convirtiera en una criatura con un libre albedrío cada vez mayor, se convirtiera, en cierto sentido, en algo más separado de Dios y de su esposo para así armonizar con ellos de un modo más rico. De hecho, él había visto este proceso desarrollándose desde el momento en que la había conocido y lo había ayudado inconscientemente. La tentación actual, si era vencida, se convertiría en el paso siguiente y mayor, en la misma dirección: una obediencia más libre, más razonada, más consciente que cualquiera que la Dama hubiese conocido antes; estaba en sus manos. Pero, por ese mismo motivo, el paso en falso fatal que, una vez dado, la arrojaría a la esclavitud terrible del apetito, el odio, la economía y el gobierno que nuestra raza tan bien conoce podía sonar muy parecido al verdadero. Lo que le aseguraba que el elemento peligroso del interés de la Dama estaba creciendo era su progresiva falta de consideración al simple esqueleto intelectual del problema. Cada vez era más difícil hacerle recordar los datos: una orden de Maleldil, una incertidumbre completa sobre los resultados de desobedecerla y una felicidad actual tan grande que era difícil que algún cambio fuera para bien. La marea ampulosa de imágenes vagamente espléndidas que conjuraba el Antihombre y la importancia trascendente de la imagen central lo arrasaba todo. Ella seguía viviendo en la inocencia. Ninguna intención maligna se había formado en su mente. Pero si la voluntad seguía incorrupta, la mitad de la imaginación ya estaba ocupada con formas brillantes, venenosas. «Esto no puede seguir», pensó Ransom por segunda vez. Pero todos sus argumentos demostraban ser inútiles a la larga, y aquello seguía.

Llegó una noche en que se encontró tan agotado que cerca de la mañana cayó en un sueño plomizo y durmió hasta bien entrado el día. Despertó y se encontró a solas. Un horror enorme lo invadió.

—¿Qué puedo haber hecho? ¿Qué puedo haber hecho? —exclamó, porque creyó que todo estaba perdido.

Con el corazón enfermo y la cabeza dolorida se tambaleó hasta la orilla de la isla: su propósito era encontrar un pez y perseguir a los truhanes hasta la Tierra Fija; tenía pocas dudas de que se habían dirigido allí. En su amargura y confusión mental olvidó que no tenía idea de en qué dirección estaba ahora esa tierra ni a qué distancia.

Apresurándose a través de los bosques, irrumpió en un espacio abierto y de pronto descubrió que no estaba solo. Dos figuras humanas, vestidas de pies a cabeza, estaban ante él silenciosas bajo el cielo amarillo. Las prendas eran color púrpura y azul, llevaban en la cabeza guirnaldas de hojas plateadas y estaban descalzos. Le parecieron el uno el más horrendo y la otra la más hermosa de los hijos de los hombres. Entonces uno de ellos habló y advirtió que no eran otros que la Dama Verde y el cuerpo poseído de Weston. Las prendas eran de plumas y sabía bien de qué aves perelándricas provenían; el arte del tejido, si podía llamársele tejido, le resultaba incomprensible.

—Bienvenido, Manchado —dijo la Dama—. Has dormido mucho. ¿Qué te parecen nuestras hojas?

—Las aves —dijo Ransom—. ¡Las pobres aves! ¿Qué les ha hecho?

—Encontró las plumas en algún sitio —dijo la Dama despreocupadamente—. Las aves las dejan caer.

—¿Por qué has hecho esto, Dama?

—Él ha estado haciéndome más vieja otra vez. ¿Por qué no me lo contaste nunca, Manchado?

—¿Contarte qué?

—No lo sabíamos. Este me ha mostrado que los árboles tienen hojas y los animales piel, y ha dicho que en tu mundo los hombres y las mujeres también se cuelgan cosas hermosas del cuerpo. ¿Por qué no nos dijiste qué aspecto teníamos? Oh, Manchado, Manchado, espero que este no vaya a ser otro de los bienes nuevos de los que retiras la mano. No puede ser nuevo para ti si todos lo hacen en tu mundo.

—Ah —dijo Ransom—, pero allí es distinto. Hace frío.

—Eso me ha contado el Extranjero —contestó la Dama—. Pero no en todas las partes de tu mundo. Dice que lo hacen incluso donde el tiempo es cálido.

—¿Dijo para qué lo hacen?

—Para ser hermosos. ¿Para qué si no? —repuso la Dama con cierto asombro en la cara.

«Gracias al Cielo, solo le está enseñando la vanidad», pensó Ransom, porque se había temido algo peor. Sin embargo, ¿podía ser posible a la larga usar ropas sin aprender el recato y a través del recato la lascivia?

—¿Nos encuentras más hermosos? —dijo la Dama, interrumpiendo sus pensamientos.

—No —dijo Ransom y, luego, corrigiéndose—: No sé.

En realidad no era fácil contestar. Ahora que la camisa y los prosaicos pantalones cortos de Weston quedaban ocultos, el Antihombre parecía una figura más exótica y en consecuencia más imaginativa, menos escuálidamente horrible. En cuanto a la Dama... no había duda de que estaba peor en cierto sentido. Sin embargo, hay cierta naturalidad en la desnudez, así como hablamos del pan «natural». Con la ropa purpúrea había aparecido una especie de suntuosidad, una extravagancia, una concesión, por así decirlo, a las concepciones inferiores de lo bello. En ese momento, la Dama se le apareció por primera (y última) vez como una mujer de la que era concebible que se enamorara un hombre nacido en la Tierra. Y eso era intolerable. La horrenda impropiedad de la idea había quitado en un momento algo de los colores del paisaje y del aroma de las flores.

—¿Crees que estamos más hermosos? —repitió la Dama.

—¿Qué importa? —dijo Ransom con voz opaca.

—Todo el mundo debería desear ser tan hermoso como pudiera —contestó ella—. Y nosotros no podemos vernos.

—Podemos— dijo el cuerpo de Weston.

—¿Cómo puede ser? —dijo la Dama, volviéndose hacia él—. Aunque pudiéramos girar los ojos por completo para mirar hacia adentro solo veríamos oscuridad.

—No de ese modo —contestó el ser—. Te lo mostraré.

Se apartó unos pasos hasta donde la mochila de Weston descansaba sobre la hierba amarilla. Con la curiosa precisión que a menudo cae sobre nosotros cuando estamos ansiosos y preocupados, Ransom tomó nota exacta de la confección y modelo de la mochila. Debía de provenir de la misma tienda de Londres donde él había comprado la suya. Ese pequeño detalle, recordándole de pronto que Weston había sido una vez un hombre, que también él había tenido alegrías y sufrimientos y una mente humana, casi le hizo humedecer los ojos. Los dedos horribles que Weston nunca volvería a usar anduvieron en las hebillas y extrajeron un pequeño objeto brillante, un barato espejo inglés de bolsillo. Se lo tendió a la Dama Verde. Ella lo hizo girar en las manos.

—¿Qué es? ¿Qué tengo que hacer? —dijo.

—Mira en él —dijo el Antihombre.

—¿Cómo?

—¡Mira! —dijo él. Entonces se lo quitó de la mano y lo sostuvo ante el rostro de la Dama. Ella miró fijamente durante un tiempo considerable sin ninguna impresión visible. Después retrocedió de un salto dando un grito y se cubrió la cara. Ransom también se sobresaltó. Era la primera vez que la veía como simple recipiente pasivo de una emoción. A su alrededor había grandes cambios

—Oh... oh... —gritó ella—. ¿Qué es? He visto una cara.

—Solo es tu cara, hermosa —dijo el Antihombre.

—Lo sé —dijo la Dama, apartando los ojos del espejo—. Mi cara... allá fuera... mirándome ¿Estoy haciéndome más vieja o es otra cosa? Siento... siento... Mi corazón late muy de prisa. No tengo el cuerpo caliente. ¿Qué es esto?

Sus ojos pasaron de uno a otro. Todos los misterios habían desaparecido de su rostro. Era tan fácil de interpretar como el de un hombre en un refugio cuando está cayendo una bomba.

—¿Qué es esto? —repitió.

—Lo llaman miedo —dijo la boca de Weston. Después, la criatura miró de frente a Ransom y sonrió con una mueca.

—Miedo —dijo ella —. Esto es miedo —añadió sopesando el descubrimiento; después, con abrupta decisión dijo—: No me gusta.

—Desaparecerá —dijo el Antihombre.

Ransom lo interrumpió.

—Nunca desaparecerá si haces lo que él quiere. Te está llevando hacia un miedo cada vez mayor.

—Hacia las grandes olas, a través de ellas y más allá —dijo el Antihombre—. Ahora que conoces el miedo ves que debías ser tú quien lo saboreara para bien de tu raza. Sabes que el Rey no lo haría. No deseas que lo haga. Pero no hay motivo para el miedo en este pequeño objeto; más bien para la alegría. ¿Qué hay de temible en él?

—Cosas que son dos cuando son una —replicó la Dama con decisión—. Esa cosa —dijo señalando el espejo— es yo y no es yo.

—Pero, si no miras, nunca sabrás lo bella que eres.

—Se me ocurre, Extranjero —contestó—, que un fruto no se come a sí mismo y un hombre no debería estar acompañado por él mismo.

—Un fruto no puede hacerlo porque es solo un fruto —dijo el Antihombre—. Pero nosotros podemos. A esto le llamamos espejo. Un hombre puede amarse a sí mismo y estar acompañado por él mismo. Eso es lo que significa ser un hombre o una mujer: caminar junto a uno mismo como si uno fuera una segunda persona y deleitarse en la propia belleza. Los espejos fueron creados para enseñar ese arte.

—¿Es bueno? —dijo la Dama.

—No —dijo Ransom.

—¿Cómo puedes saberlo sin probar? —dijo el Antihombre.

—Si pruebas y no es bueno —dijo Ransom—, ¿cómo sabes si serás capaz de dejar de hacerlo?

—Ya estoy caminando junto a mí misma —dijo la Dama—. Pero aún no sé qué aspecto tengo. Si me he convertido en dos, será mejor que sepa cómo es la otra. En cuanto a lo que dices, Manchado, una mirada me mostrará el rostro de esa mujer ¿y por qué debería mirar más de una vez?

Tomó el espejo de manos del Antihombre, tímida pero firmemente, y miró en él en silencio durante casi un minuto. Después bajó la mano y lo sostuvo al lado del cuerpo.

—Es muy extraño —dijo al fin.

—Es muy hermoso —dijo el Antihombre—. ¿No crees?

—Sí.

—Pero aún no has encontrado lo que querías encontrar.

—¿Qué era? Lo he olvidado.

—Si el vestido de plumas te hacía más o menos hermosa.

—Solo he visto una cara.

—Mantenlo más apartado y verás a la mujer lateral completa, la otra que eres tú misma. O, mejor, yo lo sostendré.

Lo que tenía de vulgar la escena se volvió grotesca a esas alturas. La Dama se miró primero con el vestido, después sin él, luego con él otra vez. Por último se decidió en contra y lo echó a un lado. El Antihombre lo tomó.

—¿No lo vas a guardar? —dijo—. Podrías querer ponértelo algunos días aunque no quieras hacerlo todos los días.

—¿Guardarlo? —preguntó la Dama, sin entender claramente.

—Lo había olvidado —dijo el Antihombre—. Había olvidado que no vives en la Tierra Fija ni has construido una casa ni te has convertido en dueña de tus días en ningún sentido. Guardar significa poner una cosa en un lugar donde sabes que siempre puedes volver a encontrarla, donde la lluvia y los animales y otra gente no pueden alcanzarla. Te daría este espejo para que lo guardes. Sería el espejo de la Reina, un obsequio traído al mundo desde el Cielo Profundo; las otras mujeres no lo tendrían. Pero me lo has recordado. No puede haber obsequio, ni posibilidades de guardar, ni provisión mientras vivas como lo haces: al día, como los animales.

Pero la Dama parecía no escucharlo. Estaba de pie, como alguien un poco aturdido por la magnificencia de una visión. No parecía en lo más mínimo una mujer pensando en un vestido nuevo. La expresión del rostro era noble. Demasiado noble. La grandeza, la tragedia, los altos sentimientos; obviamente era eso lo que ocupaba sus pensamientos. Ransom advirtió que el asunto de las ropas y el espejo había estado relacionado solo superficialmente con lo que por lo común llamamos vanidad femenina. La imagen de su bello cuerpo le había sido ofrecida a la Dama solo como un medio de despertar la imagen mucho más peligrosa de su alma magnífica. La concepción externa y, por así decirlo, dramática del yo era el verdadero fin del enemigo. Estaba convirtiendo la mente de la Dama en un teatro donde ese yo fantasma ocuparía el escenario. Él ya había escrito la obra.

11

A Ransom le resultó fácil mantenerse despierto la noche siguiente porque había dormido hasta tarde esa mañana. El mar se había calmado y ya no llovía. Se sentó en la oscuridad con la espalda erguida y apoyada contra un árbol. Los otros estaban cerca: la Dama, a juzgar por la respiración, dormida, y el Antihombre esperando sin duda para despertarla y seguir con sus requerimientos en cuanto Ransom se adormeciera. Por tercera vez, más intensamente que nunca, le llegó la idea «Esto no puede seguir».

El Enemigo estaba empleando métodos de tercer grado. A Ransom le parecía que a la larga, salvo un milagro, la resistencia de la Dama estaba destinada a ceder. ¿Por qué no ocurría un milagro? O mejor dicho, ¿por qué no había milagro por parte del bando justo? Porque la presencia del Enemigo era en sí misma una especie de milagro. ¿Acaso el Infierno tenía una prerrogativa para obrar maravillas? ¿Por qué el Cielo no obraba ninguna? No era la primera vez que se encontraba cuestionando la Justicia Divina. No podía entender por qué Maleldil debía permanecer ausente si el Enemigo estaba allí en persona.

Pero, mientras lo pensaba, tan súbita y agudamente como si la sólida oscuridad que lo rodeaba hubiese hablado con voz articulada, supo que Maleldil no estaba ausente. Esta sensación, tan bienvenida y sin embargo nunca recibida sin cierta resistencia, esa sensación de la Presencia que había experimentado una o dos veces antes en Perelandra volvió a él. La oscuridad estaba saturada por completo. Parecía apretarle el tronco de tal modo que apenas podía usar los pulmones, parecía cerrarse sobre el cráneo como una corona de peso intolerable, de modo que por un momento apenas pudo pensar. Además, llegó a advertir que en cierta manera indefinible Maleldil nunca había estado ausente, que solo una actividad inconsciente de su propio espíritu había logrado ignorarlo en los días anteriores.

Para nuestra raza, el silencio interior es una tarea difícil. Hay una parte locuaz de la mente que, hasta que se la corrige, sigue parloteando aun en los sitios más sagrados. Así, mientras una parte de Ransom permanecía, por así decirlo, postrada en una quietud de temor y de amor que se parecía a una especie de muerte, algo más dentro de él, no afectado en absoluto por la reverencia, seguía emitiendo dudas y objeciones en su cerebro. «¡Está muy bien ese tipo de presencia!», decía ese crítico locuaz y voluble. «Pero el Enemigo está realmente aquí, realmente diciendo y haciendo cosas. ¿Dónde está el representante de Maleldil?».

La respuesta, rápida como la réplica de un esgrimista o un jugador de tenis, surgida del silencio y la oscuridad, lo dejó casi sin aliento. Parecía una blasfemia. «De todos modos, ¿qué puedo hacer yo? —balbuceó el yo voluble—. He hecho todo lo que he podido. He hablado hasta hartarme. No vale la pena, te lo aseguro». Trató de convencerse de que no era posible que él, Ransom, fuera el representante de Maleldil, como el Antihombre era el representante del Infierno. La insinuación, arguyó, era en sí misma diabólica: una tentación al orgullo fatuo, a la megalomanía. Se quedó horrorizado cuando la oscuridad se limitó a lanzarle el argumento a la cara, casi con impaciencia. Y entonces —se preguntó cómo podía habérsele escapado hasta ese momento— se vio obligado a admitir que su propia llegada a Perelandra era al menos tan maravillosa como la del Enemigo. El milagro del bando justo, que él había solicitado, había ocurrido en realidad. Él mismo era el milagro.

«Oh, pero eso no tiene sentido», dijo el yo inconstante. Él, Ransom, con el ridículo cuerpo manchado y sus argumentos diez veces derrotados, ¿qué clase de milagro era? La mente se precipitó, esperanzada, hacia un callejón lateral que parecía prometer una salida. Perfecto. Él había sido llevado allí milagrosamente. Estaba en las manos de Dios. Mientras hiciera todo lo posible, y había hecho todo lo posible, Dios se encargaría del resultado final. Él no había triunfado, pero había hecho todo lo posible. Nadie podría hacer más. «No corresponde a los mortales disponer el triunfo». No debía preocuparse del resultado final. Maleldil se encargaría. Y Maleldil lo devolvería sano y salvo a la Tierra después de sus muy reales, aunque ineficaces, esfuerzos. Probablemente, la verdadera intención de Maleldil fuese que él diera a conocer a la raza humana las verdades que había aprendido en el planeta Venus. En cuanto al destino de Venus, eso no podía descansar realmente sobre sus hombros. Estaba en manos de Dios. Uno debía contentarse con dejarlo en ellas. Uno debía tener fe...

Restalló como una cuerda de violín. No quedó ni una migaja de todas las evasivas. Implacable, inconfundiblemente, la Oscuridad le impuso el conocimiento de que esa imagen de la situación era falsa por completo. El viaje a Perelandra no era un ejercicio moral, ni una lucha fingida. Si el resultado estaba en manos de Maleldil, Ransom y la Dama eran esas manos. El destino de un mundo dependía realmente de cómo se comportaran en las próximas horas. Era algo irreductible, desnudamente real. Si querían, podían negarse a salvar la inocencia de la nueva raza y, si se negaban, no se salvaría la inocencia. No le correspondía a ninguna otra criatura de todo el tiempo o el espacio. Ransom lo vio claramente, aunque hasta entonces no tenía indicios de lo que podía hacer.

El yo voluble protestó, furiosa, rápidamente, como la hélice de una nave acelerando fuera del agua. ¡Qué cosa más imprudente, injusta, absurda! ¿Maleldil quería perder mundos? ¿Qué sentido tenía disponer las cosas de tal modo que todo lo realmente importante tuviera que depender definitiva y absolutamente de un hombre de paja como él? Y en ese momento, en la remota Tierra, como no pudo dejar de recordar, los hombres estaban en guerra y soldados pálidos y cabos pecosos que apenas habían empezado a afeitarse estaban de pie en hondonadas horribles o se arrastraban avanzando en una oscuridad mortífera, despertando, como él, a la absurda verdad de que realmente todo dependía de sus acciones. Lejos en el tiempo, Horacio estaba de pie en el puente, Constantino decidía si abrazaría o no la nueva religión y Eva misma contemplaba el fruto prohibido y el Cielo de los Cielos esperaba su decisión. Ransom se retorció y rechinó los dientes, pero no pudo dejar de comprender. Así, y no de otro modo, estaba hecho el mundo. De las elecciones individuales debía depender algo o nada. Y si era algo, ¿quién podía fijarle límites? Una roca puede determinar el curso de un río. Él era la roca en ese momento horrible que se había convertido en el centro de todo el universo. Los eldila de todos los mundos, los organismos inmaculados de luz eterna, estaban silenciosos en el Cielo Profundo para ver qué haría Elwin Ransom de Cambridge.

Entonces llegó un bendito alivio. De pronto advirtió que no sabía qué podía hacer. Casi se rio de alegría. Todo el horror había sido prematuro. No tenía ante él ninguna tarea definida. Todo lo que se le pedía era una decisión general y previa de oponerse al Enemigo en cualquier forma que las circunstancias mostraran como deseable; de hecho (y se refugió en las consoladoras palabras como un niño se refugia en los brazos de la madre), se le pedía «hacer todo lo posible» o, mejor dicho, seguir haciendo todo lo posible, porque en realidad lo había estado haciendo sin cesar.

—¡Cómo convertimos sin necesidad las cosas en monstruos! —murmuró acomodándose. Un suave raudal de lo que le pareció una piedad alegre y racional se alzó y lo cubrió.

¡Caramba! ¿Qué era eso? Volvió a sentarse, erguido, con el corazón latiéndole salvajemente en el costado. Sus pensamientos habían tropezado con una idea ante la que dieron un respingo como un hombre que ha tocado un atizador ardiente. Pero esta vez la idea era realmente demasiado infantil para tomarla en cuenta. Esta vez debía tratarse de un engaño surgido de su propia mente. Lo lógico era que una lucha contra el Diablo significara una lucha espiritual; la noción de un combate físico solo era adecuada para un salvaje. Si fuera tan sencillo... pero ahí el yo veleta cometió un error fatal. El hábito de la honestidad imaginativa estaba demasiado arraigado en Ransom para permitirle juguetear durante más de un segundo con la pretensión de que temía menos un enfrentamiento cuerpo a cuerpo con el Antihombre que cualquier otra cosa. Imágenes vívidas se apiñaron en él: el frío muerto de aquellas manos (horas antes había tocado por accidente a la criatura)... las largas uñas metálicas desgarrando delgadas tiras de carne, arrancando tendones. Moriría lentamente. La cruel imbecilidad le sonreiría en la cara hasta el fin. Cedería mucho antes de morir: rogaría clemencia, prometería ayuda, adoración, cualquier cosa.

Era una suerte que algo tan horrible fuera tan obviamente descartable. Ransom casi decretó, aunque no del todo, que, fuera lo que fuese lo que parecían estar diciéndole el Silencio y la Oscuridad al respecto, era imposible que Maleldil pretendiera en realidad una lucha tan cruda, tan material. Cualquier insinuación en contra debía ser solo producto de su propia fantasía morbosa. Degradaría el combate espiritual a la condición de simple mitología. Pero ahí surgió otro obstáculo. Hacía tiempo, en Marte, y con más intensidad desde que había llegado a Perelandra, Ransom había ido advirtiendo que la triple distinción que separa la verdad del mito y a ambos de los hechos era puramente terrestre: era carne y uña con la desgraciada división entre el alma y el cuerpo que resultó de la Caída. Incluso en la tierra, los sacramentos existían como un recordatorio permanente de que la división no era ni sana ni definitiva. La Encarnación había sido el principio de su desaparición. En Perelandra no tendría ningún sentido. Ocurriera lo que ocurriese, sería de tal naturaleza que los hombres de la tierra lo llamarían mitológico. Ransom había pensado todo esto antes. Ahora lo sabía. La Presencia en la oscuridad, nunca tan formidable, le ponía esas verdades en las manos, como joyas terribles.

El yo inconstante había sido casi desviado de su ritmo discutidor; se había convertido por unos segundos en la voz de un simple niño sollozando para que lo dejaran salir, le permitieran irse a casa. Entonces se recobró. Explicó con precisión en qué residía el absurdo de una batalla física con el Antihombre. No tendría nada que ver con lo espiritual. Si se le hacía obedecer a la Dama solo mediante la eliminación por la fuerza del Tentador, ¿de qué serviría? ¿Qué probaría? Y si la tentación no era un sondeo o una prueba, ¿por qué se permitía que llegara a ocurrir? ¿Insinuaba Maleldil que nuestro propio mundo podría haberse salvado si el elefante hubiera pisado por casualidad a la serpiente un momento antes de que Eva estuviera a punto de ceder? ¿Era tan fácil e inmoral? ¡Se trataba de algo manifiestamente absurdo!

El silencio terrible continuó. Se fue pareciendo cada vez más a un rostro, un rostro no carente de tristeza, que te mira cuando estás mintiendo y nunca interrumpe, pero poco a poco sabes que él sabe, y balbuceas y te contradices a ti mismo y te vas quedando en silencio. El yo voluble fue desapareciendo finalmente. La Oscuridad casi le dijo a Ransom: «Sabes que no haces más que perder el tiempo». A cada minuto que pasaba se le hacía más evidente que el paralelismo que había intentado trazar entre el Edén y Perelandra era grosero e imperfecto. Lo que había pasado en la Tierra, cuando Maleldil nació como hombre en Belén, había alterado el universo para siempre. El mundo nuevo de Perelandra no era una simple repetición del viejo mundo Tellus, la Tierra. Maleldil nunca se repetía. Como había dicho la Dama, la misma ola nunca volvía dos veces. Cuando Eva cayó, Dios no era hombre.

Aún no había convertido a los hombres en miembros de su cuerpo; desde entonces lo hacía y de ahí en adelante Él salvaba y sufría mediante ellos. Uno de los propósitos por los que Él lo había hecho era salvar a Perelandra no a través de Él mismo, sino a través de Él mismo en Ransom. Si Ransom se negaba, el plan, hasta ese punto, se frustraba. Él había sido elegido para ese momento de la historia, una historia mucho más compleja de lo que Ransom había imaginado. Con una extraña sensación de «abandono de sí mismo, desaparición», advirtió que bien se podía llamar centro a Perelandra, no a Tellus. Se podía considerar la historia de la Tierra como un simple preparativo para los mundos nuevos de los que Perelandra era el primero. Lo uno no era ni más ni menos cierto que lo otro. Nada era más o menos importante que cualquier otra cosa, nada era una copia o un modelo de cualquier otra cosa.

Al mismo tiempo advirtió también que su tornadizo yo había planteado una cuestión. Hasta entonces, la Dama había rechazado al agresor. Estaba agitada y cansada y tal vez había algunas manchas en su imaginación, pero había resistido. En ese sentido, la historia ya se diferenciaba de lo que él sabía con certeza sobre la madre de nuestra raza. No sabía si Eva había resistido, y si así era, durante cuánto tiempo. Menos aún sabía cómo habría terminado la historia de haberlo hecho. Si la «serpiente» se hubiera visto frustrada y hubiese vuelto al día siguiente y al otro... ¿entonces qué? ¿Habría durado el proceso toda la eternidad? ¿Cómo lo habría detenido Maleldil? En Perelandra, su propia intuición no le había dicho que no debiera ocurrir ninguna tentación, sino «esto no puede seguir». Detener aquel cuestionamiento de tercer grado, ya rechazado más de una vez, era un problema para el que la Caída terrestre no ofrecía la menor guía: una tarea nueva y para esa nueva tarea un personaje nuevo en el drama, que por desgracia parecía ser él. La mente volvía en vano una y otra vez al libro de Génesis, preguntando: «¿Qué habría ocurrido?». Pero la Oscuridad no respondía a eso. Paciente e inexorable, volvía a traerlo al aquí y ahora, y a la certeza creciente de lo que exigían el aquí y ahora. Casi sintió que las palabras «habría ocurrido» no tenían sentido; eran simples invitaciones a vagar por lo que la Dama habría llamado el «mundo de al lado» sin realidad. Solo lo existente era real, y cada situación existente era nueva. En

Perelandra, la tentación sería detenida por Ransom o no sería detenida en absoluto. La Voz —porque ahora se enfrentaba casi con una voz— pareció crear alrededor de tal alternativa un vacío infinito. Ese capítulo, esa página, esa mismísima fase de la historia cósmica era total y eternamente ella misma; ningún otro fragmento ocurrido o por ocurrir podría reemplazarla.

Retrocedió a una línea defensiva distinta. ¿Cómo podía combatir al enemigo inmortal? Aun cuando fuera un hombre aguerrido, en vez de un erudito sedentario de vista débil y con una herida de la guerra pasada, ¿de qué serviría combatirlo? Matarlo era imposible, ¿verdad? Pero la respuesta fue evidente casi de inmediato. El cuerpo de Weston podía ser destruido y era de suponer que dicho cuerpo era la única posición establecida del Enemigo en Perelandra. Mediante ese cuerpo, cuando aún obedecía a una voluntad humana, había entrado al mundo nuevo; expulsado de él, sin duda no tendría otra morada. Se había introducido en el cuerpo por invitación del mismo Weston y, sin una invitación semejante, no podía entrar en otro. Ransom recordó que en la Biblia los espíritus impuros sienten horror a ser lanzados al «abismo». Y al pensarlo se le cayó el alma a los pies y advirtió por fin que si se le pedía justamente acción física, no se trataba de una acción imposible o sin esperanzas según las normas comunes. En el plano físico era una cuestión de un cuerpo maduro y sedentario contra otro y los dos sin más armas que puños, dientes y uñas. Al detenerse en esos detalles lo vencieron el terror y la repugnancia. Matar al ser con armas semejantes (recordó cómo había matado a la rana) sería una pesadilla; que lo mataran, quién sabía con cuánta lentitud, era más de lo que podía afrontar. De que lo iban a matar estaba seguro.

—¿Cuándo gané una pelea en mi vida? —preguntó.

Ya no se esforzaba por resistir la convicción de lo que debía hacer. Había agotado todos los recursos. La respuesta estaba clara más allá de toda duda. La Voz surgida de la noche le hablaba de un modo tan incontestable que, aunque no había sonido, casi sintió que iba a despertar a la mujer que dormía cerca. Estaba enfrentado a lo imposible. Debía hacerlo; no podía hacerlo. Recordó en vano lo que chicos incrédulos debían de estar haciendo en ese instante sobre la Tierra por una causa menor. La voluntad se encontraba en ese valle donde la apelación a la vergüenza resulta inútil; más aún, hace que el valle sea más oscuro y más profundo. Creía poder enfrentarse al Antihombre con armas de fuego, incluso levantarse sin armas y afrontar una muerte segura si el ser hubiese conservado el revólver de Weston. Pero luchar cuerpo a cuerpo, dirigirse voluntariamente a esos brazos muertos pero vivos, entrar en contacto con él, pecho desnudo contra pecho desnudo... Locuras terribles llenaron su mente. No obedecería a la Voz, pero no habría problemas porque más tarde se arrepentiría, cuando estuviera de nuevo en la Tierra. Perdería el valor como san Pedro y, como san Pedro, sería perdonado. Desde luego, conocía muy bien la respuesta intelectual a tales tentaciones, pero estaba en uno de esos momentos en que toda expresión intelectual suena a cuento trillado. Entonces un vendaval mental cambió su estado de ánimo. Tal vez lucharía y ganaría, tal vez ni siquiera quedara muy maltrecho. Pero desde la Oscuridad no le llegó la menor insinuación de garantía en ese sentido. El futuro era negro como la misma noche.

—No en vano llevas el nombre de Ransom* —dijo la Voz.

Y supo que no era su propia fantasía. Lo supo por un motivo muy curioso: porque durante muchos años había sabido que su apellido no venía de la palabra inglesa *ransom*, sino de *Ranolf's son*.** Nunca se le habría ocurrido asociar las dos palabras. Relacionar el nombre de Ransom con el acto de rescatar habría sido para él un simple retruécano. Pero ni siquiera el yo voluble se atrevió a sugerir que la Voz estuviese haciendo un juego de palabras. Comprendió en un instante que lo que era, para los filólogos humanos, una simple semejanza accidental de dos sonidos no era un accidente en absoluto. Toda la distinción entre lo accidental y lo planificado, como la distinción entre la realidad y el mito, era puramente terrestre. El patrón es tan amplio que dentro del pequeño marco de la experiencia terrestre aparecen fragmentos de él entre los que no podemos ver conexión, y otros entre los que sí podemos hacerlo. De ahí que distingamos correctamente, para nuestra utilidad, lo accidental de lo esencial. Pero salgamos del marco y la distinción cae en el vacío, agitando vanamente las alas. Ransom había sido sacado por la fuerza del marco y llevado al

---

* *Ransom* significa en inglés «rescate». Sobre este significado juegan los párrafos siguientes. (*N. del t.*).

** Hijo de Ranolf. (*N. del t.*).

patrón mayor. Ahora comprendía por qué los filósofos antiguos habían afirmado que más allá de la Luna no existe la suerte o la fortuna. Antes de que su madre lo hubiera dado a luz, antes de que hubieran llamado Ransom a sus ancestros, antes de que la palabra *ransom* (rescate) hubiese designado un pago que libera, antes de que hubiera surgido el mundo, todas esas cosas habían estado tan juntas en la eternidad que el significado mismo del patrón descansaba en este punto en que llegaran a juntarse exactamente de este modo. Y Ransom inclinó la cabeza, gimió y se lamentó contra su destino: seguir siendo un hombre y sin embargo verse obligado a subir al mundo metafísico para llevar a cabo lo que la filosofía solo piensa.

—Yo también me llamo Rescate —dijo la Voz.

Pasó cierto tiempo antes de que empezara a entender el significado de la frase. Sabía bien que a quien en otros mundos llaman Maleldil era el rescate del mundo, el rescate de él mismo. Pero ¿con qué fin se lo decía ahora? Antes de que llegara sintió la insoportable aproximación de la respuesta, y tendió los brazos ante él como si pudiera impedirle forzar la puerta de su mente. Pero llegó. Así que esa era la verdadera cuestión. Si él fallaba, también este mundo sería redimido en el futuro. Si él no fuera el rescate, otro lo sería. Sin embargo, nada se repetía nunca. No una segunda crucifixión. Tal vez, quién sabe, ni siquiera una segunda Encarnación... Un acto de amor aún más apabullante, cierta gloria de humildad aún más profunda. Porque ya había visto cómo crece el patrón y cómo a partir de cada mundo se ramifica en el próximo hacia otra dimensión. La pequeña maldad externa que Satán había hecho en Malacandra era solo como una línea; la maldad más profunda que había hecho en la Tierra era como un cuadrado. Si Venus caía, la maldad sería un cubo; la Redención, algo inconcebible. Sin embargo, sería redimida. Sabía desde hacía tiempo que había grandes cuestiones que dependían de su decisión; al advertir ahora la verdadera medida de la libertad temible que le estaban poniendo en las manos —una medida ante la que el infinito entero meramente espacial parecía estrecho— se sintió como un hombre arrastrado bajo el cielo desnudo, al borde de un precipicio, en el filo de un viento que llegaba aullando del Polo. Hasta entonces se había imaginado a sí mismo de pie ante el Señor, como Pedro. Pero era peor. Estaba sentado ante Él como Pilatos. A él le

correspondía salvar o derramar sangre. Tenía las manos enroje-
cidas, como las de todos los hombres, por la matanza anterior a
la creación del mundo; ahora, si quería, podía volver a hundirlas
en la misma sangre.

—Piedad —gimió, y después—: Señor, ¿por qué yo?

Pero no hubo respuesta.

Seguía pareciendo algo imposible. Pero poco a poco le pasó una
cosa que le había pasado solo dos veces antes: una mientras trataba
de decidirse a realizar una misión muy peligrosa durante la última
guerra, otra mientras reafirmaba la decisión de ir a Londres a ver
a cierto hombre y hacerle una confesión extremadamente emba-
razosa que la justicia exigía. En los dos casos el acto había parecido
una imposibilidad absoluta. No había creído sino sabido que,
siendo como era, le resultaba psicológicamente imposible hacerlo.
Entonces, sin ningún movimiento evidente de la voluntad, tan
objetivo y sin emoción como la lectura de un cuadrante, había
surgido ante él, con una certidumbre perfecta, el conocimiento de
que «más o menos a esta hora, mañana, habrás hecho lo imposible». Lo mismo ocurrió ahora. El miedo, la vergüenza, el amor,
todos los argumentos no habían cambiado lo más mínimo. No era
algo ni más ni menos temible que antes. La única diferencia era
que sabía —casi como si se tratara de dato histórico— que iba a
ser hecho. Podía rogar, sollozar o rebelarse, podía maldecir o rezar,
cantar como un mártir o blasfemar como un demonio. No importaba lo más mínimo. El acto iba a ser consumado. En el curso
del tiempo iba a llegar un momento en que él lo habría realizado.
El acto futuro estaba allí, fijo e inalterable, como ya ejecutado.
Que se diera la casualidad de que ocupaba la posición que
llamamos futuro en vez de la que llamamos pasado era una mera
contingencia. Toda la lucha había terminado y sin embargo no
parecía haber habido un momento de victoria. Podríamos decir,
si quisiéramos, que el poder de elección sencillamente había sido
dejado a un lado y sustituido por un destino inexorable. Por otra
parte, podríamos decir que Ransom había sido liberado de la
retórica de sus pasiones y elevado a una libertad inviable.
Realmente, Ransom no podía ver ninguna diferencia entre las dos
afirmaciones. La predestinación y la libertad eran obviamente
idénticas. Ya no podía ver ningún sentido en los numerosos argumentos que había escuchado sobre el tema.

Apenas descubrió que ciertamente intentaría matar al Antihombre al día siguiente, el hecho le pareció un asunto menos importante de lo que había supuesto. Le era difícil recordar por qué se había acusado de megalomanía cuando se le ocurrió la idea por primera vez. Era cierto que, si no lo hacía, Maleldil en persona haría, en cambio, algo mayor. En ese sentido, él representaba a Maleldil, pero no más de lo que lo habría representado Eva simplemente no comiendo la manzana o de lo que lo representa cualquier hombre haciendo cualquier buena acción. Así como no había comparación posible en la persona, tampoco la había en el sufrimiento: solo la comparación que puede haber entre un hombre que se quema el dedo apagando una chispa y un bombero que pierde la vida combatiendo el incendio que se originó porque la chispa no fue apagada. Ya no preguntaba: «¿Por qué yo?». Podía ser él tanto como otro cualquiera. Podía ser esa elección tanto como otra. La luz feroz que había visto caer sobre ese momento de decisión gravitaba ahora sobre toda la realidad.

—He hecho que tu enemigo duerma —dijo la voz—. No se despertará hasta mañana. Ponte en pie. Adéntrate veinte pasos en el bosque; duerme allí. Tu hermana también duerme.

12

Cuando llega una mañana temida, por lo común nos encontramos muy despiertos de pronto. Ransom pasó sin etapas intermedias de un sueño sin sueño a la plena conciencia de su tarea. Se encontraba solo. La isla se hamacaba suavemente sobre un mar ni sereno ni tormentoso. La luz dorada, brillando entre los troncos añiles de los árboles, le indicó en qué dirección estaba el agua. Se dirigió a ella y se bañó. Después, otra vez en tierra, se inclinó y bebió. Permaneció de pie unos minutos pasándose las manos por el pelo mojado y frotándose los brazos y las piernas. Al bajar la vista y mirar su propio cuerpo notó cuánto había disminuido la quemadura solar de un costado y la palidez del otro. Difícilmente habría sido bautizado como Manchado si la Dama se lo hubiese encontrado en ese momento por primera vez. El color se había vuelto más parecido al marfil. Los dedos de los pies, después de tantos días de andar descalzo, habían empezado a perder la forma apiñada y escuálida que les imponen las botas. En rasgos generales, tenía un mejor concepto de sí mismo como animal humano que antes. Se sentía bastante seguro de que nunca volvería a gobernar un cuerpo sin defectos hasta que llegara un amanecer mayor para el universo entero, y estaba feliz de que el instrumento hubiese sido afinado hasta alcanzar las exigencias de un concierto antes de entregarlo. «Estaré satisfecho cuando despierte a Tu semejanza», se dijo.

Poco después penetró en el bosque. Accidentalmente (porque en ese momento estaba concentrado en buscar comida) atravesó toda una nube de burbujas arbóreas. El placer fue tan intenso como cuando lo había experimentado por primera vez y, al salir de ellas, incluso había cambiado el ritmo de sus pasos. Aunque iba a ser su última comida, ni siquiera entonces le pareció correcto buscar ningún fruto favorito. Pero lo que encontró fueron calabazas. «Un buen desayuno en la mañana en que van a colgarte», pensó caprichosamente mientras dejaba caer la cáscara vacía de la mano, saturado de tal placer que parecía hacer bailar el mundo entero. «Bien considerado —pensó—, ha valido la pena. Lo he pasado bien. He vivido en el Paraíso».

Se adentró un poco más en el bosque, que allí se volvía más denso, y casi tropezó con la forma durmiente de la Dama. Era poco común que durmiera a esa hora del día, y supuso que era obra de Maleldil. «Nunca volveré a verla —pensó, y luego—: Nunca volveré a contemplar un cuerpo femenino del mismo modo en que contemplo este». Mientras estaba allí, mirándola, lo que le embargaba era sobre todo un anhelo intenso y huérfano de poder haber mirado así, aunque fuera por una sola vez, a la gran Madre de nuestra raza, en su inocencia y esplendor.

—Otras cosas, otras bendiciones, otras glorias —murmuró—. Pero nunca eso. Nunca en todos los mundos. Dios puede hacer buen uso de todo lo que ocurre. Pero la pérdida es real.

La miró una vez más y luego caminó abruptamente, pasando por donde ella descansaba. «Tenía razón —pensó—. Esto no podía seguir. Era hora de detenerlo».

Estuvo vagando mucho rato, entrando y saliendo de los matorrales oscuros aunque coloreados, antes de encontrarse al Enemigo. Se topó con su viejo amigo el dragón, exactamente como lo había visto la primera vez, enroscado alrededor del tronco de un árbol, pero también él dormía. Entonces advirtió que desde el despertar no había percibido el trino de los pájaros ni el susurro de cuerpos suaves ni ojos marrones espiando entre las hojas, ni había oído ningún ruido fuera del que hacía el agua. Parecía que Dios Nuestro Señor había hundido a toda la isla o tal vez todo el mundo en un denso sueño. Durante un instante le produjo un sentimiento de desolación, pero casi en seguida se regocijó de que ningún recuerdo de sangre y furor fuera a quedar impreso en aquellas mentes felices.

Casi una hora después, al dar la vuelta de pronto alrededor de un pequeño grupo de árboles burbuja se encontró frente a frente con el Antihombre. «¿Ya está herido?», pensó cuando lo golpeó la visión de un pecho manchado de sangre. Después vio que desde luego no se trataba de la sangre del Antihombre. Un pájaro, ya medio desplumado y con el pico bien abierto en el aullido silencioso de la estrangulación, luchaba débilmente en sus largas manos hábiles. Ransom se encontró actuando antes de saber qué había hecho. Debió de haber despertado algún recuerdo de las técnicas boxísticas de secundaria, porque descubrió que había lanzado con todas las fuerzas un directo con la izquierda a la mandíbula del

Antihombre. Pero se había olvidado de que peleaba sin guantes.
Lo que se lo recordó fue el dolor cuando el puño chocó contra el
hueso de la mandíbula —parecía casi que se había roto los nudillos— y la vibración tremenda que le subió por el brazo. Se quedó
inmóvil durante un segundo por el impacto, lo que le dio al
Antihombre tiempo para retroceder unos seis pasos. Tampoco a
él parecía haberle gustado el primer sabor del encuentro. Era
evidente que se había mordido la lengua, porque cuando intentó
hablar le brotó sangre burbujeante de la boca. Aún sostenía el
pájaro.

—Así que quieres medir nuestras fuerzas —dijo en inglés con
voz espesa.

—Suelta ese pájaro —dijo Ransom.

—Pero es una gran tontería —dijo el Antihombre—. ¿Sabes
quién soy?

—Sé qué eres —dijo Ransom—. Cuál de ellos no importa.

—¿Y crees que puedes luchar contra mí, pequeño? —contestó—. ¿Crees que Él te ayudará tal vez? Muchos lo creyeron. A
Él lo conozco desde hace mucho más tiempo que tú, pequeño.
Todos creen que Él los va a ayudar... hasta que vuelven en sí
aullando disculpas demasiado tarde en medio del fuego, haciéndose
pedazos en campos de concentración, retorciéndose bajo sierras,
farfullando en los manicomios o clavados a una cruz. ¿Pudo Él
ayudarse a sí mismo? —Y la criatura de pronto echó la cabeza
atrás y gritó en una voz tan alta que pareció que hasta el techo
celestial dorado iba a quebrarse—: *Eloí, Eloí, lama sabactani.*

Y en cuanto lo hizo, Ransom estuvo seguro de que había
hablado en perfecto arameo del siglo 1. El Antihombre no estaba
citando, estaba recordando. Eran exactamente las palabras
pronunciadas desde la cruz, atesoradas a través de todos aquellos
años en la memoria ardiente de la criatura proscrita que las había
oído entonces y que ahora las sacaba a relucir en una parodia
espantosa. El horror le produjo náuseas durante un momento.
Antes de que se recobrara, el Antihombre estaba sobre él, ululando
como un ciclón, con los ojos tan abiertos que parecían sin párpados
y todos los pelos erizados. Lo había apretado estrechamente contra
el pecho, rodeándolo con los brazos, y las uñas le estaban desgarrando largos trozos de piel de la espalda. Ransom tenía los brazos
inmovilizados y, aporreando como un salvaje, no pudo alcanzarlo

ni con un solo golpe. Giró la cabeza y mordió con fuerza el músculo del brazo derecho del Antihombre, al principio sin éxito, después más profundamente. Este aulló, intentó resistir, y de pronto Ransom se vio libre. El rival bajó por un instante la defensa y Ransom se encontró haciendo llover puñetazos sobre la región del corazón, más rápidos y violentos de lo que hubiera creído posible. Podía oír cómo la boca del Antihombre exhalaba a grandes boqueadas el aliento que le estaba sacando a golpes. Después las manos del contrario se alzaron otra vez, con los dedos arqueados como garras. No estaba tratando de boxear. Quería aferrarlo. Ransom le apartó el brazo derecho de un golpe, con un horrible choque de hueso contra hueso, y le alcanzó la parte carnosa de la mejilla con un golpe corto; al mismo tiempo, las largas uñas le desgarraron la derecha. Trató de agarrarle los brazos al enemigo. Más por suerte que por habilidad logró asirlo por las muñecas.

Lo que sucedió durante el minuto siguiente difícilmente habría parecido en algún sentido un combate para cualquier espectador. El Antihombre trataba con cada ápice de energía que podía sacarle al cuerpo de Weston liberar los brazos de las manos de Ransom, y este, con cada ápice de su energía, intentaba mantener el aferramiento alrededor de las muñecas. Pero el esfuerzo, que hacía correr ríos de sudor por las espaldas de ambos luchadores, daba como resultado un movimiento lento y aparentemente ocioso e incluso insensato de los dos pares de brazos. Por el momento, ninguno de los dos podía herir al otro. El Antihombre adelantó la cabeza y trató de morderlo, pero Ransom enderezó los brazos y lo mantuvo a distancia. No parecía haber motivos para que el forcejeo fuera a terminar alguna vez.

Entonces el enemigo estiró una pierna y la dobló tras la rodilla de Ransom, que casi perdió el equilibrio. Los movimientos se hicieron rápidos y confusos por ambas partes. Ransom intentó a su vez hacer una zancadilla y falló. Empezó a retorcerle el brazo izquierdo al enemigo con idea de quebrárselo o al menos provocarle un esguince. Pero en el esfuerzo por lograrlo debió de haber aflojado la presión sobre la otra muñeca. El Antihombre liberó su mano derecha. Ransom apenas tuvo tiempo de cerrar los ojos antes de que las largas uñas bajaran desgarrándole la mejilla, y el dolor puso fin a los golpes que le estaba propinando en las

costillas con la izquierda. Un segundo después —no supo muy
bien cómo había ocurrido— estaban apartados, con el pecho
subiendo y bajando mientras boqueaban, mirándose fijamente.

Sin duda los dos ofrecían un espectáculo lamentable. Ransom
no podía ver sus heridas, pero parecía estar cubierto de sangre.
Los ojos del enemigo estaban casi cerrados y el cuerpo, en los
sitios no ocultos por los restos de la camisa de Weston, era una
masa de lo que pronto serían contusiones. Eso, la respiración
trabajosa y la prueba del vigor del Antihombre cuando se
agarraban habían cambiado por completo el ánimo de Ransom.
Le asombraba no verlo más poderoso. Durante todo el tiempo, a
pesar de lo que le indicaba la razón, había esperado que la fuerza
del cuerpo del enemigo fuera sobrehumana, diabólica. Había
contado con brazos tan difíciles de agarrar y detener como la
hélice de un avión. Pero ahora sabía, por experiencia, que su vigor
físico era sencillamente el de Weston. En el plano físico se trataba
de un erudito maduro contra otro. De los dos, Weston había sido
el de mejor constitución, pero estaba gordo; el cuerpo no llevaba
bien el castigo. Ransom era más ágil y tenía más resuello. Ahora
la seguridad de morir que había sentido antes le parecía ridícula.
Era un enfrentamiento muy equilibrado. No había motivos para
no ganar... y vivir.

Esta vez fue Ransom quien atacó y la segunda vuelta fue muy
parecida a la primera. Quedó claro que, cuando podía boxear,
Ransom era superior; cuando se trataba de uñas y dientes llevaba
las de perder. Hasta en los peores momentos tenía la mente bien
despejada. Comprendió que el resultado del día dependía de una
cuestión muy sencilla: si la pérdida de sangre iba a hacerlo desfa-
llecer antes de que los golpes violentos contra el pecho y los riñones
destruyeran al otro.

Aquel mundo suntuoso dormía alrededor de ellos. No había
reglas, ni arbitraje, ni espectadores, pero el simple agotamiento,
obligándolos a separarse continuamente, dividía el duelo grotesco
en combates parciales con tanta precisión como podía desearse.
La pelea se convirtió en algo parecido a las repeticiones frenéticas
del delirio y la sed en un dolor mayor que el que podía producir
el adversario. A veces caían al suelo juntos. En una ocasión,
Ransom estuvo realmente sentado sobre el pecho del enemigo,
apretándole la garganta con las manos, y se descubrió para su

sorpresa gritando una línea de *La Batalla de Maldon*, pero el otro le arañó tanto los brazos y lo golpeó tanto en la espalda con las rodillas que fue rechazado.

Después recuerda, como se recuerda una isla de conciencia precedida y continuada por una larga anestesia, haberse adelantado a enfrentarse al Antihombre en lo que parecía la milésima vez y sabiendo claramente que no podría luchar mucho más. Recuerda haber visto al Enemigo no como Weston, sino como un mandril, y haber advertido en seguida que se trataba del delirio. Se tambaleó. Entonces le invadió una sensación que tal vez ningún hombre bueno puede haber tenido en nuestro mundo: un torrente de odio perfectamente puro y legítimo. La energía del odio, nunca sentida antes sin cierta culpa, sin cierto conocimiento confuso de que no podía distinguir bien al pecador del pecado, le subió por los brazos y las piernas hasta que sintió que eran pilares de sangre ardiente. Lo que estaba ante él dejó de parecer una criatura de voluntad corrompida. Era la corrupción propiamente dicha, a la que la voluntad estaba unida solo como un instrumento. Siglos atrás había sido una persona. Pero ahora los restos de personalidad sobrevivían solo como armas a disposición de una furiosa negación autorrechazada. Tal vez sea difícil comprender por qué eso llenó a Ransom no de horror, sino de júbilo. El júbilo provenía de descubrir al fin para qué estaba hecho el odio. Así como un muchacho con un hacha se regocija al encontrar un árbol o un muchacho con una caja de lápices de colores se regocija al descubrir una pila de papel totalmente blanco, así se alegró Ransom ante la adecuación perfecta entre la emoción que sentía y su objeto. Sangrando y temblando de agotamiento, sintió que nada estaba fuera del alcance de su poder y, cuando se lanzó sobre la Muerte viviente (el eterno número negativo de la matemática universal), se asombró y, sin embargo, en un nivel más profundo no se asombró lo más mínimo, del propio vigor. Los brazos parecían moverse más veloces que el pensamiento. Las manos le enseñaron cosas terribles. Sintió cómo se rompían las muñecas del otro y oyó cómo le crujía el hueso de la mandíbula. Toda la criatura parecía crujir y resquebrajarse bajo los golpes. De algún modo, sus propios dolores, en los sitios donde el adversario lo hería, dejaron de importar. Sintió que podía luchar así, odiar con un odio perfecto, durante un año entero.

Súbitamente descubrió que estaba dando golpes en el aire. Se encontraba en tal estado mental que al principio no pudo entender qué pasaba, no podía creer que el Antihombre había huido. Su estupidez momentánea le dio ventaja al otro y, cuando Ransom volvió en sí, apenas tuvo tiempo de verlo desaparecer en el bosque, con desparejos pasos renqueantes, un brazo colgando inútil y el aullido canino. Se precipitó tras él. Durante un segundo, el enemigo quedó oculto por los troncos de los árboles. Después estuvo otra vez a la vista. Ransom empezó a correr con toda la energía posible, pero el otro mantuvo la delantera.

Fue una persecución fantástica, entrando y saliendo de las luces y las sombras, bajando y subiendo las lomas y los valles de lento movimiento. Pasaron junto al dragón dormido. Pasaron al lado de la Dama, que dormía con una sonrisa en la cara. El Antihombre se inclinó con los dedos de la mano izquierda preparados para arañar. La habría herido si se hubiese atrevido, pero Ransom lo seguía de cerca y no podía arriesgarse a perder tiempo. Atravesaron un grupo de grandes aves anaranjadas completamente dormidas, todas sobre una pata, todas con la cabeza bajo el ala, de modo que parecían un grupo de arbustos regulares y floridos. Pisaron con cuidado en los sitios donde parejas y familias de canguros amarillos estaban tendidos de espaldas con los ojos bien cerrados y las pequeñas garras delanteras dobladas sobre el pecho como si fueran cruzados esculpidos encima de tumbas. Se agacharon bajo ramas inclinadas por el peso de los cerdos arbóreos, que descansaban haciendo un ruido agradable como el ronquido de un niño. Atravesaron grupos de árboles burbuja y olvidaron el cansancio por el momento. Era una isla grande. Salían de los bosques y corrían por anchos campos de color azafrán o plateados, a veces hundidos hasta el tobillo o hasta el pecho en la frescura de aromas intensos. Bajaban corriendo hacia bosques que mientras se aproximaban descansaban en el fondo de valles ocultos, pero que antes de llegar se elevaban para coronar la cima de colinas solitarias. Ransom no podía alcanzar su presa. Era asombroso que una criatura tan estropeada como señalaban sus zancadas desiguales pudiera mantener ese ritmo. Si el tobillo estaba realmente torcido, como sospechaba, debía de sufrir lo indescriptible a cada paso. Entonces se le ocurrió el pensamiento horrible de que tal vez de algún modo podía trasladar el dolor que debía soportar a los restos de conciencia de Weston que aún sobrevivían en el cuerpo. La idea de que algo que una vez había sido de su propia especie y se había alimentado de un pecho humano podía seguir prisionero en ese instante de la cosa que él perseguía redobló el odio, un odio distinto a casi todos los que había conocido, porque aumentaba su fuerza.

Cuando salieron del cuarto o quinto bosque vio el mar ante ellos a menos de treinta metros. El Antihombre siguió corriendo como si no hiciera distinciones entre la tierra y el agua y se zambulló con un gran chapoteo. Ransom pudo verle la cabeza, oscura contra el agua cobriza, mientras nadaba. Se alegró, porque la natación era el único deporte en el que se había acercado alguna vez a la excelencia. Cuando entró en el agua perdió de vista al Antihombre por un momento; después, al alzar la cabeza y sacudirse el pelo mojado de la cara mientras emprendía la persecución (el pelo le había crecido mucho), vio el cuerpo entero del otro, erguido y por encima de la superficie, como si estuviera sentado sobre el mar. Un segundo vistazo le hizo advertir que había montado sobre un pez. Era evidente que el sueño encantado no se extendía más allá de la isla, porque el Antihombre iba a buena velocidad sobre la montura. Estaba agachado haciéndole algo al pez, que Ransom no pudo ver. Sin duda contaba con muchas maneras de urgir al animal para que acelerara la marcha.

Durante un momento se sintió desesperado; había olvidado el amor esencial por los hombres que sentían aquellos caballos marinos. Descubrió casi de inmediato que estaba en medio de un cardumen entero de esas criaturas, que saltaban y hacían cabriolas para llamarle la atención. A pesar de la buena voluntad de los animales no le resultó fácil subirse a la superficie resbaladiza del espléndido ejemplar que primero alcanzaron sus manos. Y, mientras se esforzaba por montar, la distancia iba aumentando entre él y el fugitivo. Pero finalmente lo logró. Acomodándose tras la cabeza de ojos saltones, tocó al animal con las rodillas, lo golpeó con los talones, le susurró palabras de ruego y aliento y en general hizo lo posible por apresurado. El animal empezó a avanzar. Pero, al mirar hacia adelante, Ransom ya no pudo ver la menor señal del Antihombre, sino solo la extensa loma vacía de la próxima ola viniendo hacia él. Sin duda la presa estaba más allá de la cresta. Entonces advirtió que no tenía que preocuparse por la dirección.

La ladera acuática estaba sembrada de grandes peces, cada uno señalado por un montón de espuma amarilla, y algunos incluso echando chorros de agua. Posiblemente, el Antihombre no había contado con el instinto que les hacía seguir como líder a cualquier integrante del cardumen sobre el que se sentara un ser humano. Se adelantaban todos lentamente en línea recta, seguros del camino a seguir como cornejas volviendo al nido o sabuesos siguiendo un rastro. Cuando Ransom y el pez subieron a la cima de la ola, se encontró mirando el amplio seno entre dos olas, muy semejante a un valle de sus montañas natales. Lejos y acercándose en ese momento al declive opuesto se veía la forma pequeña, oscura y como de muñeco del Antihombre, y, entre ellos, todo el banco de peces diseminado en tres o cuatro hileras. Era evidente que no había peligro de perderlo. Ransom le estaba dando caza con los peces y estos no dejarían de seguirlo. Se rio sonoramente.

—Mis sabuesos son de estirpe espartana, con la misma boca hendida y del mismo color —rugió.

Ahora su atención captó por primera vez el agradable hecho de que ya no estaba luchando ni de pie. Trató de adoptar una posición más descansada y un dolor demoledor en la espalda lo hizo erguirse de golpe otra vez. Tontamente, tendió la mano hacia atrás para palparse los hombros y casi aulló ante el dolor de su propio roce. La espalda parecía estar hecha pedazos pegados todos entre sí. Al mismo tiempo notó que había perdido un diente y que le había desaparecido casi toda la piel de los nudillos. Bajo el escozor de los ardientes dolores superficiales, dolores más profundos y siniestros lo atormentaban de pies a cabeza. No había advertido que estaba tan herido.

Entonces recordó que tenía sed. Ahora que había empezado a enfriarse y se le endurecían los músculos descubrió que la tarea de obtener un trago del agua que pasaba veloz junto a él era extremadamente difícil. Al principio pensó en inclinarse hasta que la cabeza quedara casi al revés y hundir la cara en el agua, pero un solo intento le hizo desechar la idea. Solo pudo bajar las manos ahuecadas, y hasta eso, a medida que la rigidez de los músculos aumentaba, debía hacerlo con infinito cuidado y muchos gruñidos y jadeos. Le llevó unos cuantos minutos conseguir un pequeño sorbo que simplemente burló la sed. Tardó en calmarla en lo que pareció media hora de dolores agudos y placeres demenciales.

Nada había tenido nunca mejor sabor. Incluso cuando había terminado de beber siguió juntando agua y echándosela encima. Podría haber sido uno de los mejores momentos de su vida... si el escozor de la espalda no pareciera estar empeorando y si no tuviera miedo de que hubiera veneno en los cortes. Las piernas seguían apretándose al pez y aflojarlas significaba dolor y precaución. De vez en cuando, la oscuridad amenazaba con vencerlo. Podría haberse desmayado fácilmente, pero pensó: «No lo haré», y fijó los ojos en objetos cercanos; se concentró en ideas simples y así mantuvo la conciencia.

El Antihombre cabalgaba ante él todo el tiempo, ola arriba ola abajo. Los peces lo seguían y Ransom seguía a los peces. Ahora parecía haber más, como si la persecución hubiese encontrado otros cardúmenes y los hubiera incorporado al estilo de una bola de nieve; pronto hubo más criaturas que no eran peces. Aparecieron aves de cuello largo como cisnes —no pudo distinguir el color porque contra el cielo parecían negras—, al principio girando arriba, pero después dispuestas en largas hileras rectas, siguiendo al Antihombre. El chillido de las aves se oía con frecuencia y era el sonido más salvaje que Ransom hubiese oído, el más desolado y el que menos tenía que ver con el hombre. No había tierra a la vista, ni la había habido durante varias horas. Estaba en alta mar, en los espacios baldíos de Perelandra, la primera vez desde su llegada. Los ruidos del mar le llenaban los oídos. El olor del mar, inconfundible y excitante como el de nuestros océanos telúricos, pero de una calidez y una dulzura dorada completamente distintas, le llenaba el cerebro. Era también salvaje y extraño. No hostil; de haberlo sido, el carácter salvaje y extraño habría sido menor, porque la hostilidad es una relación y un enemigo no es un completo extraño. Se le ocurrió que no sabía absolutamente nada de ese mundo. Algún día, sin duda, estaría poblado por los descendientes del Rey y la Reina. Pero todos los millones de años del pasado despoblado, todos los innumerables kilómetros de agua risueña del presente solitario... ¿existían solo para eso? Era extraño que él, para quien a veces un bosque o un cielo matutino habían sido en la Tierra como una especie de alimento, tuviera que haber venido a otro planeta para captar la naturaleza como algo que tenía sus propios derechos. El significado difuso, el carácter inescrutable que había estado presente tanto en Tellus, la Tierra, como en Perelandra desde que se separaron del Sol, y que sería, en cierto sentido, desplazado por el advenimiento del hombre imperial; al mismo tiempo, en cierto sentido distinto, no desplazado en absoluto, lo envolvió desde todos los ángulos y lo atrapó dentro de sí.

13

La oscuridad cayó sobre las olas tan súbitamente como si la hubieran volcado de una botella. En cuanto los colores y las distancias desaparecieron, el sonido y el dolor se hicieron más enfáticos. El mundo quedó reducido a una sorda molestia, punzadas repentinas, el batir de las aletas del pez y los sonidos monótonos aunque infinitamente variados del agua. Más tarde se encontró casi cayéndose del pez; recuperó la posición en la montura con dificultad y advirtió que se había dormido, tal vez durante horas. Previó que ese peligro volvería a presentarse continuamente. Después de pensarlo un poco se levantó dolorosamente de la estrecha montura tras la cabeza y tendió el cuerpo a lo largo del lomo del pez. Apartó las piernas y rodeó con ellas al animal hasta donde pudo y lo mismo hizo con los brazos, esperando conservar así la montura aun durmiendo. Era lo máximo que podía hacer. Le recorrió una extraña sensación emocionante, comunicada sin duda por el movimiento de los músculos del pez. Le daba la ilusión de compartir su poderosa vida animal, como si él mismo se estuviera transformando en pez.

Mucho después se descubrió mirando algo parecido a un rostro humano. Debería haberlo aterrorizado, pero, como nos ocurre a veces en un sueño, no fue así. Era un rostro azul verdoso, que al parecer brillaba con luz propia. Los ojos eran mucho más grandes que los de un hombre y le daban un aspecto de duende. Una orla de membranas arrugadas a cada lado sugería patillas. Con una fuerte impresión advirtió que no estaba soñando, sino despierto. El ser era real. Aún estaba tendido, dolorido y agotado, sobre el cuerpo del pez, y el rostro pertenecía a algo que nadaba en paralelo a él. Recordó a los subhombres o tritones que había visto antes. No sentía temor y adivinó que la reacción de la criatura ante él era la misma que la suya: una perplejidad inquieta, aunque no hostil. Cada uno era indiferente al otro por completo. Se encontraron como se encuentran las ramas de árboles distintos cuando el viento las acerca.

Ransom se irguió otra vez más hasta quedar sentado. Descubrió que la oscuridad no era total. El pez nadaba en un baño de fosforescencia y también el extraño junto a él. Lo rodeaban burbujas y dagas de luz azul y pudo distinguir oscuramente por la forma cuáles eran peces y cuáles eran personas acuáticas. Sus movimientos delineaban un poco el contorno de las olas e introducían cierta sugestión de perspectiva en la noche. Un momento después notó que muy cerca de él varias personas acuáticas parecían estar alimentándose. Sacaban del agua masas oscuras de algo con las manos palmeadas como las de una rana y lo devoraban. Al masticar, la sustancia les colgaba de la boca en montones peludos y desmenuzados que parecían bigotes. Es significativo que en ningún momento se le ocurrió tratar de establecer contacto con esos seres, como había hecho con cualquier animal de Perelandra, ni a ellos intentarlo con él. No parecían ser siervos naturales del hombre como los otros animales. Tuvo la impresión de que simplemente compartían un planeta con él como las ovejas y los caballos comparten un campo, cada especie ignorando a la otra. Más tarde, eso llegó a preocuparlo, pero, por el momento, estaba concentrado en un problema más práctico. Ver cómo comían le había recordado que tenía hambre y se estaba preguntando si la sustancia sería comestible para él. Le llevó un largo rato sacar un poco rastrillando el agua con los dedos. Cuando lo consiguió resultó tener la misma estructura que nuestras algas más pequeñas y las ampollitas que reventaban con un chasquido cuando se las apretaba. Era resistente y resbaladiza, pero no salada como el alga del mar terrestre. Nunca pudo describir adecuadamente el sabor. Ha de tenerse en cuenta en todo este relato que mientras Ransom estuvo en Perelandra el sentido del gusto se había convertido en algo más que lo que era sobre la Tierra: le daba conocimiento tanto como placer, aunque no un conocimiento que pudiera ser reducido a palabras. En cuanto comió unos cuantos puñados del alga sintió un curioso cambio mental. Sintió como si la superficie del mar fuera la cima del mundo. Pensó en las islas flotantes como nosotros pensamos en las nubes, las vio en la imaginación como aparecían desde abajo, felpudos de fibra con largos gallardetes colgando, y tomó una conciencia alarmante de su propia experiencia de caminar sobre el lado superior como de un milagro o un mito. Notó cómo el recuerdo de la Dama Verde y de todos los descendientes prometidos y de los otros temas que lo habían ocupado desde que llegó a Perelandra se esfumaba con rapidez

de la mente, como se borra un sueño al despertarnos o como si
fuera empujado a un lado por todo un mundo de intereses y
emociones a los que no podía dar nombre. Lo aterrorizó. A pesar
del hambre tiró lo que quedaba del alga.

Debió de haberse dormido otra vez, porque la próxima escena
que recuerda era a la luz del día. El Antihombre seguía visible
delante y el banco de peces aún estaba entre ellos. Las aves habían
abandonado la persecución. Y ahora por fin descendió sobre él
un sentido cabal y prosaico de su posición. A juzgar por la experiencia de Ransom, constituye una curiosa falla de la razón que
cuando un hombre llega a un planeta extraño al principio se olvida
por completo del tamaño. Todo ese mundo es tan pequeño comparado con el viaje por el espacio que olvida las distancias en él:
dos lugares cualesquiera de Marte, o de Venus, se le aparecen
como sitios de una misma ciudad. Pero ahora, cuando Ransom
miró una vez más a su alrededor y en todas direcciones solo vio
cielo dorado y olas que rodaban, el absurdo total de esa ilusión
se introdujo en él. Aunque hubiera continentes en Perelandra, el
más cercano bien podía estar separado de él por la anchura del
Pacífico o más. Pero no tenía motivos para suponer que hubiera
alguno. No tenía motivos ni siquiera para suponer que las islas
flotantes eran muchas o que estaban distribuidas armoniosamente
sobre la superficie del planeta. Aunque el desflecado archipiélago
se desplegara sobre mil quinientos kilómetros cuadrados o más,
¿qué sería eso, sino una mota despreciable en un océano sin tierras
que rodaba eternamente alrededor de un globo no mucho menor
que el mundo de los hombres? El pez pronto se cansaría. Calculó
que ya no nadaba a la velocidad original. Sin duda el Antihombre
torturaría al suyo para que nadara hasta morir. Pero él no podía
hacerlo. Mientras pensaba en eso y miraba hacia adelante, vio
algo que le enfrió el corazón. Uno de los otros peces se apartó
con deliberación de la hilera, despidió una pequeña columna de
espuma, se zambulló y reapareció a unos metros, evidentemente
a la deriva. Se perdió de vista en pocos minutos. Ya había tenido
bastante.

Y entonces las experiencias del día y la noche anteriores empezaron a asaltar directamente su confianza. La soledad de los mares
y, aún más, las experiencias posteriores a probar el alga, habían
insinuado una duda respecto a si ese mundo pertenecía en algún

sentido real a los que se llamaban a sí mismos su Rey y su Reina. ¿Cómo podía estar hecho para ellos si la mayor parte, en realidad, les resultaba inhabitable? ¿No era una idea ingenua y antropomórfica en el más alto grado? En cuanto a la gran prohibición, de la que había parecido depender tanto, ¿era en verdad tan importante? ¿Qué les importaba a las olas rugientes de espuma amarilla y al extraño pueblo que vivía en ellas si dos pequeñas criaturas, ahora lejanas, vivían o dejaban de vivir en una roca en particular? El paralelismo entre las escenas que había presenciado últimamente y las registradas en el libro de Génesis, y que hasta entonces le había dado la sensación de conocer por experiencia lo que los demás hombres solo creían, empezó a perder importancia. ¿Demostraba algo más que el hecho de que tabúes irracionales parecidos habían acompañado el alba de la razón en dos mundos distintos? Estaba muy bien hablar de Maleldil, pero ¿dónde estaba Maleldil ahora? Si el océano ilimitado decía algo, decía algo muy distinto. Como todos los lugares solitarios, en realidad estaba habitado, pero no por una deidad antropomórfica, sino más bien por lo inescrutable absoluto ante lo cual el hombre y su vida permanecen eternamente ajenos. Y más allá del océano estaba el espacio mismo... Ransom trató de recordar en vano que él había estado en «el espacio» y había descubierto que era el cielo, hormigueando con una plenitud de vida para la que no sobraba ni un solo centímetro cúbico de infinito. Todo eso parecía un sueño. La línea opuesta de pensamiento de la que se había burlado con frecuencia, llamándola El Espantajo Empírico, irrumpió en su mente: el gran mito de nuestro siglo, integrado por gases, galaxias, años luz y evoluciones, perspectivas pesadillescas de aritmética simple en las que todo lo que puede tener algún significado posible para la mente se transforma en simple, derivado del desorden esencial. Hasta entonces siempre le había restado importancia, había tratado con cierto desdén los superlativos insípidos, el asombro ridículo ante el hecho de que cosas distintas tuvieran que ser de tamaños distintos, la locuaz generosidad de cifras. Incluso en ese momento, la razón no estaba vencida por completo, aunque el corazón no escuchara a la razón. Una parte de sí mismo aún sabía que el tamaño de algo es su característica menos importante, que el universo material provenía del poder comparativo y creador de mitos de su interior, que la majestad misma ante la que ahora estaba le pedía humillarse y que los simples números no pueden intimidarnos a menos que les prestemos, de nuestro propio interior, esa sensación de enormidad que ellos no pueden producir por sí solos más de lo que puede hacerlo el libro mayor de un banquero. Pero ese conocimiento seguía siendo una abstracción. La simple grandeza y la soledad lo agobiaban.

Esos pensamientos debieron de tenerlo ocupado durante horas y absorbido toda su atención. Lo volvió en sí lo que menos esperaba: el sonido de una voz humana. Saliendo del ensueño vio que todos los peces lo habían abandonado. El suyo nadaba débilmente, y, allí, a pocos metros, ya no huyendo, sino dirigiéndose lentamente hacia él, estaba el Antihombre, sentado abrazándose a sí mismo, con los ojos casi cerrados por las magulladuras, la carne color hígado, la pierna al parecer quebrada y la boca torcida por el dolor.

—Ransom —dijo con voz débil.

Ransom se mantuvo callado. No iba a alentarlo a que empezara otra vez con el juego.

—Ransom —volvió a decir el otro con voz quebrada—. Por el amor de Dios, háblame.

Lo miró con sorpresa. El otro tenía lágrimas en las mejillas.

—Ransom, no me rechaces —dijo—. Dime qué ha pasado. ¿Qué nos han hecho? Tú... estás todo ensangrentado. Tengo la pierna rota...

La voz se apagó en un susurro.

—¿Quién eres? —preguntó Ransom lacónicamente.

—Oh, no finjas que no me conoces —murmuró la voz de Weston—. Soy Weston. Tú eres Ransom: Elwin Ransom de Leicester, Cambridge, el filólogo. Sé que hemos tenido nuestras diferencias. Lo siento. Me atrevería a decir que he estado equivocado. Ransom, no me dejarás morir en este lugar horrible, ¿verdad?

—¿Dónde aprendiste arameo? —preguntó Ransom sin apartar los ojos de él.

—¿Arameo? —dijo la voz de Weston—. No sé de qué estás hablando. No le veo la gracia a burlarse de un hombre agonizante.

—Pero ¿eres realmente Weston? —repuso Ransom, que empezaba a creer que Weston había regresado.

—¿Qué otro podría ser? —respondió con un impulso débil de mal humor, al borde de las lágrimas.

—¿Dónde has estado? —preguntó Ransom.

Weston, si es que era Weston, se estremeció.

—¿Dónde estamos ahora? —preguntó un momento después.

—En Perelandra... es decir, en Venus —contestó Ransom.

—¿Has encontrado la astronave? —preguntó Weston.

—Solo la he visto de lejos —dijo Ransom—. Y no tengo ni idea de dónde se encuentra ahora. Por lo que sé, supongo que está a unos trescientos kilómetros.

—¿Quieres decir que estamos atrapados? —exclamó Weston casi en un grito. Ransom no dijo nada y el otro agachó la cabeza y lloró como un niño.

—Vamos, tomártelo así no te va a hacer ningún bien —dijo Ransom al fin—. Bien considerado, no estaría mucho mejor en la Tierra. Recuerda que allí están en guerra. ¡Los alemanes pueden estar bombardeando Londres en este momento! —Después, al ver que seguía llorando, agregó—: Anímate, Weston. Después de todo, es solo la muerte. Tarde o temprano tenemos que morir, bien lo sabes. No nos faltará agua, y el hambre, sin la sed, no es tan terrible. Y en cuanto a ahogarnos, bueno, una herida de bayoneta o el cáncer sería peor.

—Quieres decir que vas a abandonarme —dijo Weston.

—No puedo, aunque lo quisiera —repuso Ransom—. ¿No comprendes que estoy en la misma situación que tú?

—¿Me prometes no irte y dejarme en esta situación? —preguntó Weston.

—Está bien, te lo prometo, si eso es lo que quieres. ¿Adónde podría ir?

Weston miró muy lentamente a su alrededor y luego urgió al pez para que se acercara un poco más al de Ransom.

—¿Dónde está... eso? —preguntó en un susurro—. Tú sabes... Y gesticuló sin sentido.

—Yo podría hacerte la misma pregunta —espetó Ransom.

—¿A mí? —dijo Weston. Su cara estaba tan desfigurada por diversas razones que era difícil estar seguro de la expresión.

—¿Tienes alguna idea de lo que te ha estado pasando en los últimos días? —preguntó Ransom.

Weston miró una vez más a su alrededor con inquietud.

—Es todo cierto, sabes —dijo al fin.

—¿Qué es cierto?

De pronto Weston se volvió con un gruñido de rabia.

—Todo está muy bien para ti —dijo—. Ahogarse no hace daño y de todos modos la muerte tiene que llegar y toda esa insensatez. ¿Qué sabes tú de la muerte? Es todo cierto, te lo aseguro.

—¿De qué estás hablando?

—Me he estado atiborrando de cosas sin sentido durante toda la vida —dijo Weston—. Tratando de convencerme de que lo que le ocurra a la raza humana importa... intentando creer que cualquier cosa que uno pueda hacer volverá soportable al universo. Está todo podrido, ¿no te das cuenta?

—¡Y hay algo más que es todavía más cierto!

—Sí —dijo Weston, y se quedó en silencio un largo rato.

—Sería mejor que acerquemos las cabezas de nuestros peces o nos veremos apartados —dijo Ransom poco después, con los ojos fijos en el agua.

Weston obedeció sin ser consciente al parecer de lo que hacía y durante un rato cabalgaron lentamente uno junto al otro.

—Te diré lo que es más cierto —dijo Weston poco después.

—¿Qué?

—Un niño pequeño que se escabulle escalera arriba cuando nadie lo ve y con mucha lentitud hace girar el picaporte para espiar en el cuarto donde yace el cadáver de la abuela... y después se aleja corriendo y tiene pesadillas. Una abuela enorme, entiendes.

—¿Qué pretendes dar a entender diciendo que eso es más cierto?

—Quiero decir que ese niño sabe algo sobre el universo que toda ciencia y toda religión tratan de ocultar.

Ransom no dijo nada.

—Hay montones de cosas —siguió Weston poco después—. Los niños temen cruzar el cementerio parroquial por la noche y los mayores les dicen que no sean tontos: pero los niños son más sabios que los mayores. Hay gente del África Central que hace cosas bestiales con máscaras en medio de la noche, y los misioneros y los funcionarios dicen que es superstición. Y bien, los negros saben más sobre el universo que los blancos. Sacerdotes sucios en calles apartadas de Dublín asustando mortalmente a niños medio imbéciles con cuentos sobre eso. Tú dirías que son incultos. No lo son, salvo porque creen en una vía de escape. No la hay. Ese es el universo real, siempre lo ha sido, siempre lo será. Eso es lo que significa todo.

—No tengo claro... —empezó Ransom, y Weston lo interrumpió.

—Por eso es tan importante vivir todo lo que se pueda. Todo lo bueno está en el presente; una delgada cáscara a la que llamamos vida, puesta en escena, y después... el universo real por siempre jamás. Engordar la cáscara un centímetro: vivir una semana, un día, media hora más, eso es lo único que importa. Por supuesto tú no lo sabes, pero cualquier hombre que espera ser colgado lo sabe. Tú dices: «¿Qué importancia tiene una pequeña postergación?». ¡Qué importancia!

—Pero nadie necesita ir allí —dijo Ransom.

—Sé que crees eso —dijo Weston—. Pero estás equivocado. Solo un pequeño grupo de gente civilizada lo cree. La humanidad como un todo sabe que no es así. Sabe (Homero lo sabía) que todos los muertos se han hundido en la oscuridad interior, bajo la cáscara. Todos ignorantes, todos temblando, farfullando, corrompiéndose. Espectros. Cualquier salvaje sabe que todos los fantasmas odian a los vivos que aún disfrutan de la cáscara, del mismo modo que las viejas odian a las muchachas que siguen teniendo buena apariencia. Tener miedo de los fantasmas es muy lícito. Uno engrosará en sus filas.

—No crees en Dios —dijo Ransom.

—Bueno, ese es otro punto —dijo Weston—. De pequeño fui a la iglesia tanto como tú. En algunas partes de la Biblia hay más sentido de lo que la gente religiosa cree. ¿Acaso no afirma que Él es el Dios de los vivos, no de los muertos? Es exactamente así. Tal vez tu Dios existe, pero que sea así o no no tiene importancia. No, como es natural, no lo entenderás, pero un día lo harás. No creo que te hagas realmente una idea clara de la cáscara: la delgada piel externa que llamamos vida. Imagina el universo como un globo infinito con esa corteza muy delgada en la parte exterior. Pero recuerda que el espesor es un espesor de tiempo: en los mejores puntos tiene unos setenta años. Nacemos en la superficie y durante la vida nos vamos hundiendo, atravesándola. Cuando la hemos atravesado por completo, entonces estamos lo que se dice muertos, hemos llegado a la oscura parte interna, al globo real. Si tu Dios existe, no está en el globo; está fuera, como una luna. Al pasar al interior pasamos fuera de su alcance. Él no nos sigue adentro. Tú lo expresarías diciendo que Él no está en el tiempo; ¡crees que eso es muy consolador! En otras palabras, Él permanece inmóvil: afuera, en la luz y el aire. Pero nosotros estamos en el tiempo. Nos «movemos con los tiempos». Es decir, desde el punto de vista divino, nos movemos alejándonos hacia lo que Él considera como no ser, a donde Él nunca sigue a nadie. Eso es todo lo que existe para nosotros, todo lo que siempre existió. Él puede estar o no en lo que tú llamas vida. ¿Qué importancia tiene? ¡Nosotros no vamos a estar allí mucho tiempo!

—Difícilmente sea esa la historia completa —dijo Ransom—. Si todo el universo fuera así, entonces nosotros, como partes de él, nos sentiríamos cómodos en ese universo. El solo hecho de que nos impacte como algo monstruoso...

—Sí —interrumpió Weston—, estaría muy bien si no fuese que el razonamiento mismo solo es válido mientras uno permanezca en la cáscara. No tiene nada que ver con el universo real. Hasta los científicos comunes, como era yo mismo, están empezando a descubrirlo. ¿No has comprendido el verdadero significado de todas las ideas modernas sobre los peligros de la extrapolación, el espacio curvo y la indeterminación del átomo? No lo dicen con tantas palabras, desde luego, pero a lo que están llegando hoy en día, incluso antes de morir, es a lo que llegan todos los hombres cuando están muertos: al conocimiento de que la realidad no es ni racional ni consistente ni nada por el estilo. En cierto sentido podríamos decir que no está allí. *Real* e *Irreal*, *Verdadero* y *Falso*, todo eso está solo en la superficie. Cede en cuanto uno lo presiona.

—Si todo eso fuera cierto —dijo Ransom—, ¿qué sentido tendría decirlo?

—¿Qué sentido tiene todo lo demás? —contestó Weston—. El único sentido de todo es que no existe ningún sentido. ¿Por qué los fantasmas quieren asustar? Porque son fantasmas. ¿Qué otra cosa pueden hacer?

—Comprendo —dijo Ransom—. La descripción que da un hombre del universo o de cualquier otra construcción depende mucho de donde está situado.

—Pero sobre todo de si está dentro o fuera —dijo Weston—. Todas las cosas que a uno le gusta tratar están en el exterior. Un planeta como el nuestro o como Perelandra, por ejemplo. O un

hermoso cuerpo humano. Todos los colores y las formas agradables
están simplemente donde el cuerpo termina, donde deja de ser.
Dentro, ¿qué tenemos? Oscuridad, gusanos, calor, presión, sal,
agobio, hedor.

Surcaron las aguas en silencio durante unos minutos, sobre olas
que iban aumentando de tamaño. Los peces parecían avanzar
poco.

—Como es natural, a ti no te importa —dijo Weston—. ¿Qué
le podemos importar nosotros a la gente de la cáscara? Ustedes
aún no han sido empujados hacia abajo. Es como un sueño que
tuve una vez, aunque entonces no supe lo verídico que era. Soñé
que estaba muerto... es decir, tendido en la sala de un sanatorio
con el rostro arreglado por el encargado de pompas fúnebres y
grandes lirios en el cuarto. Y entonces una especie de persona que
se estaba cayendo a pedazos (como un vagabundo, solo que era
él mismo, no la ropa lo que se estaba cayendo a pedazos) llegó y
se paró al pie de la cama, odiándome. «Perfecto —dijo—, perfecto.
Crees que estás magníficamente bien con la sábana limpia y el
ataúd pulido que te están preparando. Yo empecé así. Todos lo
hacemos. No tienes más que esperar y ver en qué te conviertes al
final».

—En realidad, creo que sería mejor que te callaras —dijo
Ransom.

—Después está el espiritismo —dijo Weston sin darse por
aludido—. Antes pensaba que era una insensatez. Pero no es así.
Es totalmente cierto. ¿Has notado que todas las descripciones
«agradables» de los muertos pertenecen a la tradición o a la filosofía? Lo que descubre la experimentación concreta es distinto
por completo. Ectoplasma: emanaciones viscosas que surgen del
vientre del médium y conforman rostros grandes, caóticos, destro-
zados. Escritura automática que produce resmas de basura.

—¿Eres Weston? —dijo Ransom, volviéndose de pronto hacia
su acompañante. La obstinada voz susurrante, tan articulada que
uno tenía forzosamente que escucharla y sin embargo tan desarticulada que uno debía esforzarse para seguir lo que decía, estaba
empezando a exasperarlo.

—No te enfurezcas —dijo la voz—. Enfurecerse conmigo no
está bien. Creí que ibas a tener un poco de compasión. Dios mío,

Ransom, es horrible. No lo entiendes. Bien abajo cubierto por capas y capas, enterrado vivo; uno trata de relacionar las cosas y no puede. Ellos le sacan la cabeza... y uno no puede ni siquiera volver a recordar a qué se parecía la vida en la cáscara, porque uno sabe que nunca significó nada desde el principio mismo.

—¿Qué eres? —gritó Ransom—. ¿Cómo sabes a qué se parece la muerte? Por Dios, te ayudaría si pudiera. Pero. cuéntame los hechos. ¿Dónde has estado todos estos días?

—Shhh —dijo el otro de pronto—. ¿Qué es eso?

Ransom escuchó. Ciertamente parecía haber un elemento nuevo entre todos los sonidos que los rodeaban. Al principio no pudo definirlo. Ahora las olas eran muy grandes y el viento intenso. El acompañante extendió la mano y se aferró al brazo de Ransom.

—¡Oh, Dios mío! —gritó—. ¡Oh, Ransom, Ransom! Vamos a morir. A morir y a volver a estar bajo la cáscara. Ransom, prometiste ayudarme. No permitas que vuelvan a atraparme.

—Cállate —dijo Ransom con desagrado, porque la criatura estaba gimiendo y berreando tanto que no podía oír nada más, y era necesario que identificara la nota profunda que se había mezclado con el silbido del viento y el rugir de las olas.

—Rompientes —dijo Weston—. ¡Rompientes, idiota! ¿No puedes oír? ¡Allí hay tierra! Una costa rocosa. Mira allí... no, a la izquierda. Vamos a estrellarnos, a hacernos papilla. ¡Mira, oh, Dios, ahí llega la oscuridad!

Y la oscuridad llegó. Se cernió sobre él un terror ante la muerte como nunca había sentido antes, un terror ante la criatura espantada que estaba junto a él; por último, un terror sin objeto preciso. En pocos minutos pudo ver a través del color negro azabache de la noche la luminosa nube de espuma. Por el modo en que se proyectaba agudamente hacia arriba se imaginó que rompía contra acantilados. Aves invisibles pasaron a baja altura, con una agitación del aire y un chillido.

—¿Estás ahí, Weston? —gritó—. ¡Ánimo! Recupérate. Todo lo que has estado diciendo es una locura. Di una oración infantil si no puedes orar una plegaria adulta. Arrepiéntete de tus pecados. Tómame de la mano. En este momento hay centenares de muchachos enfrentándose a la muerte en la Tierra. Comportémonos con dignidad.

Le agarraron la mano en la oscuridad con más fuerza de la que deseaba.

—No puedo soportarlo, no puedo soportarlo —le llegó la voz de Weston.

—Ahora tranquilo. No, así no —gritó Ransom, porque de pronto Weston le había aferrado el brazo con las dos manos.

—No puedo soportarlo —oyó otra vez.

—¡Vamos! —dijo Ransom—. Suelta. ¿Qué diablos estás haciendo?...

Y, mientras hablaba, unos brazos poderosos lo arrancaron de la montura, lo envolvieron en un abrazo terrible justo debajo de los muslos y, aunque intentó vanamente agarrarse de la bruñida superficie del pez, lo arrastraron hacia abajo. Las aguas se cerraron sobre su cabeza y el enemigo siguió arrastrándolo hacia la cálida profundidad y más abajo aún, donde ya no había calor.

14

«No puedo retener más la respiración —pensó Ransom—. No puedo. No puedo». Objetos fríos y viscosos se deslizaban hacia arriba sobre el cuerpo agónico. Decidió dejar de aguantar la respiración, abrir la boca y morir, pero la voluntad no obedeció la decisión. Sentía como si fueran a estallarle no solo el pecho, sino también las sienes. Luchar era inútil. Los brazos no encontraban al enemigo y las piernas estaban trabadas. Advirtió que se movían hacia arriba. Pero no tenía esperanzas. La superficie estaba demasiado lejos, no podría resistir hasta que la alcanzara. Ante la presencia inmediata de la muerte, todas las ideas sobre la otra vida se retiraron de su mente. La simple proposición abstracta «Esto es un hombre muriendo» flotó ante él sin emoción. De pronto, un estruendo de sonidos volvió a llenarle los oídos: explosiones y ruidos metálicos intolerables. Abrió la boca automáticamente. Respiraba otra vez. En una oscuridad densa como alquitrán y llena de ecos, se estaba agarrando a lo que parecía grava y pateando como un salvaje para librar las piernas del abrazo. Después se vio libre y luchando una vez más: un forcejeo ciego, metido a medias en el agua sobre lo que parecía una playa de guijarros, con rocas más agudas aquí y allá que le cortaban los pies y los codos. La negrura se llenó de maldiciones jadeantes en su propia voz y en la de Weston, de aullidos de dolor, golpes sordos y el ruido de respiración trabajosa. Por último se encontró a horcajadas sobre el enemigo. Le apretó los costados con las rodillas hasta hacerle crujir las costillas y le rodeó la garganta con las manos. De algún modo pudo resistir los rasguños feroces que el otro le hacía en los brazos para seguir apretando. Solo una vez había tenido que apretar así, pero había sido sobre una arteria, para salvar una vida, no para matar. Pareció durar siglos. Aun mucho después de que la criatura dejó de forcejear no se animaba a aflojar la presión. Incluso cuando estuvo bien seguro de que ya no respiraba siguió sentado sobre el pecho y mantuvo las manos cansadas, aunque ahora flojamente, sobre la garganta del otro. Él mismo estaba a punto de desmayarse, pero contó hasta mil antes de cambiar de posición. Aun entonces siguió sentado sobre el cadáver. No sabía si el espíritu que le había hablado las últimas horas era realmente el de Weston o si había sido víctima de una treta. Realmente, esa distinción no importaba mucho. Sin duda en la condena había una confusión de personas: lo que los panteístas esperaban falsamente del Cielo los hombres malvados lo recibían realmente en el Infierno. Se fundían con el Señor, así como un soldadito de plomo se escurre hacia abajo y pierde la forma en el cucharón de fundir sostenido sobre el quemador. La cuestión de si en un momento concreto está actuando Satán o alguien dirigido por Satán a la larga no tiene un significado preciso. Entretanto, lo principal era no ser engañado otra vez.

No quedaba nada por hacer, salvo esperar la mañana. A juzgar por el estruendo de los ecos que lo rodeaban, dedujo que estaban en una bahía muy estrecha entre acantilados. Cómo habían podido llegar a ella era un misterio. Debían de faltar unas horas para la mañana. Eso era una molestia considerable. Decidió no abandonar el cadáver hasta haberlo examinado a la luz del día y tal vez tomar otras medidas para asegurarse de que no pudiese ser reanimado. Hasta entonces debía pasar el tiempo como mejor pudiese. La playa de guijarros no era muy cómoda y cuando trató de inclinarse hacia atrás se encontró con una pared dentada. Por fortuna, estaba tan cansado que se conformó durante un rato con estar sentado, inmóvil. Pero esa fase pasó.

Trató de pasarlo lo mejor posible. Decidió dejar de calcular cómo pasaba el tiempo. «La única respuesta segura —se dijo— es pensar en la hora más temprana que uno pueda suponer y después dar por sentado que la hora real la precede en dos horas». Se entretuvo recapitulando toda la aventura en Perelandra. Recitó todo lo que pudo recordar de *La Ilíada*, la *Odisea*, la *Chanson de Roland*, *El paraíso perdido*, el *Kalevala*, *La Caza del Snark* y un poema sobre las reglas fonéticas germánicas que había compuesto cuando era estudiante de primero. Trató de pasar el mayor tiempo posible pensando las líneas que no podía recordar. Se planteó un problema de ajedrez. Trató de esbozar un capítulo para un libro que estaba escribiendo. Pero en general todo fue un fracaso.

Esas actividades prosiguieron, alternándose con períodos de tenaz inactividad, hasta que le pareció difícil recordar un tiempo anterior a esa noche. Apenas podía creer que incluso para un hombre aburrido y despierto doce horas pudieran parecer tan largas. ¡Y el ruido, y la incomodidad arenosa y resbaladiza! Ahora que lo pensaba era muy raro que allí no hubiera ninguna de las suaves brisas nocturnas con que se había encontrado en todos los demás lugares de Perelandra. También era raro (pero la idea le vino cuando parecían haber pasado varias horas más) que los ojos no pudieran descansar ni siquiera en la cresta fosforescente de las olas. Muy lentamente se le empezó a ocurrir una explicación posible de ambos hechos; además explicaría por qué la oscuridad duraba tanto. La idea era demasiado terrible para entregarse al miedo. Controlándose, se puso rígidamente en pie y empezó a caminar con cuidado a lo largo de la playa. El avance era lento, pero, un momento después, los brazos extendidos tocaron roca perpendicular. Se puso de puntillas y estiró hacia arriba las manos todo lo posible. No encontraron más que roca. «No te alarmes», se dijo. Emprendió a tientas el camino de regreso. Llegó al cadáver del Antihombre, lo pasó y siguió más allá, en la playa opuesta. Se curvaba con rapidez y, antes de haber dado veinte pasos, las manos que mantenía por encima de la cabeza encontraron no una pared, sino un techo de roca. Unos pasos más allá bajaba. Después tuvo que agacharse. Un poco más y tuvo que avanzar a cuatro patas. Era evidente que el techo iba en descenso y por último se unía a la playa.

Enfermo de desesperación, volvió tanteando hasta el cadáver y se sentó. Ahora no había dudas sobre la verdad. No tenía sentido esperar el amanecer. Allí no habría amanecer hasta el fin del mundo y tal vez ya había esperado una noche y un día. Los ecos metálicos, el aire estancado, el olor del lugar, todo lo confirmaba. Al hundirse, el enemigo y él habían ido a parar por una rara casualidad a la playa de una caverna a través de un agujero en los acantilados, muy por debajo del nivel del agua. ¿Era posible invertir el proceso? Bajó al borde del agua... o, más bien, mientras buscaba a tientas el camino para bajar, el agua le salió al encuentro. Atronó sobre su cabeza y bien alto detrás de él y luego retrocedió con una fuerza de arrastre que solo pudo resistir abriendo los brazos y las piernas y aferrándose a las rocas de la playa. Zambullirse sería inútil; sencillamente se rompería las costillas contra la pared opuesta de la caverna. Teniendo luz y un lugar alto desde donde zambullirse, era concebible llegar al fondo y dar con la entrada... pero muy dudoso. Y de todos modos, no había luz...

Aunque el aire no era muy fresco, supuso que esa prisión debía de contar con un suministro de oxígeno en algún sitio; si se trataba de una abertura que pudiese alcanzar, ya era otra cosa. Se volvió de inmediato y empezó a explorar la roca tras la playa. Al principio parecía no haber esperanzas, pero es difícil desechar la convicción de que las cavernas llevan a alguna parte, y, después de cierto tiempo, las manos descubrieron un saliente a unos noventa centímetros de altura. Trepó a él. Había esperado que solo tuviera unos centímetros de ancho, pero las manos no pudieron encontrar una pared ante él. Con mucha cautela avanzó unos pasos. El pie derecho tocó algo agudo. Silbó de dolor y siguió con más cuidado aún. Entonces encontró roca vertical, lisa hasta donde pudo alcanzar. Se volvió a la derecha y poco después la perdió. Se volvió a la izquierda y empezó a avanzar otra vez, y casi en seguida se golpeó el dedo del pie. Después de acariciarlo un momento, siguió a cuatro patas. Parecía estar entre piedras grandes, pero el camino era practicable. Durante unos diez minutos avanzó bien, subiendo una pendiente bastante pronunciada, a veces sobre cascajo resbaladizo, a veces sobre la parte superior de las grandes rocas. Entonces llegó a otro acantilado. En este parecía haber un saliente a un metro treinta de altura, pero esta vez realmente estrecho. Consiguió subir y se pegó a la superficie, tanteando a izquierda y derecha en busca de lugares donde afirmarse.

Cuando encontró un sitio donde agarrarse y advirtió que iba a intentar una verdadera escalada, dudó. Recordó que lo que estaba sobre él podría ser un acantilado que aúna la luz del día y con ropa adecuada no se atrevería a escalar. Pero la esperanza susurraba que también podía tener solo dos metros de alto y que unos minutos de sangre fría podían llevarlo a esos parajes suavemente sinuosos que subían desde el corazón de la montaña y que, para entonces, habían ganado una posición tan firme en su imaginación. Decidió seguir. En realidad, lo que lo preocupaba no era el miedo a caer, sino a verse apartado del agua. Podía afrontar la posibilidad de morir de hambre, pero no de sed. Siguió. Durante unos minutos hizo cosas que nunca había hecho en la Tierra. Sin duda, en cierto sentido era ayudado por la oscuridad: no tenía ninguna sensación concreta de altura y no sufría vértigos. Por otro lado, trabajar solo con el sentido del tacto hacía que la ascensión fuera demencial. Sin duda, si alguien lo hubiera visto, habría parecido que en un momento se arriesgaba como un loco y en otro se entregaba a una cautela excesiva. Trató de sacarse de la cabeza la posibilidad de estar trepando simplemente hacia un techo.

Un cuarto de hora más tarde se encontró sobre una amplia superficie horizontal, un saliente de roca mucho más ancho o la parte superior del precipicio. Descansó un momento y se lamió los cortes. Después se puso en pie y avanzó a tientas, esperando a cada momento encontrarse con otra pared de roca. Cuando unos treinta pasos más tarde eso no ocurrió, gritó y por el sonido calculó que estaba en un espacio bastante abierto. Entonces continuó. El suelo era de guijarros pequeños y subía de forma bastante pronunciada. Había algunas piedras más grandes, pero había aprendido a curvar los dedos hacia arriba cuando el pie tanteaba para dar el paso siguiente y rara vez se los golpeaba. Un problema menor era que aún en la oscuridad perfecta no podía dejar de esforzar la vista para ver. Eso le produjo dolor de cabeza y creaba luces y colores ilusorios.

La lenta marcha cuesta arriba en la oscuridad duró tanto que empezó a temer estar girando en círculo o haberse metido en una galería que corría sin cesar bajo la superficie del planeta. Hasta cierto punto, el firme ascenso lo tranquilizaba. Las ansias de ver luz se hicieron dolorosas. Se descubrió pensando en la luz como un hambriento piensa en la comida: imaginando colinas en abril, nubes lechosas que pasaban de prisa por el cielo azul o círculos serenos de lámparas sobre mesas agradablemente provistas de libros y pipas. Por una curiosa confusión mental, le resultaba imposible no imaginar que el declive sobre el que caminaba no estaba simplemente a oscuras, sino que era negro de por sí, como cubierto de hollín. Sentía que los pies y las manos debían de estar ennegrecidos de tocarlo. Cada vez que se imaginaba llegando a cualquier tipo de luz, imaginaba también que la luz revelaba un mundo de hollín a su alrededor.

Se golpeó la cabeza con fuerza contra algo y cayó sentado, medio aturdido. Al recobrarse descubrió por el tacto que la cuesta de cascajo subía hasta un techo de roca lisa. Cuando se sentó a asimilar el descubrimiento estaba muy triste. El sonido de las olas le llegaba débil y melancólico desde abajo, y le indicaba que no estaba a mucha altura. Finalmente, aunque con muy pocas esperanzas, empezó a caminar hacia la derecha, manteniendo contacto

con el techo alzando los brazos. Pronto, este estuvo fuera de su
alcance. Mucho después oyó ruido de agua. Se adelantó más
lentamente, con mucho temor de toparse con una cascada. Los
guijarros empezaron a estar húmedos y se paró en una pequeña
charca. Volviéndose a la izquierda descubrió realmente una
cascada, pero se trataba de una corriente de agua pequeña, sin
fuerza para ponerlo en peligro. Se arrodilló ante la charca ondulante, bebió de la cascada y se bañó la cabeza dolorida y los
hombros cansados en ella. Después, muy aliviado, trató de abrirse
camino aguas arriba.

Aunque cierto tipo de musgo hacía resbaladizas las rocas y
muchas de las charcas eran profundas, no tuvo serias dificultades.
En unos veinte minutos había llegado a la parte superior y, por
lo que pudo calcular, gritando y tomando nota de los ecos, se
encontraba ahora en una caverna realmente enorme. Tomó la
corriente como guía y se dedicó a seguirla. Era una compañía en
la oscuridad impenetrable. Cierta esperanza concreta, distinta de
la mera convención de esperanza que sostiene a los hombres en
situaciones desesperadas, empezó a penetrar en su mente.

Poco después empezaron a preocuparle los ruidos. El último
estruendo débil del mar en el pequeño agujero del que había
partido tantas horas atrás había desaparecido, y el sonido predominante era el tintineo suave de la corriente. Pero empezó a creer
que oía otros ruidos mezclados con ese. A veces una sorda caída,
como si algo se hubiese deslizado en una de las charcas tras él;
a veces, más misteriosamente, un seco sonido chirriante, como si
arrastraran metal sobre las rocas. Al principio lo atribuyó a su
imaginación. Después se detuvo en una o dos ocasiones a escuchar
y no oyó nada; pero, cada vez que seguía, el ruido volvía a empezar.
Por fin, al detenerse una vez más, lo oyó con claridad inconfundible. ¿Podía ser que el Antihombre después de todo hubiese
resucitado y aún lo siguiera? Pero parecía imposible, porque su
intención había sido escapar. No era fácil hacerse cargo de la otra
posibilidad: que las cavernas podían tener habitantes. En realidad,
toda su experiencia previa le aseguraba que, en caso de haber, lo
más probable era que fuesen inofensivos, pero por alguna razón
no podía creer del todo que algo que habitara semejante sitio
pudiese ser agradable, y un ligero eco de la charla del Antihombre
(o de Weston) volvió a él. «Todo es hermoso en la superficie, pero

dentro, abajo, hay oscuridad, calor, terror y hedor». Entonces se le ocurrió que, si una criatura lo estaba siguiendo corriente arriba, podía convenirle abandonar el cauce y esperar hasta que pasara de largo. Pero si le estaba dando caza, era de suponerse que lo hacía por el olfato. En cualquier caso no podía arriesgarse a perder la corriente de agua. Siguió adelante.

Ya fuera por la debilidad —porque ahora tenía mucha hambre— o porque los ruidos que lo seguían le hicieron acelerar el paso sin querer, descubrió que estaba desagradablemente acalorado y hasta el riachuelo no pareció muy refrescante cuando puso los pies en él. Empezó a pensar que, lo persiguieran o no, debía hacer un breve descanso. Pero en ese mismo momento vio luz. Los ojos le habían engañado tantas veces antes que al principio no se lo creyó. Los cerró mientras contaba hasta cien y volvió a mirar. Se dio vuelta por completo y se sentó unos minutos, rogando que no fuera una ilusión, luego miró otra vez.

—Bueno —dijo Ransom—. Si se trata de una ilusión, es bastante insistente.

Una luminosidad muy difusa, minúscula, temblorosa, de color ligeramente rojizo estaba ante él. Era demasiado débil para iluminar algo más, y, en ese mundo de negrura, no pudo distinguir si estaba a cinco metros o cinco kilómetros de distancia. Se puso en marcha de inmediato, con el corazón golpeándole el pecho. Gracias al cielo, la corriente parecía estar llevándolo hacia ella.

Cuando creía que aún faltaba un largo trecho se encontró casi pisándola. Era un círculo de luz que descansaba sobre la superficie del agua, formando un hondo charco tembloroso. Venía de arriba. Se metió en el charco y levantó la cabeza. Un parche irregular de luz, ahora nítidamente roja, estaba directamente sobre él. Esta vez tenía la intensidad necesaria para mostrarle los objetos que la rodeaban, y, cuando los ojos se acostumbraron, advirtió que estaba contemplando un túnel o una grieta. La abertura inferior daba sobre el techo de la caverna y debía de estar a solo uno o dos metros de su cabeza; la abertura superior obviamente debía de dar al suelo de una cámara separada y más alta desde donde llegaba la luz. Pudo ver el lado irregular del túnel, iluminado confusamente y forrado de almohadillas y tiras de vegetación gelatinosa bastante desagradable. Por allí el agua se escurría y le caía sobre la cabeza y los hombros en una ducha cálida. La calidez y el color rojo de la luz sugerían que la caverna superior estaba iluminada por fuego subterráneo. No lo tendrá claro el lector, ni lo tuvo Ransom cuando lo pensó más tarde, por qué decidió de inmediato llegar a la caverna superior. Cree que lo movió en realidad la simple hambre de luz. La primera mirada al túnel había restablecido las dimensiones y la perspectiva de su mundo y eso era en sí como librarse de la prisión. Parecía indicarle sobre los alrededores mucho más de lo que en realidad decía: le devolvió todo ese marco de referencias espaciales sin las que un hombre apenas parece capaz de afirmar que su cuerpo le pertenece. Después de eso, cualquier retorno al horrible vacío negro, el mundo de tizne y hollín, el mundo sin tamaño ni distancia donde había estado vagando, quedaba descartado. Quizás pensara también que lo que lo estaba siguiendo dejaría de hacerlo si podía llegar a la caverna iluminada.

Pero no era fácil lograrlo. No podía alcanzar la entrada del túnel. Incluso saltando solo logró tocar apenas el borde de la vegetación. Finalmente se le ocurrió un plan improbable, que era lo mejor en lo que podía pensar. Había luz suficiente para ver una cantidad de rocas más grandes entre la grava y se puso manos a la obra para levantar un montón en el centro del charco. Trabajó febrilmente y con frecuencia tuvo que deshacer lo que había hecho: lo probó varias veces antes de que alcanzara realmente la altura necesaria. Cuando por fin quedó listo y se puso sudando y tembloroso sobre la cima, aún le quedaba por hacer el verdadero riesgo. Tenía que aferrarse a la vegetación que le quedaba a ambos lados de la cabeza, confiar en la suerte para que resistiera y medio saltar medio trepar con la máxima rapidez posible, porque, si resistía, estaba seguro de que no sería por mucho tiempo. De un modo u otro se las arregló para hacerlo. Consiguió meterse por la grieta con la espalda contra un costado y los pies contra el otro, como un montañero en lo que llaman una chimenea. La densa vegetación pulposa le protegía la piel y, después de algunos forcejeos hacia arriba, descubrió que las paredes del pasaje eran tan irregulares que podía trepar normalmente. El calor aumentaba con rapidez.

—Subir aquí ha sido una tontería —dijo Ransom, pero mientras lo decía se encontró en la parte superior.

Al principio lo cegó la luz. Cuando al fin pudo distinguir el entorno descubrió que estaba en una vasta sala tan inundada de luz ígnea que le dio la impresión de estar cavada en arcilla roja.

La estaba mirando a lo largo. El suelo bajaba a la izquierda. A la derecha se empinaba hacia lo que parecía el borde de un risco, más allá del cual había un abismo de brillo cegador. Un ancho río poco profundo bajaba por el centro de la caverna. El techo estaba tan alto que era invisible, pero las paredes se remontaban en la oscuridad con amplias curvas, como las raíces de un haya.

Se puso en pie vacilante, cruzó chapoteando el río (que era caliente al tacto) y se acercó al borde del precipicio. El fuego parecía estar a miles de metros bajo él y no pudo ver el otro lado del pozo en el que se hinchaba, rugía y se retorcía. Los ojos solo pudieron soportarlo uno o dos segundos, y, cuando se dio vuelta, el resto de la caverna pareció oscura. El calor que sentía en el cuerpo era doloroso. Se apartó del borde del precipicio y se sentó de espaldas al fuego a ordenar las ideas.

Se ordenaron de manera no prevista. Súbita e irresistiblemente, como un ataque de tanques, toda la visión del universo que Weston (si es que era Weston) le había predicado últimamente se apoderó casi por completo de él. Le pareció vislumbrar que había estado viviendo toda la vida en un mundo de ilusiones.

Los fantasmas, los malditos fantasmas, tenían razón. La belleza de Perelandra, la inocencia de la Dama, el sufrimiento de los santos y los buenos afectos de los hombres eran solo apariencia y demostración externa. Lo que él llamaba los mundos eran solo la piel de los mundos: a cuatrocientos metros de la superficie y a partir de allí a través de miles de kilómetros de oscuridad, silencio y fuego infernal, hasta el centro mismo de cada uno, vivía la realidad: la insensatez, lo deshecho, la idiotez omnipotente para la que todo espíritu carecía de importancia y ante la que todo esfuerzo era vano. Fuera lo que fuese lo que lo estaba siguiendo, subiría por aquel agujero oscuro, húmedo, sería excretado pronto por el conducto horrendo, y entonces él moriría. Fijó los ojos en la boca oscura por la que acababa de emerger. Y entonces...

—Me lo esperaba —dijo Ransom.

Lentamente, a empellones, con movimientos anormales e inhumanos, una forma humana, rojiza a la luz del fuego, salió gateando sobre el suelo de la caverna. Era el Antihombre, por supuesto. Arrastrando la pierna rota y con el maxilar inferior colgando como el de un cadáver, consiguió ponerse en pie. Y entonces, muy cerca de él, algo más salió del agujero. Primero surgieron lo que parecían ramas de árboles y después siete u ocho puntos de luz, agrupados de modo irregular, como una constelación. Después salió una masa tubular que reflejaba el resplandor rojizo como si estuviese lustrada. El corazón le dio un gran vuelco cuando las ramas se resolvieron de pronto en largas antenas tiesas y los puntos de luz se transformaron en los numerosos ojos de una cabeza cubierta con un caparazón como un casco y la masa que la seguía se revelaba como un cuerpo grande mas o menos cilíndrico. Siguieron cosas horribles: patas angulosas, muy articuladas, y poco después, cuando creía que el cuerpo entero estaba a la vista, apareció un segundo cuerpo y detrás un tercero. El ser estaba dividido en tres partes, unidas solo por una especie de estructura como una cintura de avispa: tres partes que no parecían estar realmente alineadas y le daban el aspecto de un animal pisoteado; una deformidad enorme, temblorosa, de muchas patas, de pie tras el Antihombre de tal modo que las sombras de los dos danzaban en una amenaza inmensa y unánime sobre la pared rocosa que había tras ellos.

«Quieren asustarme», dijo algo en el cerebro de Ransom, y en el mismo momento se convenció de que el Antihombre había convocado al gran animal reptante y también de que los malos pensamientos que habían precedido la aparición del enemigo habían sido vertidos en su mente por la voluntad de este. Saber que sus pensamientos podían ser manipulados desde fuera de ese modo no le despertó terror, sino rabia. Ransom descubrió que se había puesto en pie, que se estaba acercando al Antihombre, que estaba diciendo cosas, tal vez cosas tontas, en inglés:

—¿Crees que voy a soportar esto? —aulló—. Sal de mi cerebro. ¡No te pertenece, te digo! ¡Fuera!

Mientras gritaba levantó una piedra grande y dentada del borde del agua.

—Ransom —graznó el Antihombre—. ¡Espera! Los dos estamos atrapados...

Pero Ransom ya estaba sobre él.

—En el nombre del Padre y del Hijo y del Espíritu Santo, ahí va... quiero decir, Amén —dijo Ransom, y arrojó la roca con todas sus fuerzas al rostro del Antihombre.

Este cayó como cae un lápiz, con la cara destrozada, imposible de reconocer. En vez de mirarlo, Ransom se volvió para enfrentarse al otro horror. Pero ¿adónde había ido a parar el horror? La criatura estaba allí, sin duda una criatura de forma curiosa. Pero toda la aversión había desaparecido por completo de su mente, de tal modo que ni entonces ni en ningún otro momento pudo recordarla, ni volver a comprender siquiera por qué uno debía luchar contra un animal por tener más patas o más ojos que uno. Todo lo que había sentido desde la infancia respecto a los insectos y reptiles murió en ese momento: murió totalmente, como muere la música horrible cuando apagamos la radio. Al parecer todo había sido, desde el principio, un siniestro encantamiento del enemigo. Una vez, mientras estaba sentado escribiendo junto a una ventana abierta en Cambridge, había levantado la cabeza y se había estremecido al ver lo que supuso un escarabajo multicolor de forma particularmente horrenda arrastrándose sobre la hoja de papel. Una segunda mirada le indicó que era una hoja muerta, movida por la brisa; en un instante las mismas curvas y entrantes que habían constituido su fealdad se transformaron en sus bellezas. En este momento había tenido casi la misma sensación. Comprendió en seguida que la criatura no pretendía hacerle daño, que no tenía ninguna pretensión en especial. Había sido atraída hasta allí por el Antihombre y ahora estaba inmóvil, moviendo las antenas con vacilación. Después, como al parecer el lugar no le gustó, giró laboriosamente y empezó a descender por el agujero de donde había salido. Mientras veía la última división del cuerpo tripartito bambolearse al borde de la abertura y luego volcarse con la cola en forma de torpedo en el aire, Ransom casi se rio.

—Parece un tren subterráneo animado —fue su comentario.

Se volvió hacia el Antihombre. Apenas quedaba algo que se pudiera llamar cabeza, pero decidió no correr riesgos. Lo tomó de los tobillos y tiró de él hasta el borde del precipicio; entonces, después de descansar unos segundos, lo arrojó por encima del mismo. Durante un instante vio la forma negra recortada contra el mar de fuego. Ese fue su fin.

Rodó más que arrastrarse de regreso al agua y bebió en abundancia.

—Este puede ser o no mi fin —pensó Ransom—. Puede haber o no una salida de estas cavernas. Pero hoy no daré un paso más. Ni para salvar la vida... ni para salvar la vida. Es categórico. Loado sea Dios, estoy exhausto.

Un segundo después, dormía.

15

Durante el resto del viaje subterráneo, después del largo sueño en la caverna iluminada por el fuego, Ransom estuvo hasta cierto punto aturdido por el hambre y la fatiga. Recuerda haberse quedado inmóvil durante varias horas después de despertarse y hasta haber debatido consigo mismo si valía la pena seguir. El momento verdadero de la decisión ha desaparecido de su mente. Las imágenes se presentan de modo caótico, descoyuntado. A un lado había una larga galería abierta hacia el pozo de fuego y un lugar terrible donde subían nubes de vapor sin cesar, eternamente. Sin duda uno de los numerosos torrentes que rugían cerca caía en la profundidad del fuego. Más allá había grandes salas aún tenuemente iluminadas y llenas de una desconocida riqueza mineral que centelleaba y danzaba en la luz, y engañaba sus ojos como si estuviera explorando un salón de espejos con ayuda de un encendedor. También le pareció, aunque esto puede haber sido delirio, que atravesaba una vasta y espaciosa catedral más bien obra del arte que de la naturaleza, con dos grandes tronos en un extremo y sillas a cada lado, demasiado amplios para ocupantes humanos. Si los objetos eran reales, nunca encontró una explicación para ellos. Hubo un túnel oscuro en el que un viento salido de Dios sabe dónde soplaba y le echaba arena en la cara. Hubo también un lugar donde caminaba en la oscuridad y miraba hacia abajo metros tras metros de columnas, arcos naturales y abismos retorcidos que seguían hasta un suelo pulido iluminado por una fría luz verde. Y cuando se paró y miró le pareció que cuatro de los grandes escarabajos terrestres, disminuidos por la distancia al tamaño de mosquitos, aparecían lentamente y arrastraban tras ellos un carro plano, y sobre el carro, erguida e imperturbable, se mantenía una figura cubierta de mantos, enorme e inmóvil. Y, conduciendo el extraño tronco de animales de tiro, pasó con insufrible majestad y se perdió de vista. Era evidente que el interior de ese mundo no era para el hombre. Pero era para algo. A Ransom le pareció que si un hombre podía descubrirlo, era posible que existiera un modo de renovar la antigua práctica pagana de propiciar a los dioses locales de lugares desconocidos, de tal manera que no fuera una ofensa para el único Dios, sino solo un ensalzamiento prudente y cortés por la transgresión. Aquel ser, aquella forma esbelta en su carroza, sin duda era una criatura amiga. Aunque eso no quería decir que fueran iguales o tuvieran los mismos derechos en la región subterránea. Mucho después llegó ruido de tambores, un bum-bum-bum-bum surgido de la densa oscuridad, distante al principio, luego rodeándolo por completo, después apagándose tras una infinita prolongación de ecos en el laberinto negro. Más tarde apareció el origen de la luz fría: una columna, como de agua, brillando con radiación propia y palpitante, a la que era imposible acercarse por más que uno anduviera, y que finalmente se eclipsó de súbito. No descubrió qué era. Y así, después de más maravillas, majestuosidad y esfuerzo de los que pueden ser contados, llegó un momento en que los pies resbalaron sin aviso sobre barro... un intento salvaje de aferrarse a algo... un espasmo de terror... y se encontró farfullando y debatiéndose en agua profunda y rápida. Pensó que, aunque se librara de estrellarse contra las paredes del canal, pronto iba a zambullirse con la corriente en el pozo de fuego. Pero el canal pareció ser muy recto, y la corriente tal vez menos violenta de lo que había supuesto. En todo caso, nunca tocó los lados. Se vio llevado impotente, abalanzado hacia adelante en la oscuridad llena de ecos. Duró mucho tiempo.

Comprenderán que con la espera de la muerte, el agotamiento y el enorme ruido se sentía mentalmente confuso. Recordando más tarde la aventura, a Ransom le parecía que había flotado, pasando de la oscuridad a un color gris y después a un caos inexplicable de azules, verdes y blancos semitransparentes. Vio un atisbo de arcos por encima de la cabeza y de columnas que apenas brillaban, pero todo incierto y anulándose entre sí en cuanto aparecían. Era como una caverna de hielo, pero demasiado cálida para serlo. Y encima de él el techo parecía ondear como agua, aunque sin duda se trataba de un reflejo. Un momento después se vio lanzado a la plena luz del día, al aire y al calor, rodó precipitadamente y fue depositado, aturdido y sin aliento, en los bajíos de una gran charca.

Se sentía demasiado débil para moverse. Algo en el aire y en el dilatado silencio que hacía de fondo al trino solitario de las aves le indicó que estaba sobre el alto pico de una montaña. Rodó

más que arrastrarse hasta salir del agua sobre la suave hierba
azul. Volviéndose hacia donde había venido, vio un río que brotaba
de la boca de una caverna, que parecía ser realmente de hielo.
Bajo ella, el agua era de un azul espectral, pero cerca de donde
él estaba era de un cálido color ámbar. Lo rodeaban neblina,
frescura y rocío. A su lado se alzaba un risco cubierto con franjas
de vegetación brillante, centelleante como cristal. Pero le prestó
poca atención. Había ricos racimos de un fruto semejante a la
uva brillando bajo hojitas puntiagudas y podía alcanzarlos sin
ponerse de pie. Comer se transformó en dormir mediante una
transición que nunca pudo recordar.

A estas alturas se hace cada vez más difícil contar las experiencias de Ransom en cierto orden. Él mismo no tiene idea del
tiempo que pasó junto al río ante la boca de la caverna, comiendo
y durmiendo y despertando solo para volver a comer y dormir.
Cree que fueron solo uno o dos días, pero, a juzgar por el estado
de su cuerpo cuando el período de convalecencia terminó, supongo
que más bien deben de haber sido quince o veinte. Fue un tiempo
para recordar solo en sueños, como recordamos la infancia. En
realidad fue una segunda infancia, en la que lo alimentaba el
pecho del planeta Venus, y no se destetó hasta que se fue de allí.
Le quedaron tres impresiones del largo descanso. Una es el sonido
incesante del agua cantarina. Otra, la vida deliciosa que tomaba
de los racimos que casi parecían inclinarse en sus manos tendidas.
La tercera es la canción. A veces alta en el aire por encima de él,
a veces subiendo como si brotara de las hondonadas y los valles
lejanos de abajo, flotaba a través del sueño y era el primer sonido
de cada despertar. Informe como el canto de un pájaro, no era
sin embargo una voz de ave. Era a un violonchelo lo que es la
voz de un ave a una flauta: grave, madura y tierna, profunda,
suntuosa y de color marrón dorado, apasionada además, pero no
con las pasiones de los hombres.

Como Ransom fue destetado tan gradualmente de aquel estado
de descanso, no puedo ofrecer sus impresiones del lugar en el que
estaba poco a poco, como él llegó a captarlo. Pero, cuando se
encontró curado y sintió otra vez la mente despejada, vio lo
siguiente. Los riscos de los que había surgido el río por la caverna
no eran de hielo, sino de un tipo de roca traslúcida. Una astilla
pequeña arrancada de ellos era transparente como el vidrio, pero

los riscos en sí, cuando se los miraba de cerca, parecían volverse opacos a quince centímetros de la superficie. Si uno entraba aguas arriba en la caverna y luego se volvía y miraba hacia la luz, los bordes del arco que formaba la boca eran nítidamente transparentes y dentro todo parecía azul. No supo qué pasaba en la cima de esos riscos.

Ante él, el prado de hierba azul seguía siendo horizontal durante unos treinta pasos y después caía en un declive agudo, haciendo que el río bajara en una serie de cataratas. La pendiente estaba cubierta de flores que una brisa leve movía sin cesar. Bajaba por un largo trecho y terminaba en un valle sinuoso y boscoso que se curvaba perdiéndose de vista a la derecha tras un majestuoso talud. Pero, más allá, más abajo, tan abajo que era casi increíble, se advertía la cima de numerosos picos montañosos y, más allá, aún más tenue, el atisbo de valles más bajos y después todo se esfumaba en una niebla dorada. Sobre el lado opuesto del valle, la tierra subía en grandes extensiones y pliegues de altura casi himaláyica hasta las rocas rojas. No rojas como los riscos de Devonshire, sino de un verdadero rojo rosa, como si las hubieran pintado. Le asombró el brillo y también los picos agudos como agujas, hasta que se le ocurrió que estaba en un mundo joven y esas montañas podían encontrarse, geológicamente hablando, en la infancia. Además, debían de estar más lejos de lo que parecía.

A la izquierda y detrás de él, los riscos de cristal le bloqueaban la vista. A la derecha terminaban en seguida y, más allá, el terreno se alzaba en otro pico más cercano, mucho más bajo que los que se veían al otro lado del valle. La inclinación fantástica de todos los declives confirmaba la idea de que se encontraba en una montaña muy joven.

Salvo la canción, todo era muy sereno. Cuando veía aves volando, por lo común lo hacían abajo, muy lejos. Sobre los declives de la derecha y, menos nítidamente, sobre el declive del gran *massif* que tenía enfrente, se producía un efecto continuo como de ondas, al que no pudo encontrar explicación. Era como el de agua corriendo. Pero si se trataba de un río sobre una montaña más remota, debería tener tres o cuatro kilómetros de ancho y eso le parecía improbable.

Al tratar de describir el paisaje completo he omitido algo que en realidad hizo que captarlo fuera una larga tarea para Ransom.

Allí había muchas neblinas. Desaparecían sin cesar en un velo de color azafrán o dorado muy pálido y volvían a aparecer; casi como si el techo celestial de oro, que en verdad parecía estar a solo unos metros de las cumbres montañosas, se abriera y derramara riquezas sobre el mundo.

Día a día, a medida que iba conociendo más el lugar, Ransom fue tomando conciencia también del estado de su propio cuerpo. Durante mucho tiempo estuvo demasiado rígido casi para moverse, e incluso respirar sin cuidado lo hacía contraerse de dolor. Sin embargo, se curó con una rapidez sorprendente. Pero, igual que un hombre que ha sufrido una caída solo descubre el verdadero daño cuando los raspones y cortes menores le duelen menos, Ransom descubrió la herida más grave cuando estuvo casi recobrado. Era en el tobillo. La forma demostraba con claridad que la habían producido dientes humanos: los dientes desagradables, romos, de nuestra especie, que trituran y quebrantan más de lo que cortan. Extrañamente, no guardaba recuerdos de esa mordedura en especial en los innumerables forcejeos con el Antihombre. No parecía malsana, pero seguía sangrando. No sangraba con rapidez, pero nada de lo que pudo hacer detuvo la hemorragia. Sin embargo le preocupó muy poco. En esos momentos, ni el futuro ni el pasado le importaban realmente. Desear y temer eran estados de conciencia para los que parecía haber perdido la aptitud.

De todos modos, llegó un día en que sintió la necesidad de un poco de ejercicio y, sin embargo, no se sentía aún preparado para abandonar el pequeño refugio entre la charca y el acantilado que se había convertido en una especie de hogar. Empleó el día en hacer algo que puede parecer bastante tonto, pero que a Ransom le pareció entonces que no podía evitarlo. Había descubierto que el material de los riscos transparentes no era muy duro. Así que tomó una roca filosa de otro tipo y limpió de vegetación un amplio espacio en la pared del risco. Después tomó medidas, trazó líneas con cuidado y horas más tarde había realizado lo que sigue. El idioma era solar antiguo, pero las letras, romanas.

EN EL INTERIOR DE ESTAS CAVERNAS FUE QUEMADO
EL CUERPO DE
EDWARD ROLLES WESTON

UN SABIO *JNAU* DEL MUNDO CUYOS HABITANTES
LLAMAN TELLUS, TIERRA,
Y LOS ELDILA THULCANDRA.
NACIÓ CUANDO TELLUS HABÍA COMPLETADO
MIL OCHOCIENTAS NOVENTA Y SEIS REVOLUCIONES
ALREDEDOR DEL ÁRBOL
DESDE LA ÉPOCA EN QUE
MALELDIL,
BENDITO SEA,
NACIÓ COMO *JNAU* EN THULCANDRA.
ESTUDIÓ LAS PROPIEDADES DE LOS CUERPOS
Y FUE EL PRJMER TERRESTRE QUE VIAJÓ POR EL
CIELO PROFUNDO HASTA MALACANDRA
Y PERELANDRA,
DONDE ENTREGÓ SU VOLUNTAD Y RAZÓN
AL ELDIL TORCIDO
CUANDO TELLUS COMPLETABA
MIL NOVECIENTAS CUARENTA Y DOS REVOLUCIONES
A PARTIR DEL NACIMIENTO DE MALELDIL,
BENDITO SEA.

—Ha sido una tontería —se dijo Ransom con satisfacción cuando volvió a acostarse—. Nadie lo leerá nunca. Pero tenía que quedar testimonio. Después de todo, fue un gran físico. En cualquier caso, me ha permitido hacer un poco de ejercicio.

Bostezó extraordinariamente y se acomodó para otras doce horas de sueño.

Al día siguiente se sintió mejor y empezó a dar paseos cortos, no bajando, sino yendo y viniendo por la ladera a cada lado de la caverna. Al otro día estaba aún mejor. Y al tercer día se sintió bien y preparado para más aventuras.

Emprendió la marcha por la mañana muy temprano y empezó a seguir el río colina abajo. La pendiente era muy pronunciada, pero no había salientes de roca, la hierba era suave y elástica, y se sorprendió al descubrir que el descenso no le cansaba las rodillas. A la media hora de marcha, cuando los picos de la montaña opuesta estaban demasiado altos para verse y los riscos de cristal eran solo un resplandor lejano atrás, llegó a un nuevo tipo de paraje. Se acercaba a un bosque de árboles pequeños cuyos troncos medían solo setenta centímetros de altura; en la parte superior de cada uno crecían largos gallardetes que no se alzaban en el aire, sino que flotaban en el viento colina abajo y paralelos al suelo. Así, cuando se adentró, se encontró caminando hundido hasta la rodilla y en una especie de mar en continuo ondular, un mar que pronto se agitó rodeándolo hasta donde alcanzaba la vista. Era de color azul, pero mucho más suave que el azul de la hierba, casi de un azul Cambridge en el centro de cada gallardete vegetal, pero decreciendo en los bordes plumosos y con flecos en una delicadeza gris azulada con la que nuestro mundo solo podría rivalizar mediante los efectos más sutiles del humo o las nubes. La caricia suave, casi impalpable, de las largas hojas delgadas en la carne, la música baja, cantarina, blanda, susurrante y el movimiento juguetón que lo rodeaba empezaron a hacerle latir el corazón con esa formidable sensación de deleite que había sentido antes en Perelandra. Advirtió que los bosques enanos —los árboles onda, como los bautizó— explicaban el movimiento como de agua que había visto sobre las pendientes más lejanas.

Cuando se sintió cansado se sentó y se encontró en un mundo nuevo. Ahora los gallardetes fluían sobre su cabeza. Estaba en un bosque hecho para enanos, con un techo azul transparente, en continuo movimiento, que proyectaba una danza sin fin de luces y sombras sobre el suelo musgoso. Y pronto vio que realmente estaba hecho para enanos. Sobre el musgo, allí de una delicadeza extraordinaria, vio el ir y venir de lo que al principio tomó por insectos, pero que resultaron ser, mejor mirados, mamíferos diminutos. Había muchos ratones montañeses, exquisitos modelos a escala de los que había visto en la Isla Prohibida, del tamaño de un abejorro. Había pequeños milagros de gracia que se parecían a los caballos más que cualquier otro animal que hubiera visto en Perelandra, aunque se asemejaban más a las especies primitivas que al representante moderno.

—¿Cómo puedo evitar pisar unos miles mientras camino? —se preguntó.

Pero en realidad no eran tan numerosos y la mayor parte parecía estar alejándose hacia la izquierda. Cuando hizo el ademán de levantarse notó que ya quedaban pocos a la vista.

Siguió bajando a través de los gallardetes ondulantes (era como ser bañado por un oleaje vegetal) durante más o menos una hora.

Entonces llegó a unos bosques y poco después a un río de lecho rocoso que corría al otro lado del sendero, a la derecha. En realidad había alcanzado el valle boscoso y sabía que el terreno que subía con los árboles de la ribera opuesta era el principio de la gran ascensión. Había una sombra ambarina y una altura solemne bajo el techo del bosque, rocas mojadas por cataratas y, por encima de todo, el sonido de la canción profunda. Ahora era tan intensa y tan llena de melodía que Ransom se dirigió corriente abajo, apartándose un poco de su camino, para buscar el origen. Eso lo llevó casi en seguida afuera de los imponentes corredores y los claros abiertos, a un tipo distinto de bosque. Pronto se abrió paso a través de arbustos sin espinas, muy florecidos. Tenía la cabeza cubierta por los pétalos que llovían sobre él y los lados dorados de polen. Casi todo lo que tocaba con los dedos era gomoso, y, a cada paso, el contacto con el suelo blando y los arbustos parecía despertar nuevos aromas que penetraban como dardos en el cerebro y producían placeres enormes y salvajes. El sonido era muy alto y el matorral muy espeso, tanto que no podía ver a un metro de distancia, cuando la música se detuvo de pronto. Hubo un ruido de ramas agitándose y quebrándose, y Ransom se dirigió rápidamente hacia él, pero no vio nada. Casi había decidido abandonar la búsqueda cuando la canción volvió a empezar un poco más lejos. La siguió una vez más; una vez más la criatura dejó de cantar y lo eludió. Debió de haber jugado al escondite con ella durante casi una hora antes de que la búsqueda se viera recompensada.

Mientras pisaba con delicadeza durante uno de los estallidos musicales más intensos vio por fin algo negro entre las ramas floridas. Se mantuvo al acecho durante diez minutos, quedándose inmóvil cada vez que la canción cesaba y avanzando con mucha cautela cuando volvía a empezar. Al final la vio entera, cantando e ignorante de que la observaban. Estaba sentada erguida como un perro, negra, lisa y brillante, los cuartos delanteros se alzaban muy por encima de la cabeza de Ransom, las patas sobre las que se apoyaba eran como árboles tiernos y las amplias manos suaves sobre las que estas descansaban eran grandes como las de un camello. El enorme vientre redondeado era blanco y el cuello alto se alzaba por encima de los cuartos delanteros, como el de un caballo. Desde donde estaba, Ransom veía la cabeza de perfil: la

boca bien abierta mientras cantaba gozosamente en densas vibra-
ciones, con la música ondulando casi visible en la garganta lustrosa.
Ransom miró, maravillado, los ojos dilatados y líquidos y las
ventanas de la nariz temblorosas, sensibles. Entonces la criatura
dejó de cantar, lo vio, se alejó velozmente y se detuvo a unos pasos
de distancia, sobre las cuatro patas, casi del tamaño de un elefante
joven, agitando una larga cola peluda. Era el primer ser de
Perelandra que parecía mostrar cierto temor ante el hombre. Sin
embargo, no era miedo.

Cuando Ransom la llamó, se acercó. Puso el hocico aterciopelado
en su mano y mantuvo el contacto, pero casi en seguida dio un
salto hacia atrás y, doblando el largo cuello, hundió la cabeza
entre las patas. Ransom no pudo pasar de allí y cuando al fin el
animal se perdió de vista no lo siguió. Hacerlo habría sido como
una injuria a la timidez de cervatillo, a la suavidad dócil de la
expresión, al deseo evidente de ser para siempre un sonido y solo
un sonido en el centro más hondo de los bosques inexplorados.
Reanudó el viaje y, segundos después, la canción estalló tras él,
más intensa y bella que antes, como en un himno de regocijo por
la recuperada intimidad.

Ransom emprendió seriamente el ascenso de la gran montaña
y en pocos minutos salió de los bosques, por las laderas más
bajas. Siguió subiendo zonas tan empinadas que empleó las manos
y los pies durante media hora y se quedó perplejo al descubrir
que lo hacía sin cansarse. Entonces llegó una vez más a una
zona de árboles onda. Esta vez, el viento hacía volar los gallardetes vegetales no ladera abajo, sino hacia arriba, de modo que
visualmente su camino parecía atravesar de una manera asom-
brosa una ancha cascada azul que fluía al revés, curvándose y
espumeando hacia las alturas. Cada vez que el viento cesaba
durante uno o dos segundos, las puntas de los gallardetes empezaban a enroscarse hacia atrás bajo la influencia de la gravedad
y era como si la cresta de las olas fuera lanzada hacia atrás por
un fuerte viento. Siguió trepando a través de ese paisaje durante
un largo rato, sin sentir en ningún momento la menor necesidad
de descanso, pero parándose a veces de todos modos. Se encontraba tan alto que los riscos de cristal desde los que había
emprendido la marcha aparecieron a la misma altura que él
cuando se dio vuelta y miró a través del valle. Pudo ver ahora

que el terreno saltaba hacia arriba más allá de ellos en toda una extensión de la misma materia traslúcida, culminando en una especie de meseta cristalina. Bajo el sol desnudo de nuestro planeta habría sido algo demasiado brillante para mirarlo; allí era un deslumbramiento trémulo que cambiaba a cada momento bajo las ondulaciones que el cielo perelándrico recibe del océano. A la izquierda de la meseta había unos picos de roca verdosa. Siguió. Poco a poco, los picos y la meseta se hundieron y se hicieron más pequeños, y pronto se alzó más allá de ellos una niebla exquisita que parecía una mezcla de amatista, esmeralda y oro vaporizados, y el límite de la niebla ascendía a medida que él subía, y al final se transformó en el horizonte del mar, que se alzaba alto sobre las colinas. El mar fue creciendo cada vez más y las montañas disminuyendo, y el horizonte marítimo subió y subió hasta que las montañas más bajas que quedaban tras él parecieron descansar en el fondo de un gran cuenco de mar. Más adelante, el declive interminable, a veces azul, a veces violeta, a veces temblando con el movimiento de humo ascendente de los árboles onda, se remontaba cada vez más alto hacia el cielo. Y ahora el valle boscoso en el que había encontrado a la bestia cantante era invisible y la colina desde la que había arrancado parecía solo una protuberancia en la ladera de la gran montaña. No había un solo pájaro en el aire, ni una sola criatura bajo las hojas largas y delgadas, y él seguía sin cansarse, pero siempre sangrando un poco del tobillo. No se sentía solo ni atemorizado. No tenía deseos y ni siquiera pensaba en alcanzar la cima ni en por qué debía hacerlo. Debido a cómo se sentía en ese momento, estar trepando siempre no era para él un proceso, sino un estado, y en ese estado vital se sentía satisfecho. En un momento concreto le cruzó por la mente la idea de que había muerto y no sentía cansancio porque no tenía cuerpo. La herida en el tobillo lo convenció de que no era así; si en realidad fuese así y esas montañas hubiesen estado más allá de la muerte, difícilmente el viaje habría sido más magnífico y extraño.

Por la noche se tendió en la ladera entre los tallos de los árboles onda, con el techo dulcemente aromatizado, a prueba de vientos, delicadamente susurrante sobre la cabeza. Cuando llegó la mañana reanudó el viaje. Al principio trepó a través de densas neblinas. Cuando se apartaron, descubrió que estaba a tal altura que la concavidad del mar parecía encerrarlo por todos los costados menos uno y, sobre este, vio los picos rojo rosados ya no muy distantes y un corredor entre los dos más cercanos, a través del cual vislumbró algo suave y sonrosado. Entonces empezó a sentir una mezcla extraña de sensaciones: un sentimiento de obligación total de entrar en aquel lugar oculto custodiado por los picos, combinado con una sensación equivalente de transgresión. No se atrevía a subir y entrar por el paso, no se atrevía a actuar de otro modo. Miró y vio un ángel de espada llameante; supo que Maleldil le ordenaba seguir. «Esto es lo más sagrado y lo más sacrílego que he hecho en mi vida», pensó, pero siguió adelante. Y ahora estaba en el corredor. Los picos que lo bordeaban no eran de roca roja. Debían de tener un corazón de roca; lo que él veía eran dos grandes Matterhorns forrados de flores: una flor semejante al lirio pero del color de una rosa. Y pronto el suelo sobre el que pisaba estuvo alfombrado por esas flores y tuvo que aplastarlas mientras caminaba; allí, por fin su hemorragia no dejó rastro visible.

Desde la garganta entre los dos picos miró un poco hacia abajo, porque la cumbre de la montaña era una taza poco profunda. Vio un valle, de pocas hectáreas de extensión, tan oculto como un valle en la cima de una nube: un valle de puro color rojo rosado, con diez o doce picos resplandecientes rodeándolo y en el centro una laguna, unida al oro del cielo en una nitidez pura e inmóvil. Los lirios bajaban hasta el borde mismo y delineaban las bahías y salientes. Cediendo sin resistirse a la sensación de reverencia que lo iba embargando, Ransom se adelantó con pasos lentos y la cabeza inclinada. Había algo blanco cerca del agua. ¿Un altar? ¿Un parche de lirios blancos entre los rojos? ¿Una tumba? Pero ¿la tumba de quién? No, no era una tumba sino un ataúd, abierto y vacío, y la tapa junto a él.

Entonces comprendió, naturalmente. El objeto era hermano del carro en forma de ataúd en el que la fuerza de los ángeles lo había conducido desde la Tierra a Venus. Estaba preparado para su regreso. Si hubiera pensado «Es para mi entierro», sus sentimientos no habrían sido muy distintos. Y mientras lo pensaba tomó conciencia poco a poco de que había algo raro entre las flores en dos lugares muy cercanos. Después, percibió que lo raro residía en la luz y luego que estaba tanto en el aire como en el suelo. Entonces, cuando la sangre le hormigueó en las venas y una sensación familiar, aunque extraña, de disminución del yo lo invadió, supo que estaba en presencia de dos eldila. Se quedó de pie, inmóvil. No le correspondía hablar a él.

16

Una voz nítida como un repicar de campanas remotas, una voz desprovista de sangre habló en el aire y le produjo un estremecimiento que le recorrió el esqueleto.

—Ya han puesto los pies en la arena y están empezando a ascender —dijo.

—El pequeño de Thulcandra ya está aquí —dijo una segunda voz.

—Míralo, amada, y ámalo —dijo la primera—. En realidad no respira más que polvo y un toque imprudente lo desarmaría. Y en sus mejores pensamientos hay mezcladas tales cosas que, si las pensáramos nosotros, nuestra luz se extinguiría. Pero él está en el cuerpo de Maleldil y le son perdonados sus pecados. Hasta el nombre que lleva en su propio idioma es Elwin, el amigo de los eldila.

—¡Qué grande es tu sabiduría! —dijo la segunda voz.

—He bajado al aire de Thulcandra, que los pequeños llaman Tellus —dijo la primera—. Un aire denso, tan lleno de Ensombrecidos como el Cielo Profundo está lleno de Luminosos. Allí he oído a los prisioneros hablando en sus lenguas divididas y Elwin me ha enseñado cómo son.

Ransom supo por esas palabras que el que hablaba era el Oyarsa de Malacandra, el gran arconte de Marte. No reconocía la voz, desde luego, porque no hay diferencia entre la voz de un eldil y la de otro. Es mediante la habilidad, no la naturaleza, como influyen en los tímpanos humanos, y sus palabras no provienen de labios ni pulmones.

—Si es para bien, Oyarsa, dime quién es el otro —dijo Ransom.

—Es Oyarsa —dijo Oyarsa—, y aquí mi nombre no es ese. En mi propia esfera soy Oyarsa. Aquí soy solo Malacandra.

—Yo soy Perelandra —dijo la otra voz.

—No comprendo —dijo Ransom—. La Dama me dijo que no había eldila en este mundo.

—No han visto mi rostro hasta hoy —dijo la segunda voz—, salvo como lo ven en el agua y en el techo celestial, en las islas, las cavernas y los árboles. No fui designado para dirigirlos, pero mientras fueron jóvenes goberné todo lo demás. Le di forma redonda a esta bola cuando se alzó por primera vez del Árbol. Hilé el aire a su alrededor y tejí el techo. Construí la Tierra Fija y esta montaña sagrada, como Maleldil me enseñó. Las bestias que cantan y las que vuelan y todo lo que nada sobre mi pecho, todo lo que repta y cava dentro de mí hasta el centro mismo ha sido mío. Y hoy es tomado de mí. Bendito sea Él.

—El pequeño no te entenderá —dijo el Señor de Malacandra—. Creerá que para ti eso es penoso.

—Él no dice eso, Malacandra.

—No. Esa es otra de las cosas extrañas de los hijos de Adán.

Hubo un momento de silencio y después Malacandra se dirigió a Ransom.

—Lo comprenderás mejor si lo piensas conforme a ciertas cosas de tu mundo.

—Creo que entiendo —dijo Ransom—, porque uno de los que hablaron por Maleldil nos lo dijo. Es como cuando los hijos de una casa poderosa llegan a la mayoría de edad. Entonces los que administraron todas sus riquezas y a quienes tal vez ellos nunca han visto vienen y dejan todo en sus manos y les entregan las llaves.

—Comprendes bien —dijo Perelandra—. O como cuando la bestia que canta abandona a la hembra muda que la amamantó.

—¿La bestia que canta? —dijo Ransom—. Me gustaría saber más de eso.

—Las bestias de esa especie no tienen leche y la cría que dan a luz siempre es amamantada por una hembra de otra especie. Esta es grande, bella y muda, y hasta que la joven bestia cantora es destetada se mezcla con sus cachorros y la obedece. Pero cuando ha crecido se convierte en el más delicado y glorioso de todos los animales y se aparta de la hembra. Y ella se maravilla de su canción.

—¿Por qué ha hecho Maleldil tal cosa? —dijo Ransom.

—Eso es preguntar por qué Maleldil me ha hecho a mí —dijo Perelandra—. Por ahora baste con decir que de las costumbres de estos dos animales provendrá mucha sabiduría para las mentes de mi Rey y mi Reina y sus hijos. Pero ha llegado la hora y con esto basta.

—¿Qué hora? —preguntó Ransom.

—El día de hoy es el día original —dijeron una u otra o ambas voces. Pero alrededor de Ransom hubo algo mucho mayor que el sonido, y el corazón le empezó a latir con fuerza.

—¿Original... quieren decir...? —preguntó—. ¿Todo está bien? ¿La Reina encontró al Rey?

—El mundo ha nacido hoy —dijo Malacandra—. Hoy, por primera vez, dos criaturas de los mundos inferiores, dos imágenes de Maleldil que respiran y procrean como los animales, suben el escalón ante el que tus padres cayeron y se sientan en el trono de lo que estaban destinados a ser. Nunca se ha visto antes. Porque no ocurrió. En tu mundo ocurrió algo mayor, pero no esto. Debido a que el hecho mayor ocurrió en Thulcandra, esto y no el hecho mayor ocurre aquí.

—Elwin se está desmoronando —dijo la otra voz.

—Cálmate —dijo Malacandra—. No es obra tuya. No eres grande, aunque podrías haber evitado algo tan grande que el Cielo Profundo lo mira con asombro. Cálmate, pequeño, en tu pequeñez. Él no te atribuye méritos. Recibe y alégrate. No tengas miedo de que tus hombros estén soportando este mundo. ¡Mira!, está bajo tu cabeza y te carga a ti.

—¿Vendrán aquí? —preguntó Ransom un poco más tarde.

—Ya han subido un buen trecho de la ladera de la montaña —dijo Perelandra—. Y se acerca nuestra hora. Preparemos nuestras formas. Si permanecemos como nosotros mismos, les será difícil vernos.

—Muy bien dicho —contestó Malacandra—. Pero ¿en qué forma nos mostraremos para honrarlos?

—Aparezcamos ante el pequeño —dijo el otro—. Porque es un hombre y puede indicarnos lo que es agradable para sus sentidos.

—Yo puedo ver... puedo ver algo incluso ahora —dijo Ransom.

—¿Harías que el Rey esforzara los ojos para ver a los que han venido a honrarlo? —dijo el arconte de Perelandra—. Pero observa esto y dinos qué te parece.

La luz muy tenue, la alteración casi imperceptible del campo visual que pone de manifiesto a un eldil desapareció súbitamente. Los picos rosados y la laguna serena también desaparecieron. Un tornado de consumadas monstruosidades pareció derramarse sobre Ransom. Pilares que se abalanzaban saturados de ojos, crepitares luminosos de llamas, garras y picos y masas ondeantes de algo que hacía recordar la nieve se descargaban simultáneamente a través de cubos y heptágonos en un infinito vacío negro.

—Paren... Paren... —gritó Ransom, y la escena se despejó.

Miró a su alrededor parpadeando sobre el campo de lirios y un momento después les dio a entender a los eldila que ese tipo de apariencia no se adecuaba a las sensaciones humanas.

—Entonces mira esto —dijeron las voces otra vez.

Ransom miró con cierta resistencia y, lejos, entre los picos del otro lado del pequeño valle, llegaron ruedas rodando. No había más que eso: ruedas concéntricas moviéndose con lentitud bastante enfermiza una dentro de otra. No había nada terrible en ellas si uno podía acostumbrarse al pasmoso tamaño, pero tampoco nada de significativo. Les pidió que probaran por tercera vez. Y de pronto dos figuras humanas estuvieron de pie ante él sobre la orilla opuesta del lago.

Eran más altas que los sorns, los gigantes que se había encontrado en Marte. Tenían tal vez diez metros de altura. Estaban ardiendo, blancas como el hierro calentado al rojo. Cuando miraba fijamente, el contorno de los cuerpos contra el paisaje rojo parecía ondular leve, rápidamente como si la permanencia de sus formas, al igual que las de las cascadas o las llamas, coexistiera con un movimiento torrencial de la materia contenida. Durante muy poco tiempo podía verse el paisaje a través de ellos, después eran opacos.

Cada vez que los miraba directamente parecían abalanzarse hacia él a una gran velocidad, cada vez que los ojos captaban el entorno advertía que estaban inmóviles. Debe de haberse debido en parte a que las cabelleras largas y centelleantes se alzaban rectas tras ellos como en un viento intenso. Pero si se trataba de viento, no estaba hecho de aire, porque no se movía ni un pétalo de las flores. No estaban verticales respecto al suelo del valle. A Ransom le pareció, como me había parecido a mí en la Tierra cuando me encontré con uno de ellos, que los eldiles estaban verticales. Era el valle —era todo el mundo de Perelandra— lo que estaba inclinado. Recordó las palabras de Oyarsa hacía tiempo, en Marte: «No estoy aquí del mismo modo que tú estás aquí». Le dominó la idea de que las criaturas estaban realmente moviéndose, aunque no con relación a él. El planeta que para él inevitablemente parecía, mientras estaba sobre él, un mundo que no se movía —el mundo, en verdad— era para ellos algo que se movía a través de

los cielos. En relación a su propio marco celestial de referencias
se lanzaban hacia adelante para mantenerse ante el valle montañoso. Si se hubieran quedado inmóviles, habrían pasado veloces
junto a Ransom, demasiado rápidos para verlos, habrían sido
dejados atrás doblemente por el giro del planeta sobre el propio
eje y por su marcha alrededor del Sol.

Los cuerpos, dijo Ransom, eran blancos. Pero un flujo de colores
variados empezaba alrededor de los hombros, trepaba por el cuello
y titilaba como un plumaje o un halo. Me dijo que en cierto sentido
podía recordar los colores —es decir, los reconocería si volviera a
verlos—, pero que no puede mediante ningún esfuerzo conjurar
una imagen visual o darles nombre. Las escasísimas personas con
las que él y yo podemos discutir estos asuntos dieron todas la
misma explicación. Pensamos que cuando criaturas de tipo hiper-
somático deciden «aparecer» ante nosotros, en realidad no están
afectando a la retina en ningún sentido, sino manipulando directamente las partes correspondientes del cerebro. Si es efectivamente
así, es muy posible que provoquen las sensaciones que debiéramos
tener si nuestros ojos pudieran recibir los colores del espectro que
en realidad están más allá de su campo de acción. El «plumaje»
o halo de cada eldil era muy distinto al del otro. El Oyarsa de
Marte brillaba con colores fríos y matutinos, un poco metálicos,
puros, recios y reconfortantes. El Oyarsa de Venus resplandecía
con un esplendor cálido, que sugería plenamente la vida vegetal
fecunda.

Los rostros lo sorprendieron mucho. Era imposible imaginar
algo menos parecido al «ángel» del arte popular. La rica variedad,
el vislumbre de posibilidades sin desarrollar que constituye el
interés de los rostros humanos, estaba ausente por completo. Una
expresión única, inmutable, tan nítida que le hacía daño y lo
aturdía, estaba impresa en cada uno y no había absolutamente
nada más. En ese sentido, las caras eran tan «primitivas», tan
antinaturales si lo prefieren, como las de las estatuas arcaicas de
Egina. Ransom no podía asegurar qué era ese único elemento. Al
fin concluyó que era caridad. Pero aterradoramente distinta a la
expresión de la caridad humana, que siempre vemos surgir del
afecto natural o apurándose a venir de él. Ahí no había afecto en
absoluto, ningún recuerdo residual de él, ni a diez millones de
años de distancia, ningún germen a partir del cual pudiera brotar

en algún futuro, por más remoto que fuese. Un amor puro, espiritual, intelectual, se descargaba desde los rostros como una luz hiriente. Era tan distinto al amor que nosotros sentimos que podía tomárselo fácilmente por ferocidad.

Los dos cuerpos estaban desnudos y desprovistos de cualquier característica sexual, primaria o secundaria. Eso era de esperar. Pero ¿de dónde venía aquella curiosa diferencia entre ellos? Descubrió que no podía señalar ningún rasgo aislado en el que residiera esa distinción, aunque era imposible ignorarla. Se podría intentar —Ransom lo ha intentado mil veces— expresarla en palabras. Ha dicho que Malacandra era como el ritmo y Perelandra como la melodía. Ha dicho que Malacandra lo impactaba como un ritmo cuantitativo y Perelandra como un metro rítmico. Piensa que el primero sostenía en la mano algo como una espada, pero las manos del otro estaban abiertas, con las palmas hacia él. Sin embargo, creo que ninguna de estas aproximaciones me ha ayudado mucho. En todo caso, lo que Ransom vio en aquel momento fue el verdadero significado del género. Todos deben de haberse preguntado alguna vez por qué en casi todos los idiomas ciertos objetos inanimados son masculinos y otros femeninos. ¿Qué hay de femenino en una montaña y qué de masculino en un árbol?* Ransom me ha curado de creer que se trata de un fenómeno puramente morfológico, que depende de la forma de la palabra. Menos aún es el género una extensión conceptual del sexo. Nuestros ancestros no hicieron que las montañas fueran femeninas porque proyectaran en ellas las características de las hembras. El verdadero proceso es a la inversa. El género es una realidad, y una realidad más fundamental que el sexo. El sexo es, de hecho, meramente la adaptación a la vida orgánica de una polaridad fundamental que divide a todos los seres creados. El sexo hembra es sencillamente una de las cosas que tiene género femenino; hay muchas otras, y lo masculino y lo femenino nos salen al encuentro en planos de la realidad donde la distinción entre macho y hembra sencillamente no tendría sentido. Lo masculino no es la esencia del macho atenuada, ni lo femenino la de la hembra. Por el contrario, el macho y la hembra de las criaturas

---

* En inglés, justamente, estos dos ejemplos son de género exactamente opuesto al que tienen en castellano. (*N. del t.*).

orgánicas son reflejos bastante tenues y empañados de lo masculino
y lo femenino. Las funciones reproductivas, las diferencias de vigor
y tamaño en parte muestran, pero en parte también confunden y
tergiversan la polaridad verdadera. Todo esto lo vio Ransom, por
así decirlo, con sus propios ojos. Las dos criaturas blancas no
tenían sexo. Pero el de Malacandra era masculino (no macho) y
Perelandra era femenina (no hembra). Para él, Malacandra tenía
el aspecto de alguien de pie, armado, en las murallas de su mundo
remoto y arcaico, en vigilancia continua, con los ojos recorriendo
siempre el horizonte en dirección a la Tierra, desde donde había
llegado el peligro hacía tiempo. «Una mirada de marino —me
dijo Ransom una vez—. Ya sabes, ojos que están impregnados de
distancia». En cambio, los ojos de Perelandra se abrían, por así
decirlo, hacia adentro, como si fueran el acceso velado a un mundo
de olas, murmullos y aires vagabundos, de vida que se hamacaba
en los vientos, salpicaba rocas cubiertas de musgo y descendía
como el rocío y se alzaba hacia el sol en una delicadeza de neblina,
tenue como la espuma. En Marte, hasta los bosques eran de piedra;
en Venus, las tierras nadaban. Porque ahora ya no pensaba en
ellos como en Malacandra y Perelandra. Los llamaba por los
nombres terrestres. Con profunda maravilla pensó para sí: «Mis
ojos han visto a Marte y a Venus. He visto a Ares y a Afrodita».
Les preguntó cómo los habían conocido los antiguos poetas de
Tellus, la Tierra. ¿Cuándo y a través de quién habían aprendido
los hijos de Adán que Ares era un guerrero y que Afrodita surgía
de la espuma del mar? La Tierra había estado sitiada, era un
territorio ocupado por el enemigo desde antes de empezar la
historia. Los dioses no habían tenido tratos allí. Entonces ¿cómo
los conocíamos? «A través de un largo camino —le dijeron—, y
de muchas etapas». Hay un medio ambiente mental además del
espacial. El universo es uno: una tela de araña en la que cada
mente vive a lo largo de todos los hilos, una vasta tribuna susurrante donde (salvo acción directa de Maleldil), aunque ninguna
noticia viaje sin cambiar, tampoco ningún secreto puede mantenerse con rigor. En la mente del arconte caído bajo el que gime
nuestro planeta, aún vive el recuerdo del Cielo Profundo y de los
dioses que una vez lo acompañaron. Incluso en la materia misma
de nuestro mundo, los rastros de la comunidad celestial no se han
perdido por completo. El recuerdo pasa a través del útero y se

cierne en el aire. La musa es algo real. Un aliento leve, como dice Virgilio, alcanza incluso a las últimas generaciones. Nuestra mitología se basa en una realidad más sólida de lo que soñamos, pero también está a una distancia casi infinita de ese origen. Y, cuando se lo dijeron, Ransom comprendió al fin por qué la mitología era lo que era: destellos de vigor celestial y belleza cayendo en una jungla de suciedad e imbecilidad. Le ardieron las mejillas por nuestra raza cuando contempló al verdadero Marte y la verdadera Venus y recordó las tonterías dichas sobre ellos en la Tierra. Entonces le golpeó una duda.

—Pero ¿los veo como son realmente? —preguntó.

—Solo Maleldil ve las criaturas como son realmente —dijo Marte.

—¿Cómo se ven ustedes entre sí?—preguntó Ransom.

—En tu mente no hay lugar para una respuesta a eso.

—¿Entonces estoy viendo solo una apariencia? ¿No es real en ningún sentido?

—Solo ves una apariencia, Pequeño. Nunca has visto más que una apariencia de todo: de árbol, de piedra, de tu propio cuerpo. Esta apariencia es tan verdadera como lo que ves de esos objetos.

—Pero... había las otras apariencias.

—No. Eran solo el fracaso de la apariencia.

—No entiendo —dijo Ransom—. Las otras cosas, las ruedas y los ojos, ¿eran más o menos reales que esto?

—Tu pregunta no tiene sentido —dijo Marte—. Puedes ver una piedra si está a una distancia adecuada respecto a ti, y si tú y ella se mueven a velocidades no muy distintas. Pero si uno te tira la piedra al ojo, ¿cuál es entonces la apariencia?

—Sentiría dolor y tal vez vería luz fragmentada —dijo Ransom—. Pero no sabía que debiera llamar a eso una apariencia de la piedra.

—Sin embargo sería el funcionamiento auténtico de la piedra. Y así queda contestada tu pregunta. Ahora estamos a la distancia correcta respecto a ti.

—¿Y estaban más cerca en lo que vi antes?

—No me refiero a ese tipo de distancia.

—Y, después —dijo Ransom cavilando aún—, está lo que yo pensaba que era su apariencia normal: la luz muy tenue, Oyarsa, como solía verla en tu propio mundo. ¿Qué dices de ella?

—Que para nosotros hablarte es apariencia suficiente. Entre nosotros no se necesitaba más, no necesitamos más ahora. Solo vamos a aparecer más en honor del Rey. La luz aquella es el eco o el desbordamiento hacia el mundo de tus sentidos de vehículos hechos para servir de apariencia entre nosotros y ante eldila mayores.

En ese momento, Ransom advirtió de pronto un alboroto creciente de sonido a su espalda, un sonido descoordinado de ruidos roncos y parloteantes que irrumpió en el silencio de las montañas y entre las voces cristalinas de los dioses con una deliciosa nota de cálida animalidad. Miró alrededor. Con todo tipo de movimientos, jugueteando, retozando, revoloteando, deslizándose, reptando, anadeando, con todas las formas y colores y tamaños, un zoológico entero de animales se deslizaba dentro del valle florido a través de los pasos entre los picos que se alzaban tras él. La mayoría venía en parejas, macho y hembra juntos, mimándose entre sí, trepando uno encima del otro, agachándose uno bajo el vientre del otro, subiéndose al lomo del otro. Plumajes llameantes, picos dorados, flancos lustrosos, ojos líquidos, grandes cavernas rojas de bocas gimiendo o balando y matorrales de colas fustigando el aire lo rodearon por todas partes. «¡Un Arca de Noé en todo su esplendor! —pensó Ransom y después, con repentina gravedad—: Pero no habrá necesidad de arcas en este mundo».

El trino de cuatro bestias cantoras se alzó triunfal, casi ensordecedoramente, por encima de la multitud bulliciosa. El gran eldil de Perelandra mantuvo a las criaturas sobre el lado más cercano de la laguna, dejando el lado opuesto del valle vacío, excepto por el objeto en forma de ataúd. Ransom no tenía claro si Venus les hablaba a los animales o si estos eran conscientes al menos de su presencia. La conexión tal vez fuera de un tipo más sutil: completamente distinta a las relaciones que había observado entre ellos y la Dama Verde. Ahora, los dos eldila estaban sobre el mismo lado de la laguna con Ransom. Ellos tres y todos los animales miraban en la misma dirección. Todo empezó a disponerse por sí solo. Primero, sobre la orilla de la laguna, estaban los eldila, de pie; entre ellos y un poco atrás estaba Ransom, aún sentado entre los lirios. Tras él las cuatro bestias cantoras, erguidas sobre las ancas como los adornados soportes de leña en un hogar y proclamando el júbilo a todos los oídos. Más allá, el resto de los animales. El sentido ceremonial se hizo más profundo. La expectativa se volvió intensa. En nuestro estúpido estilo humano, Ransom hizo una pregunta simplemente para romper el momento.

—¿Cómo pueden trepar hasta aquí, bajar y salir de la isla antes de que caiga la noche?

Nadie le contestó. No necesitaba respuesta, porque de algún modo sabía perfectamente que esa isla nunca les había estado prohibida y que uno de los motivos para prohibir la otra había sido conducirlos al trono que les estaba destinado. En vez de contestarle, los dioses dijeron:

—Quédate quieto.

Los ojos de Ransom se habían acostumbrado tanto a la matizada suavidad de la luz diurna perelándrica —sobre todo a partir del viaje en las entrañas oscuras de la montaña— que había dejado de notar por completo la diferencia con la luz diurna de nuestro mundo. En consecuencia, vio de pronto con una impresión de redoblado asombro los picos del lado opuesto del valle recortándose oscuros contra lo que parecía un amanecer terrestre. Un momento después, sombras agudas, bien definidas, largas como las sombras en el alba, se proyectaron detrás de cada animal, y todos los desniveles del suelo y cada lirio tuvo su lado oscuro y su lado iluminado. La luz subía y subía la pendiente montañosa. Inundó el valle entero. Las sombras volvieron a desaparecer. Todo estaba bañado por una luz diurna pura que no parecía llegar de ningún sitio en especial. Desde entonces supo siempre qué significa una luz que «descansa» o «domina» algo sagrado pero no emana de él. Porque cuando la luz alcanzó la perfección y se acomodó, por así decirlo, como un señor sobre su trono o como el vino en una copa, y llenó con su pureza todo el cuenco florido de la cumbre montañosa y cada una de sus grietas, lo sagrado, el Paraíso mismo representado en sus dos personas, el Paraíso caminando tomado de la mano, sus dos cuerpos brillando en la luz como esmeraldas, aunque no tan brillantes en sí para que no se los pudiera mirar, apareció en la abertura entre dos picos y se detuvo un momento con su mano masculina alzada en una bendición regia y pontificia, y después bajó caminando y se detuvo sobre la orilla opuesta del agua. Y los dioses se arrodillaron e inclinaron los cuerpos enormes ante las formas pequeñas del joven Rey y la joven Reina.

17

Había un silencio profundo sobre la cima de la montaña y Ransom también se había agachado ante la pareja humana. Cuando finalmente alzó los ojos de los cuatro pies benditos, se descubrió hablando involuntariamente, aunque le temblaba la voz y tenía los ojos empañados.

—No se vayan, no me hagan poner en pie —dijo—. Nunca he visto antes un hombre o una mujer. He vivido toda la vida entre sombras e imágenes rotas. Oh, Padre mío y Madre mía, mi Señor y mi Dama, no se muevan, no me contesten aún. Nunca he visto antes a mi padre y a mi madre. Adóptenme como hijo. En mi mundo hemos estado solos por mucho tiempo.

Los ojos de la Reina se posaron en él con amor y agradecimiento, pero no era en la Reina en quien Ransom más pensaba. Era difícil pensar en algo que no fuera el Rey. ¿Y cómo podré yo —yo que no lo he visto— contarles a qué se parecía? Incluso a Ransom le resultó difícil describirme el rostro del Rey. Sin embargo, no nos atrevemos a retener la verdad. Era el rostro que ningún hombre puede decir que no conoce. Uno puede preguntarse cómo era posible mirarlo y no cometer idolatría, no tomarlo por quien se parecía. Porque el parecido era, a su propio modo, infinito, tanto que uno se asombraba de no descubrir aflicción en los rasgos y heridas en las manos y los pies. Sin embargo, no había peligro de equivocarse, ni un solo momento de confusión, ni el menor impulso de la voluntad hacia la reverencia prohibida. Cuanto mayor era la semejanza, menos posible era equivocarse. Tal vez siempre es así. Puede fabricarse un simulacro de cera tan parecido a un hombre que por un momento nos engañe: el magnífico retrato que con mucha más profundidad él mismo no es. Las imágenes de yeso del Santísimo pueden haber atraído hacia sí la adoración que debería despertar en la realidad. Pero allí, donde su imagen viva, como él por dentro y por fuera, hecha por sus propias manos desnudas con la profundidad de la capacidad artística divina, su autorretrato maestro salido de su taller para deleite de todos los mundos, hablaba y caminaba ante los ojos de Ransom, nunca podría ser tomada por algo más que una imagen. Incluso su belleza esencial residía en la certeza de que era una copia, algo parecido y no idéntico, un eco, una rima, una reverberación exquisita de la música no creada prolongándose en un instrumento creado.

Por un momento, Ransom se perdió en esas maravillas, de modo que al volver en sí descubrió que Perelandra estaba hablando y lo que oyó parecía ser el final de una larga oración.

—Las tierras flotantes y las tierras fijas —estaba diciendo—, el aire y los telones ante las puertas del Cielo Profundo, los mares y la Montaña Sagrada, los ríos que corren por encima y por debajo de la tierra, el fuego, los peces, las aves, los animales y los otros habitantes de las olas a quienes aún no conocen, Maleldil pone todo esto en sus manos a partir de este día, mientras vivan en el tiempo y aun más allá. De ahora en adelante mi palabra no es nada: su palabra es ley inmutable y la hija misma de la Voz. Ustedes son Oyarsa en todo el círculo que este mundo recorre alrededor del Árbol. Disfrútenlo bien. Denles nombre a todas las criaturas, guíen a toda la naturaleza a la perfección. Fortalezcan al débil, iluminen al ensombrecido, amen a todos. Aclamen y alégrense, hombre y mujer, Oyarsa-Perelendri, el Adán, la Corona, Tor y Tinidril, Baru y Baru'ah, Ask y Embla, Yatsur y Yatsurah, bienamados de Maleldil. ¡Bendito sea Él!

Cuando el Rey contestó, Ransom levantó la cabeza otra vez hacia él. Vio que la pareja humana estaba sentada ahora sobre un montículo de baja altura cerca de la orilla del fango. La luz era tan fuerte que arrojaba reflejos nítidos en el agua como podría haberlo hecho en nuestro mundo.

—Te damos las gracias, justa madre adoptiva —dijo el Rey— y sobre todo por este mundo en el que te has esforzado durante largas épocas, como la mano misma de Maleldil, para que todo estuviera listo cuando despertáramos. No te hemos conocido hasta hoy. Con frecuencia nos hemos preguntado de quién era la mano que veíamos en las extensas olas y en las islas brillantes y el aliento de quien nos deleitaba en el viento por la mañana. Porque, aunque éramos jóvenes entonces, comprendíamos oscuramente que decir «Es Maleldil» era cierto, pero no toda la verdad. Recibimos este mundo y nuestra alegría es aún más grande porque lo tomamos como obsequio tanto de ti como de Él. Pero ¿qué ha puesto Él en tu mente para que hagas a partir de ahora?

—A ti te corresponde decidir, Tor-Oyarsa —contestó Perelandra—, si ahora converso solo en el Cielo Profundo o también en la parte del Cielo Profundo que para ti es un mundo.

—Nuestra más profunda voluntad —dijo el Rey— es que te quedes con nosotros, por el amor que te profesamos y porque puedes ayudarnos con tu consejo y hasta con tus actos. Pasarán muchas vueltas alrededor del Árbol antes de que crezcamos y administremos cabalmente el reino que Maleldil pone en nuestras manos: ni estamos maduros aún para dirigir el mundo bajo el Cielo ni para hacer la lluvia y el buen tiempo sobre nosotros. Si te parece bien, quédate.

—Me parece bien —dijo Perelandra.

Mientras la conversación se desarrollaba, era asombroso ver que el contraste entre el Adán y los eldila no era disonante. Por un lado, las voces de cristal, sin sangre, y la expresión inmutable de los rostros blancos como la nieve; por el otro, la sangre corriendo en las venas, el sentimiento temblando en los labios y centelleando en los ojos, el poder de los hombros del hombre, la maravilla de los pechos de la mujer, un esplendor de virilidad y una riqueza de femineidad desconocidos en la Tierra, un torrente vivo de animalidad perfecta; sin embargo, al confrontarlos no parecían unos exuberantes y los otros espectrales. *Animal rationale*, un animal, aunque también un alma que razona: tal era la antigua definición del hombre, recordó Ransom. Pero hasta entonces no había visto nunca la realidad. Porque ahora vio al Paraíso viviente, el Señor y la Dama, como la resolución de las discordancias, el puente que cruza lo que de otro modo sería un abismo en la creación, la piedra clave de todo el arco. Al entrar en el valle montañoso habían unido de pronto la cálida multitud de bestias que estaban tras ellos con las inteligencias transcorpóreas que se encontraban junto a él. Cerraban el círculo y, con su llegada, todas las notas separadas de vigor o belleza que la reunión había pulsado hasta entonces se convertían en música. Pero el Rey hablaba otra vez.

—Y, como no es un don de Maleldil simplemente —decía—, sino también un don de Maleldil a través de ti, y por lo tanto más rico, del mismo modo no es solo a través de ti como llega y por lo tanto vuelve a enriquecerse. Esta es la primera orden que pronuncio como Tor-Oyarsa-Perelendri: que en nuestro mundo, mientras sea mundo, ni la mañana ni la noche llegarán sin que nosotros y todos nuestros hijos le hablemos a Maleldil de Ransom el hombre de Thulcandra y lo ensalcemos entre nosotros. Y a ti, Ransom, te digo que tú nos has llamado Señor y Padre, Dama y Madre. Y con justicia, porque ese es nuestro nombre. Pero en otro sentido nosotros te llamamos a ti Señor y Padre. Porque nos parece que Maleldil te envió a nuestro mundo en el día en que el tiempo de ser jóvenes terminaba para nosotros y a partir de allí debíamos subir o bajar, hacia la corrupción o hacia la perfección. Maleldil nos ha llevado a donde Él quería que estuviésemos, pero tú has sido el principal instrumento de Maleldil en esto.

Le hicieron cruzar el agua hasta ellos, vadeándola, porque le llegaba solo a la rodilla. Habría caído a sus pies, pero no se lo permitieron. Se pusieron en pie para salirle al encuentro y ambos lo besaron, boca a boca y corazón a corazón, como se abrazan los iguales. Lo habrían hecho sentar entre ellos, pero, al ver que eso lo turbaba, lo dejaron en paz. Fue y se sentó en el suelo, bajo ellos y un poco a la izquierda. Desde allí tenía enfrente la asamblea: las formas enormes de los dioses y la multitud de animales. Y entonces habló la Reina.

—En cuanto te llevaste al Malo y desperté, mi mente se despejó —dijo—. Para mí es asombroso, Manchado, que tú y yo hayamos podido ser tan jóvenes durante todos esos días. Ahora la razón para no vivir aún en la Tierra Fija es muy evidente. ¿Cómo podría haber deseado yo vivir allí excepto porque estaba Fija? ¿Y por qué debería haber deseado lo Fijo excepto por la seguridad, para ser capaz un día de disponer dónde estaría al siguiente y qué me pasaría? Era rechazar la ola, apartar mis manos de Maleldil, decirle a Él «No así, sino así», poner bajo nuestro poder lo que los tiempos harían rodar hacia nosotros, como si uno recogiera frutos hoy para la comida de mañana en vez de tomar lo que llega. Eso habría sido amor frío y débil confianza ¿Y cómo podríamos habernos levantado otra vez hasta el amor y la confianza?

—Lo entiendo bien —dijo Ransom—. Aunque en mi mundo pasaría por estupidez. Hemos sido malos durante tanto tiempo... —Y entonces se detuvo, dudando de que lo comprendieran y sorprendido de haber empleado para *malos* una palabra que hasta entonces no había sabido que sabía y que no había oído ni en Marte ni en Venus.

—Ahora sabemos esas cosas —dijo el Rey al ver la vacilación de Ransom—. Maleldil ha puesto en nuestra mente todo lo que ocurrió en tu mundo. Hemos aprendido sobre la maldad, aunque no como el Malo hubiera querido que aprendiéramos. Hemos aprendido de mejor modo y la conocemos más, porque es la vigilia lo que comprende el sueño y no el sueño lo que comprende la vigilia. Existe una ignorancia de la maldad que proviene de ser joven; hay una ignorancia más oscura que proviene de hacerla, así como los hombres al dormir pierden el conocimiento del sueño. En Thulcandra, ustedes son ahora más ignorantes sobre la maldad que antes de que tu Señor y tu Dama empezaran a hacerla. Pero Maleldil nos ha sacado de la primera ignorancia y no hemos entrado en la otra. Para sacarnos de la primera nos trajo al Malo en persona. ¡Poco sospechaba esa mente oscura la diligencia que venía a cumplir en Perelandra!

—Perdóname, Padre mío, si hablo tontamente —dijo Ransom—. Entiendo cómo llegó la Reina a conocer la maldad, pero no entiendo cómo llegaste tú a conocerla.

Inesperadamente, el Rey se rio. El cuerpo era muy grande y la risa fue como un terremoto en él, intensa, profunda y prolongada, hasta que finalmente también Ransom se rio, aunque no captaba la broma, y la Reina se rio. Y los pájaros empezaron a agitar las alas y los animales a menear la cola y la luz pareció más brillante y el pulso de toda la asamblea se aceleró, y nuevas formas de júbilo que no tenían nada que ver con la alegría tal como nosotros la entendemos se transmitieron a todos como si llegaran del aire mismo y como si hubiera danza en el Cielo Profundo. Algunos dicen que siempre la hay.

—Sé lo que está pensando —dijo el Rey mirando a la Reina—. Está pensando que tú sufriste y te esforzaste y que yo tengo un mundo como recompensa.

Se volvió entonces hacia Ransom y continuó.

—Tienes razón —dijo—. Ahora conozco lo que dicen en tu mundo sobre la justicia. Y tal vez dicen bien, porque en ese mundo las cosas siempre caen bajo la justicia. Pero Maleldil siempre se mueve por encima de ella. Todo es don. Soy Oyarsa no por don solo de Él, sino también de nuestra madre adoptiva; no solo de ella, sino de ti; no solo de ti, sino de mi esposa... aún más, en cierto sentido lo soy por don de los animales y las aves. A través de muchas manos, enriquecido por muchos tipos distintos de amor y de esfuerzo, el don llega a mí. Es la Ley. Los mejores frutos son arrancados para cada cual por alguna mano que no le pertenece.

—Eso no es todo lo que ocurrió, Manchado —dijo la Reina—. El Rey no te ha contado todo. Maleldil lo condujo a un mar verde donde los bosques se alzan del fondo a través de las olas...

—Su nombre es Lur —dijo el Rey.

—Su nombre es Lur —repitieron los eldila. Y Ransom advirtió que el Rey no había expresado una observación, sino una ley.

—Y allí en Lur (está lejos de aquí), le pasaron cosas extrañas —dijo la Reina.

—¿Puedo preguntar por esas cosas? —dijo Ransom.

—Hubo muchas cosas —dijo Tor el Rey—. Durante muchas horas aprendí las propiedades de las formas dibujando líneas en la hierba de una islita sobre la que viajaba. Durante muchas horas aprendí cosas nuevas sobre Maleldil y sobre su Padre y el Tercero. Mientras fuimos jóvenes supimos poco de esto. Pero después Él me mostró en una oscuridad lo que le estaba pasando a la Reina. Y supe que era posible para ella perderse. Después vi lo que ocurrió en tu mundo y cómo cayó tu Madre y cómo tu Padre la siguió, con lo que no le hizo ningún bien y llevó la oscuridad a todos sus hijos. Y entonces estuvo ante mí como algo que me venía a las manos... lo que debía hacer en parecida situación. Allí aprendí sobre el mal y el bien, sobre la angustia y la alegría.

Ransom había esperado que el Rey relatara su decisión, pero cuando la voz del Rey se apagó en un silencio pensativo no tuvo la audacia de interrogarlo.

—Sí... —dijo el Rey meditando—. Aunque un hombre fuera partido en dos... aunque la mitad de él se transformara en polvo... la mitad viviente aún seguiría a Maleldil. Porque si esa también cae y se transforma en polvo, ¿qué esperanza habría para el todo? Pero mientras una mitad viviera, Él podría devolverle la vida a la otra a través de ella. —Aquí se detuvo un largo rato y después volvió a hablar con cierta rapidez—. Él no me dio seguridad. Ni tierra fija. Uno siempre debe lanzarse hacia la ola.

Entonces se le despejó el semblante, se volvió hacia los eldila y habló con una voz nueva.

—Es cierto, madre adoptiva —dijo—. Necesitamos mucho consejo porque ya sentimos ese desarrollo dentro de nuestros cuerpos que nuestra joven sabiduría apenas puede dominar. No siempre serán cuerpos atados a los mundos inferiores. Oigan la segunda orden que pronuncio como Tor-Oyarsa-Perelendri. Durante el tiempo que este mundo emplee en recorrer mil veces el camino alrededor del Árbol, juzgaremos y animaremos a nuestro pueblo desde este trono. Su nombre es Tai Jarendrimar, La Colina de la Vida.

—Su nombre es Tai Jarendrimar —dijeron los eldila.

—Sobre la Tierra Fija que una vez estuvo prohibida construiremos un lugar magnífico para gloria de Maleldil —dijo Tor el Rey—. Nuestros hijos doblarán las columnas de roca en arcos...

—¿Qué son arcos? —dijo la reina Tinidril.

—¡Esplendor del Cielo Profundo! —exclamó el Rey con una gran carcajada—. Parece que hay demasiadas palabras nuevas en el aire. Había pensado que estas cosas estaban viniendo de tu mente a la mía y, mira, no las has pensado en absoluto. Sin embargo, creo que Maleldil las pasó a mí a través de ti, nada menos. Te enseñaré imágenes, te mostraré casas. Puede ser que en este asunto nuestras naturalezas estén invertidas y seas tú quien fecunde y yo quien dé a luz. Pero hablemos de cuestiones más simples. Llenaremos el mundo con nuestros hijos. Conoceremos el mundo hasta su centro. Haremos que los animales más nobles sean tan sabios que se convertirán en *jnau* y hablarán; sus vidas despertarán a una nueva vida en nosotros así como nosotros despertamos en Maleldil. Cuando el tiempo esté maduro y las diez mil circunvalaciones se acerquen al fin, desgarraremos el telón del cielo y el Cielo Profundo se volverá familiar a los ojos de nuestros hijos, así como lo son las olas y los árboles a los nuestros.

—¿Y después de eso qué, Tor-Oyarsa? —preguntó Malacandra.

—Después, el propósito de Maleldil es librarnos del Cielo Profundo. Nuestros cuerpos serán cambiados, aunque no por completo. Seremos como los eldila, pero no como los eldila totalmente. Y así todos nuestros hijos e hijas serán cambiados en la época de la madurez, hasta que se integre el número que Maleldil leyó en la mente de su Padre antes de que los tiempos fluyeran.

—¿Y ese será el fin? —dijo Ransom.

El rey Tor lo miró con los ojos muy abiertos.

—¿El fin? —dijo—. ¿Quién habla de fin?

—El fin de tu mundo, quiero decir —dijo Ransom.

—¡Esplendor del Cielo! —exclamó Tor—. Tus pensamientos son distintos a los nuestros. Alrededor de esa época no estaremos lejos del principio de todas las cosas. Pero habrá una cuestión más por resolver antes de que el principio empiece como debe.

—¿Cuál? —preguntó Ransom.

—Tu propio mundo —dijo Tor—, Thulcandra. Antes del verdadero principio, el sitio impuesto a tu mundo será alzado; la mancha negra, borrada. En esos días, Maleldil irá a la guerra: en nosotros y en muchos que una vez fueron *jnau* en tu mundo, y en muchos sitios remotos y en muchos eldila y, por último, en Él mismo revelado, bajará a Thulcandra. Algunos iremos antes. Está en mi mente, Malacandra, que tú y yo estaremos entre ellos. Caeremos sobre tu luna, donde hay una maldad oculta que es como el escudo del Señor Oscuro de Thulcandra, marcado por muchos golpes. La romperemos. Su luz será apagada. Los fragmentos caerán a tu mundo y los mares y el humo se alzarán de tal modo que los habitantes de Thulcandra ya no podrán ver la luz del Árbol. Y cuando Maleldil mismo se acerque, las cosas malignas de tu mundo se mostrarán sin disfraz, de manera que plagas y horrores cubrirán la tierra y los mares. Pero, a la larga, todo será purificado y hasta el recuerdo del Oyarsa Negro se borrará, y tu mundo será limpio y dulce y volverá a unirse al resto del Campo del Árbol y volverá a oírse su verdadero nombre. Pero ¿puede ser, amigo, que no se haya oído ningún rumor sobre esto en Thulcandra? ¿Tu gente cree que el Señor Oscuro mantendrá aferrada la presa eternamente?

—La mayoría ha dejado por completo de pensar en esas cosas —dijo Ransom—. Algunos aún sabemos algo, pero no entendí en seguida de qué hablabas, porque lo que tú llamas el principio es lo que nosotros acostumbramos a llamar las cosas finales.

—No lo llamo el principio —dijo Tor—. Es solo la cancelación de un falso arranque para que el mundo pueda entonces empezar. Como cuando un hombre se tiende a dormir, descubre una raíz nudosa bajo el hombro y cambia de posición; a partir de ese momento empieza el verdadero sueño. O como un hombre al desembarcar en una isla puede dar un paso en falso. Recupera el equilibrio y después el viaje comienza. ¿Llamarías a esa recuperación del equilibrio una cosa final?

—¿Y toda la historia de mi raza no es más que eso? —preguntó Ransom.

—No veo más que principios en la historia de los Mundos Inferiores —dijo el rey Tor—. Y en el tuyo un fracaso al comenzar. Hablas de atardeceres antes de que rompa el alba. Incluso ahora pongo en marcha diez mil años de preparativos, yo, el primero de mi raza, mi raza la primera de las razas, para comenzar. Afirmo que, cuando el último de mis hijos haya madurado y la madurez se haya desplegado desde ellos a todos los Mundos Inferiores, empezará a murmurarse que la mañana está cerca.

—Estoy lleno de dudas e ignorancia —repuso Ransom—. En nuestro mundo los que conocen a Maleldil en algún sentido creen que la venida de Él a nosotros y su conversión en hombre es el acontecimiento central de todo lo que ocurre. Si me quitas eso, Padre, ¿adónde me llevarás? Seguramente no a la charla del enemigo que empuja a mi mundo y mi raza a un rincón remoto y me entrega un universo sin el menor centro, con millones de mundos que no conducen a ninguna parte o, lo que es peor, a más y más mundos por siempre jamás, y me abruma con números y espacios vacíos y repeticiones y me pide que me incline ante esa magnitud. ¿O conviertes tu mundo en el centro? Pero estoy inquieto. ¿Qué hay de la gente de Malacandra? ¿También ellos pensaban que su mundo era el centro? Ni siquiera veo cómo tu mundo podría ser llamado tuyo correctamente. Fuiste hecho ayer y tu mundo viene de lejos. La mayor parte es agua en la que no puedes vivir. ¿Y los seres que viven bajo la superficie? ¿Y los grandes espacios sin mundo en absoluto? ¿Puede contestarse fácilmente al enemigo cuando dice que nada tiene plan o sentido? En cuanto creemos distinguir uno, este se funde en la nada o en otro plan en el que nunca hemos soñado, y lo que era el centro se convierte en la orilla, hasta que dudamos si alguna forma, plan o esquema fue alguna vez algo más que un engaño de nuestros ojos, confundidos por la esperanza o agotados de tanto mirar. ¿A qué conduce todo? ¿A qué mañana te refieres? ¿El principio de qué es ese mañana?

—El principio del Gran Juego, de la Gran Danza —dijo Tor—. Aún sé poco de ella. Deja que hablen los eldila.

La voz que se oyó a continuación parecía la de Marte, pero Ransom no estaba seguro. Y no pudo saber en absoluto quién habló después. Porque en la conversación que siguió, si puede hablarse de conversación, aunque Ransom cree que a veces era él mismo quien hablaba, nunca supo qué palabras fueron suyas y cuáles de otro, o incluso si el que hablaba era un hombre o un eldil. Las alocuciones se seguían una tras otra como las partes de una música en la que los cinco habían entrado de instrumentos o como un viento que sopla a través de cinco árboles que se yerguen juntos sobre una colina.

—Nosotros no hablaríamos así de ella —dijo la primera voz—. Para ser perfecta, la Gran Danza no espera a que los pueblos de los Mundos Inferiores se unan a ella. Nosotros no hablamos de cuándo empezará. Empezó desde antes de siempre. No hubo tiempo en que no nos regocijáramos ante su rostro, como ahora. La danza que bailamos está en el centro y todas las cosas fueron hechas para la danza. ¡Bendito sea!

Otra voz dijo:

—Él nunca hizo dos cosas iguales, nunca pronunció la misma palabra dos veces. Después de las tierras, no tierras mejores, sino animales; después de los animales, no animales mejores, sino espíritus. Después de una caída, no la recuperación, sino una nueva creación. Surgida de esta nueva creación, no una tercera, sino la manera del cambio mismo es cambiada para siempre. ¡Bendito sea!

Y otra dijo:

—Está cargado de justicia como un árbol doblegado de frutos. Todo es rectitud y no hay igualdad. No como cuando las piedras descansan una junto a otra, sino como cuando las piedras sostienen y son sostenidas en un arco, así es su orden; regla y obediencia, fecundación y gestación, calor que mira hacia abajo, vida que crece. ¡Bendito sea!

Una más dijo:

—Quienes agregan años a los años en torpe suma, o kilómetros a los kilómetros y galaxias a las galaxias nunca se acercarán a su grandeza. El día del Campo del Árbol declinará y los días del mismo Cielo Profundo están contados. No es así como Él es grande. Él habita, todo Él habita, dentro de la semilla de la flor más pequeña y no está apretado, el Cielo Profundo está dentro de Él, que está dentro de la semilla, y no lo dilata. ¡Bendito sea!

—El límite de cada naturaleza linda con aquella de la que no contiene sombra ni similitud. De muchos puntos, una línea; de muchas líneas, una forma; de muchas formas, un cuerpo sólido; de muchos sentimientos e ideas, una persona; de tres personas, Él mismo. Lo que es el círculo a la esfera, esos son los mundos antiguos que no necesitaban redención al mundo donde Él nació y murió. Lo que es el punto a una línea, eso es ese mundo a los frutos lejanos de su redención. ¡Bendito sea!

—Sin embargo, el círculo no es menos redondo que la esfera, y la esfera es el hogar y la tierra natal de los círculos. Multitudes infinitas de círculos descansan encerrados en toda esfera y, si hablaran, dirían: «Para nosotros fueron creadas las esferas». Que ninguna boca se abra para contradecirlos. ¡Bendito sea!

—Los pueblos de los mundos antiguos que nunca pecaron, por quienes Él nunca bajó, son los pueblos en cuyo beneficio fueron hechos los Mundos Inferiores. Porque, aunque la curación que fue herida y el enderezamiento que fue torcido son una nueva dimensión de la gloria, sin embargo lo recto no fue hecho para que pudiera ser torcido ni el todo para que pudiera ser herido. Los pueblos antiguos están en el centro. ¡Bendito sea!

—Todo lo que no es en sí la Gran Danza fue hecho para que Él pudiera descender. En el Mundo Caído, Él preparó para sí mismo un cuerpo y se vio unido al polvo y lo hizo glorioso para siempre. Esa es la causa final y definitiva de todo lo creado, y el pecado que lo originó es llamado dichoso y el mundo donde esto se realizó es el centro de los mundos. ¡Bendito sea!

—El Árbol fue plantado en aquel mundo, pero el fruto ha madurado en este. La fuente que brotó con sangre y vida mezcladas en el Mundo Oscuro fluye aquí con vida solamente. Hemos pasado las primeras cataratas y, de aquí en adelante, la corriente fluye profunda y gira en dirección al mar. Esta es la Estrella Matutina que Él prometió a los que conquistan; este es el centro de los mundos. Hasta ahora, todo ha esperado. Pero ahora ha sonado la trompeta y el ejército se ha puesto en movimiento. ¡Bendito sea!

—Aunque los gobiernen hombres o ángeles, los mundos son para sí mismos. Las aguas sobre las que no flotaste, el fruto que no arrancaste, las cavernas a las que no descendiste y el fuego a través del que los cuerpos como el tuyo no pueden pasar no esperan tu llegada para armarse de perfección, aunque te obedecen cuando llegas. Yo he girado alrededor del Árbol durante eras innumerables, cuando tú no estabas vivo y esas épocas no estuvieron desiertas. La voz de sí mismas estaba en ellas, no era solo un sueño del día en que tú despertaras. Ustedes no son la voz que todas las cosas emiten, ni hay un silencio eterno en los sitios adonde ustedes no pueden llegar. Ningún pie pisó, ni pisará, el hielo de Glund; ningún ojo mirará hacia arriba desde el Anillo de Lurga, y la Llanura de Hierro de Neruval está inmaculada y vacía. Sin embargo, no por nada los dioses caminan sin cesar alrededor del Campo del Árbol. ¡Bendito sea!

—Ese mismo polvo, tan escasamente desparramado en el Cielo, del que están hechos todos los mundos y los cuerpos que no son mundos, está en el centro. No espera hasta que unos ojos creados lo hayan visto o unas manos lo hayan manipulado para ser en sí fuerza y esplendor de Maleldil. Solo una pequeña parte ha servido alguna vez, a un animal, a un hombre o a un dios. Pero siempre y más allá de toda distancia, antes de que estos llegaran y después de que desaparezcan y en los sitios adonde nunca llegaron, él es lo que es y expresa el corazón del Santísimo con su propia voz. Es lo más alejado de Él, porque no tiene vida, ni sentimiento, ni razón; es lo más cercano a Él porque, sin que medie un alma, así como vuelan las chispas del fuego, expresa en cada uno de sus granos la imagen pura de su energía. Cada grano, si hablara, diría: «Estoy en el centro, para mí fueron hechas todas las cosas». Que ninguna boca se abra para contradecirlo. ¡Bendito sea!

—Cada grano está en el centro. El polvo está en el centro. Los mundos están en el centro. Los animales están en el centro. Los pueblos antiguos están allí. La raza que pecó está allí. Tor y Tinidril están allí. Los dioses también. ¡Bendito sea!

—Donde esté Maleldil, allí está el centro. Él está en todas partes. No un poco en un lugar y un poco en otro, sino en cada sitio Maleldil está entero, hasta en la pequeñez que desafía la razón. No hay modo de apartarse del centro salvo dentro de la Voluntad Torcida que se lanza hacia ninguna parte. ¡Bendito sea!

—Cada cosa fue hecha para Él. Él está en el centro. Porque estamos con Él, cada uno de nosotros está en el centro. No es como en una ciudad del Mundo Ensombrecido donde dicen que cada uno ha de vivir para los demás. En su ciudad todas las cosas están hechas para sí. Cuando Él murió en el Mundo Herido no murió por los hombres, sino por cada hombre. Si cada hombre hubiese sido el único hombre creado, Él no habría hecho menos.

Cada cosa, desde el grano único de polvo hasta el eldil más poderoso, es la causa final y definitiva de toda la creación, y el espejo en el que el rayo de su brillo llega a descansar y así retorna Él. ¡Bendito sea!

—En el plan de la Gran Danza se entretejen planes sin fin y cada movimiento se convierte a su debido tiempo en el florecer de toda la estructura hacia lo que todo lo demás había sido encaminado. Así cada cual está igualmente en el centro y nada está allí por ser igual, sino algunos por conceder lugar y otros por recibirlo, las cosas pequeñas por su pequeñez y las grandes por su grandeza, y todos los esquemas se encadenan y se enlazan entre sí mediante las uniones de un arrodillarse y un amor regio. ¡Bendito sea!

—Él puede darle un uso sin medida a cada cosa creada, de la que su amor y esplendor puedan fluir como un río poderoso que necesita un cauce enorme y llena del mismo modo los pozos profundos y las pequeñas grietas, que son llenadas por igual y siguen desiguales. Y cuando las ha llenado hasta el tope las desborda y crea nuevos canales. Nosotros también necesitamos más allá de toda medida todo lo que Él ha hecho. Ámenme, hermanos míos, porque les soy infinitamente necesario y fui hecho para que se deleitaran conmigo. ¡Bendito sea!

—Él no necesita en absoluto nada de lo creado. Un eldil no es para Él más necesario que un grano de polvo; un mundo habitado no es más necesario que un mundo vacío, pero toda inutilidad se asemeja, y para Él todo llega a sumar nada. Tampoco nosotros necesitamos nada de lo creado. Ámenme, hermanos míos, porque soy infinitamente superfluo, y su amor será como el de Él, no surgido porque ustedes lo necesiten ni porque yo lo merezca, sino por una generosidad natural. ¡Bendito sea!

—Todas las cosas existen por Él y para Él. Él se expresa a sí mismo también para su propio deleite, y ve que Él es bueno. Él es su propio fecundador, y lo que proviene de Él es Él mismo. ¡Bendito sea!

—Todo lo creado parece carecer de plan para la mente ensombrecida, porque hay más planes de los que ella busca. En estos mares, hay islas donde los pelos de la hierba son tan finos y tan estrechamente tejidos que a menos que un hombre los mirase durante mucho tiempo no vería ni cabellos ni tejido, sino solo lo similar y lo plano. Así ocurre con la Gran Danza. Fija tus ojos en un movimiento y este te llevará a través de todas las pautas y te parecerá el movimiento clave. Pero lo aparente será cierto. Que ninguna boca se abra para contradecirlo. Parece no haber plan porque todo es plan; parece no haber centro porque todo es centro. ¡Bendito sea!

—Sin embargo, esta apariencia también es la causa definitiva y final por la que Él despliega un Tiempo tan largo y un Espacio tan profundo; por temor a que si nunca encontrásemos lo oscuro, el camino que lleva a ninguna parte y la pregunta para la que no hay respuesta imaginable, no llegaríamos a tener en nuestras mentes nada parecido al Abismo del Padre, donde si una criatura cae, sus pensamientos nunca pueden oír ningún eco que les conteste. ¡Bendito, bendito, bendito sea!

Y entonces, por un proceso que Ransom no advirtió, pareció que lo que había empezado como discurso se transformaba en visión o en algo que solo podía ser recordado como visto. Creyó que veía la Gran Danza. Parecía estar tejida con la ondulación entrelazada de numerosas cuerdas o bandas de luz, que saltaban entre sí por arriba y por abajo y se abrazaban mutuamente en arabescos y artificios en forma de flores. Cuando fijaba la vista en cada figura, esta se transformaba en la figura maestra o en el centro de todo el espectáculo y lo unificaba... solo para verse enredado al mirar lo que había tomado por meras decoraciones marginales y descubrir que allí también era exigida la misma hegemonía, y la exigencia se cumplía, aunque la pauta anterior no se veía por eso desposeída, sino que descubría en la nueva subordinación un significado mayor que aquel al que había renunciado. Pudo ver también (pero la palabra *ver* es ahora claramente inadecuada), en todos los puntos donde las cintas o serpientes de luz se cruzaban, diminutos corpúsculos de brillo momentáneo y, de algún modo, supo que las partículas eran las generalidades mundanas contadas por la historia (pueblos, instituciones, corrientes de opinión, civilizaciones, artes, ciencias y cosas por el estilo), fulgores efímeros que cantaban agudamente su breve canción y desaparecían. Las cintas o cuerdas propiamente dichas, en las que vivían y morían millones de corpúsculos, eran de un tipo distinto. Al principio no pudo distinguir de qué se trataba. Pero a la larga supo que la mayor parte eran entidades individuales. De ser así, el tiempo en el que la Gran Danza se desarrolla es muy distinto al tiempo tal como lo conocemos. Algunas de las cuerdas más finas y delicadas eran seres a los que designamos como de corta vida: flores e insectos, una fruta o un chaparrón, y (creyó) una ola del mar. Otras eran cosas que pensamos duraderas: cristales, ríos, montañas y hasta estrellas. Muy superiores a estas en anchura y luminosidad, y relampagueando con colores ajenos a nuestro espectro, estaban las líneas de los seres personales, y sin embargo tan distintas entre sí en esplendor como lo eran en conjunto respecto a las clases anteriores. Pero no todas las cuerdas eran individuales: algunas eran verdades o cualidades universales. Entonces no le sorprendió descubrir que tanto estas como las personas fuesen cuerdas y se mantuvieran juntas como contra los meros átomos de generalidad en que vivían y morían en el fragor de sus corrientes, pero, después, cuando estuvo otra vez en la Tierra, se asombró. Y, en ese momento, la visión debió de haber salido por completo del sentido de la vista tal como lo entendemos. Porque dice Ransom que toda la figura sólida de los torbellinos enamorados e interanimados se reveló de pronto como las superficies simples de un diseño mucho más vasto en cuatro dimensiones, y esa figura como el límite de otras todavía en otros mundos. Hasta que, de repente, a medida que el movimiento se hacía aún más veloz, el entrelazamiento aún más arrebatador, la relación de todo con todo más intensa, a medida que una dimensión se añadía a otra y la parte de él que podía razonar y recordar iba quedando cada vez más atrás en relación con la parte que veía, entonces, en el cénit mismo de la complejidad, esta fue devorada y se disolvió, como se disipa una tenue nube blanca en el inmenso azul ardiente del cielo. Y una simplicidad que estaba más allá de toda comprensión, antigua y joven como la primavera, ilimitada y diáfana, lo arrastró con cuerdas de deseo infinito a su propia inmovilidad. Ascendió hacia tal serenidad, tal intimidad y tal frescura que en el momento mismo en que estuvo más alejado de nuestro modo de ser normal tuvo la sensación de desembarazarse de molestias, despertar del trance y volver en sí. Con un gesto de relajación miró alrededor...

Los animales se habían ido. Las dos figuras blancas habían desaparecido. Tor y Tinidril estaban solos en la luz diurna ordinaria de Perelandra, en las primeras horas de la mañana.

—¿Dónde están los animales? —dijo Ransom.

—Se han ido a cumplir sus pequeñas tareas —dijo Tinidril—. Se han ido a crear los cachorros y a poner huevos, a construir nidos, tejer redes y cavar madrigueras, a cantar y jugar y comer y beber.

—No esperaron mucho —dijo Ransom—, porque veo que aún es temprano.

—Pero no es la misma mañana —dijo Tor.

—¿Hemos estado aquí mucho tiempo entonces? —preguntó Ransom.

—Sí —dijo Tor—. No lo supe hasta ahora. Pero hemos cumplido un círculo entero alrededor del Árbol desde que nos encontramos sobre esta cumbre.

—¿Un año? —dijo Ransom—. ¿Un año entero? ¡Oh, Cielos, lo que debe de haber pasado en mi mundo oscuro! ¿Sabías, Padre, que estaba pasando tanto tiempo?

—No lo sentí pasar —contestó Tor—. Creo que las olas del tiempo cambiarán con frecuencia para nosotros de aquí en adelante. Estamos llegando a poder decidir si estaremos por encima de ellas y veremos muchas olas juntas o si las alcanzaremos una a una como solíamos hacer.

—Llega a mi mente —dijo Tinidril— que hoy, ahora que el año nos ha traído de nuevo al mismo lugar del Cielo, los eldila están viniendo a buscar al Manchado para llevarlo de regreso a su mundo.

—Tienes razón, Tinidril —aseguró Tor—. Entonces miró a Ransom y dijo—: Hay un rocío rojo brotando de tu pie, como un arroyo pequeño.

Ransom bajó la cabeza y vio que el tobillo seguía sangrando.

—Sí —dijo—, es donde me mordió el Malo. Lo que hay de rojo en él es *jru* (sangre).

—Siéntate, amigo —dijo Tor— y permíteme lavarte el pie en el lago.

Ransom vaciló, pero el Rey lo obligó. Así que se sentó sobre el pequeño montículo, y el Rey se arrodilló ante él en el agua baja y tomó el pie herido en la mano. Hizo una pausa y lo miró.

—Así que esto es *jru* —dijo al fin—. Nunca había visto antes este fluido. Y esta es la sustancia con la que Maleldil rehízo los mundos antes de que algún mundo fuera hecho.

Le lavó el pie durante mucho rato, pero la hemorragia no se detuvo.

—¿Significa que Manchado morirá? —preguntó Tinidril.

—No lo creo —dijo Tor—. Me parece que a cualquiera de su raza que haya respirado el aire que él ha respirado y bebido las aguas que él ha bebido desde que llegó a la Montaña Sagrada no le resultará fácil morir. Dime, amigo, ¿no ocurrió en tu mundo que después de haber perdido el Paraíso los hombres de tu raza no aprendieron a morir con rapidez?

—He oído —dijo Ransom— que las primeras generaciones vivían mucho, pero la mayoría lo toma solo por una narración o una poesía y no ha pensado en la causa.

—¡Oh! —dijo Tinidril de pronto—. Los eldila han llegado para llevárselo.

Ransom se volvió y vio no las blancas figuras humanoides bajo las que había visto por última vez a Marte y a Venus, sino solo las luces casi invisibles. Al parecer, el Rey y la Reina reconocían a los espíritus también bajo esa apariencia; «con la misma facilidad —pensó—, con que un rey de la tierra reconocería a los suyos aunque no llevaran ropa cortesana».

El Rey dejó el pie de Ransom y los tres se dirigieron al féretro blanco. La tapa descansaba junto a él en el suelo. Todos tuvieron el impulso de demorarse.

—¿Qué es lo que sentimos, Tor? —dijo Tinidril.

—No sé —dijo el Rey—. Un día le daré nombre. Hoy no es día de poner nombres.

—Es como un fruto de cáscara muy dura —repuso Tinidril—. La alegría de nuestro encuentro cuando volvamos a vernos en la Gran Danza es la parte dulce. Pero la corteza es gruesa; tiene más años de los que puedo contar.

—Ahora entiendes lo que el Malo nos habría hecho —dijo Tor—. Si lo hubiéramos escuchado, estaríamos tratando de conseguir la dulzura sin morder la cáscara.

—Y así no sería la dulzura en ningún sentido —dijo Tinidril.

—Tiene que irse —dijo la voz tintineante de un eldil.

Ransom no encontró palabras que decir cuando se tendió en el ataúd. Los lados se alzaron sobre él altos como muros; más allá, como enmarcados en una ventana en forma de ataúd, vio el cielo dorado y los rostros de Tor y Tinidril.

—Los ojos han de estar tapados —dijo un instante después. Y las dos figuras humanas se perdieron de vista un momento y regresaron. Llevaban los brazos cargados de lirios rojo rosados. Los dos se inclinaron y lo besaron. Vio que la mano del Rey se alzaba en un gesto de bendición y después no volvió a ver nunca nada de aquel mundo. Le cubrieron la cara con los pétalos frescos hasta que se vio cegado por una nube roja de dulce aroma.

—¿Todo está listo? —dijo la voz del Rey.

—Adiós, amigo y salvador, adiós —dijeron las dos voces—. Adiós hasta que los tres pasemos más allá de las dimensiones del tiempo. Háblale siempre de nosotros a Maleldil como nosotros siempre le hablaremos de ti. Que el esplendor, el amor y la fuerza sean contigo.

Después llegó el pesado ruido de la tapa que aseguraban sobre él y, luego, durante unos segundos, ruidos externos del mundo del que se veía apartado para siempre. Después su conciencia fue absorbida.